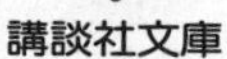

血霧(下)

パトリシア・コーンウェル｜池田真紀子 訳

RED MIST
by
Patricia Cornwell

Japanese translation published
by arrangement with
International Creative Management, Ltd.
through
The English Agency (Japan) Ltd.

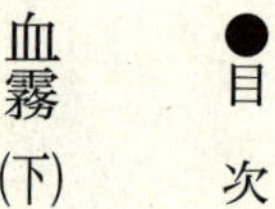

目次

血霧（下）

●主な登場人物〈血霧・下巻〉

ケイ・スカーペッタ　ケンブリッジ法病理学センター（CFC）局長。法医学者

ベントン・ウェズリー　スカーペッタの夫。法精神医学者で元FBI捜査官

ルーシー・ファリネリ　スカーペッタの姪

ピート・マリーノ　元刑事。現在はCFC職員

ジェイミー・バーガー　弁護士。元ニューヨーク地方検事補

ジョン・ブリッグス　米空軍大将

ドーン・キンケイド　元MITの大学院生

キャスリーン・ローラー　ジョージア州女子刑務所（GPFW）受刑者

タラ・グリム　GPFW所長

ローラ・ダゲット　GPFW死刑囚。ジョーダン一家惨殺事件の犯人

コリン・デンゲート　サヴァンナの監察医

M・P・メーコン　GPFW刑務官

マンディ・オトゥール　病理検査技師

ゼブロン・マンフレッド　ジョージア州知事

サミー・チャン　ジョージア州捜査局の捜査官

エレノア　GPFW受刑者

スレーター　GPFW刑務官

ジョージ　コリン・デンゲートの助手

T・J・ハーリー　巡査

ダグラス・バーク　FBIボストン支局捜査官

ロバータ・プライス　薬剤師

ゲイブ・ムレリー　ジョーダン邸の現所有者

18

マリーノは私が差し出す文書を流れ作業のようにちらりと眺めるだけでまたテーブルに置く。その無頓着で無関心な様子を見て、きっとどれもすでに読んだものなのだろうと思った。

「この審理記録、全部もう見たってこと？」私は訊いた。

「ジェイミーが集めた文書のなかにあったから。といっても、ここの先生からもらったんじゃねえけどな」コリン・デンゲートではなく、ほかの人物から手に入れたということだ。

「コリンが渡さないのは当然よ。彼が作成した文書じゃないから。とすると、チャタム郡最高裁から入手したのね」

「けど、あんたがここに来れば全部出てくるだろうってジェイミーは言ってたよ」

「その予想は当たったみたい。ただ、ここまでに見た書類はどれも、ジェイミーにはあまり都合のよくないものばかりよ」

「だな」マリーノはうなずいた。「ローラ・ダゲットが犯人だとしか思えなくなってくる。有罪になったのも不思議じゃねえやな。こんな話ばかり聞かされたら、誰だってこりゃ有罪だって納得しちまうよ」

「ユニフォームの件がよくわからない。ジェイミーの話だと、ローラはしじゅう外出してたらしいわ。就職面接に出かけたり、老人ホームにおばあさんのお見舞いに行ったり。施設の許可さえもらえば、いつでも自由に出入りできたって聞いた。それに、夜はきっと門限までにきちんと帰ってきてたわけでしょう。外出するときはどんな服を着てたの？」

「ユニフォームって言っても、私服と変わらねえみたいだな。ジーンズにデニムシャツ。収容者——施設じゃそう呼んでた——はみんな、いつもそのユニフォームを着てた」

「過去形で話すのはどうして？」コリンから渡された水を一口飲んだ。黒い服は汗で湿っている。エアコンの風に当たると寒い。

「ローラ・ダゲットの件で施設の評判はがた落ちになった。個人からの寄付だけが頼りって施設じゃ、まあ、当然の話だよな」マリーノが言う。「ローラがクラレンス・

ジョーダンと妻子を殺したってことで有罪になったあと、サヴァンナの資産家連中の小切手にサインする手はぴたりと止まっちまったってわけさ。クラレンスはホームレスのシェルターとか無料クリニックとかでボランティアをやってただろ。そうやって、何かしら問題を抱えた人間、一文無しで医者にもかかれねえような人間を積極的に支援してた人物を、支援される側が殺しちまったんだから、まあ、しかたねえよ」

「クラレンスは、リバティ社会復帰訓練施設でもボランティア活動をしてたのかしら」エアコンの設定温度を高くしようと立ち上がった。

「いや。俺の知るかぎりじゃ、リバティには関わってなかった」

「リバティ社会復帰訓練施設は事件後に閉鎖されたわけね。あ、暑すぎたら言ってちょうだい」私は椅子に戻った。マンディ・オトゥールは私たちを完全に無視している。少なくとも、私たちの話は聞いていないように見えた。

「いまじゃ〈救世軍（サルヴェーション・アーミー）〉が運営するホームレスのシェルターになってるよ。当時の職員は一人もいねえ。外観も当時とは変わってる」マリーノが答えた。「こいつを読んで思うのはさ、ローラ・ダゲットは人を殺して逃げおおせるほどお利口さんじゃなさそうだってことだ」

「実際、逃げられなかった。だけど、〝人を殺した〟というのが事実かどうかはわからないわよ」

「悪魔がローラの服を着た。でもって犯行後にその服をローラの部屋のバスルームに置いた」マリーノが言った。「ローラはその悪魔のことを誰にもしゃべらん。おかげで、〝ペイバック〟って名前しかわからねえ」

「バスルームでまさに手を血まみれにしてるところを発見されて初めて、もしかしたらこれは自分への報復かもしれないと思い始めたみたいな印象じゃない？」私は目の前の書類を整理しながら言った。「何者かがローラに報復しようとした。ローラが麻薬を常用してたころに関わりのあった誰か。その誰かにはめられたらしいってようやく気づいたあと初めて、その人物を〝ペイバック〟という名前で呼ぶようになったのかもしれない」

「ローラは事件とは関係ねえって本気で思うか？　真犯人を知らねえんだと思うか？」

「わからない。いまの時点ではまだ何とも言えないわ」

「しかし、世間がどう解釈するかはわかりきってる」マリーノが言った。「当時もいまも変わらねえだろう。まるで筋が通らねえし、それにだ、ＤＮＡの説明のとこを読めば、全員分が検出されてるってわかる。ローラの衣類にはジョーダン家の四人全員分の血がついてたってことだ。俺はジェイミーに初日からずっと言ってんだよ。その件はどう説明するんだって」

「ジェイミーなら説明できるでしょう。ローラの弁護団が最初に主張したのと同じ論法で。ローラのＤＮＡはジョーダン家のどこからも見つかっていない。遺体からも、被害者の着衣にもいっさい付着していなかった」記録のなかの写真が添付されたページをめくりながら答えた。「ローラのＤＮＡは、ローラがシャワーブースで洗ってた服からは検出されてるけど、それだけよ。コーデュロイのパンツとセーターとウィンドブレーカーから見つかってるだけ。被害者のＤＮＡもその三点から検出されてる。陪審の目には、かなり強力な有罪の証拠と映るでしょうけど、科学的観点からは疑問が増えただけ」どんな疑問かは言葉にしなかった。

マンディ・オトゥールの前では言えない。マンディは私たちの会話は聞こえていないし興味もないといった顔で、イヤフォンで音楽を聴きながらブラックベリーのキーをぽちぽちと押していた。

「ローラは素っ裸で服を洗濯してた」マリーノが言う。「それだけでも、服にＤＮＡがくっつく可能性はあるんじゃねえか。全部の服に触ってるわけだろ。最初からＤＮＡがついてたってことも充分ありえる。リバティに来たとき着てた私服なんだから」

「そのとおり。服がどうやってバスルームに現われたかは別として、シャワーブースから出るように命じられた時点で、ローラのＤＮＡが付着していたのは間違いないでしょうね」私は言った。「つまり、ローラの服からローラのＤＮＡが検出されたという事実を重視する必要はなさそうだということ。ただ、ローラのもののほかに、別人のＤＮＡが付着してたとすれば、話は変わってくる」ドーン・キンケイドのことを考えていた。ただ、ここではその名前も出さない。「別の人物がローラの服を着たんだとしたら？　バスルームの床に置いてあったパンツやセーターやウィンドブレーカーから、その人物のＤＮＡが検出されたとしたら？」私は言葉を慎重に選びながら、情報を探った。

マンディ・オトゥールに聞かれかねないこの部屋で、ＤＮＡの再鑑定の話題は出したくない。ジェイミーによれば、コリン・デンゲートは再鑑定が行なわれたことをまだ知らないはずだ。誰も知らないと思っていい——なぜそう言いきれるのか、私にはわからない。ジェイミーは誰も知らないと信じたいがゆえに、希望と現実の区別がつかなくなっているのだろうか。ローラの判決の取り消しを求める申し立てを何週間も前にさっさと提出しておけばよかったのだ。そうしていれば真実が公表され、リークを恐れる必要はなくなっていた。ただ、そのほうがこの案件を順調に運ぶという意味では無難だったとしても、ジェイミーにとってはかえって都合が悪かった。職業を変え、サヴァンナで一生に一度のセンセーショナルな案件に取り組んでいることが公になれば、私を欺いてここへ誘き寄せるのは不可能になる。

昨夜ジェイミーがちらりと話していたとおり、もしも考える時間を与えられていたら、私は法医学のエキスパートとしてジェイミーの陣営に積極的に加わろうとは思わなかっただろう。ジェイミーが嘘をついて私を操り、いまこの瞬間にこの会議室に座っているように仕向けたりせず、初めから正直に事情を打ち明けていたら、私はそもそもサヴァンナに来ていなかったに違いない。一連の出来事について考えれば考えるほど、私は断ったはずだという確信は強まっていった。きっと別の専門家をジェイミーに紹介しているだろう。コリンの所見を精査した結果、間違いを指摘するはめになった場合のコリンの反応が不安だからではない。ルーシーの反応が怖いからだ。ジェイミーと一緒に何かをするたびに、不愉快な過去に自分が毒されているように感じただろう。ジェイミーに協力するのは、どう考えても得策とは言えない。

「どっかの誰かがローラの服を借りて、一晩のうちに何人も殺したんだとしたら、その誰かのＤＮＡがパンツやセーターやウィンドブレーカーにくっついてなかったのはどうしてかな」マリーノなりに、ローラの衣類からはドーン・キンケイドのＤＮＡ

も、第三者のＤＮＡも、いっさい検出されていないと伝えようとしている。

「石鹸を溶かしたぬるま湯で洗えば、別人のＤＮＡは流してしまえる。汗や皮膚細胞に含まれるＤＮＡということならね。でも、血を洗い流すのは無理じゃないかしら。量にもよるけれど。少量なら、たとえば幼児に引っ掻かれて出血した程度の量なら、シャワーで流れたかもしれない」私は考えをたどるようにしながら答えた。「二〇〇二年の初めなら、鑑定の精度もいまほど高くはなかったし。ローラ・ダゲットの靴は誰か調べてる？」

「どの靴の話だ？」

「靴があったはずでしょう。リバティでは支給してなかったの？」

「靴までは支給してなかったんじゃねえか。ジーンズとデニムシャツだけだ。まあ、俺も確かなことは知らねえが」マリーノはあいかわらずマンディ・オトゥールを見ている。マンディのほうはマリーノを見ていない。「靴の話は誰からも聞いてねえな」

「靴についた血液を誰か調べるべきだったのに。ローラがシャワーブースで靴を洗ってたという記述はどこにもないのよ。下着にも一言も触れてない。服がぐっしょり濡れるほどの量だったなら、パンティや肌着、ブラ、ソックスにだって血が染みてたはずじゃない？　でも、ローラが洗ってたのはパンツとセーターとウィンドブレーカーだけ」

「あんたが靴を気にするのは、まあ当然か。ちっちゃな靴（スカーペッタ）だもんな」マリーノが言う。

「きわめて重要な証拠だからよ」

靴は、決定的な出来事が発生した瞬間に自分がどこにいたかを正直に教えてくれる。殺人事件の現場にいた。ブレーキペダルあるいはアクセルペダルを踏んでいた。埃の積もった窓枠やバルコニーの手すりの上に乗っていて、次の瞬間、自分を履いていた人物と一緒に飛び降りたか、もろともに突き落とされた。暴行を受けた末に亡くなった被害者の体を踏みつけていた。ある事件では、乾いていないコンクリートにずぶりと沈みこんだ痕を残していた。殺人者が犯行後に建設現場を通って逃走したからだ。靴、ブーツ、サンダル。どんな履物の底にも溝模様が刻まれ、特有の傷がついている。その溝が微細証拠を落とす。逆に拾うこともある。

「ジョーダン一家を殺害した男または女の靴には血がついてたはずよ」私は言った。

「微量であっても、かならずついてたはず」

「さっきも言ったけどよ、靴の話は誰からも聞いてねえ」

「コリンがほかの証拠物件と一緒にラボに保管してくれてることを祈るしかないわ

ね」去年の秋に開かれた恩赦の審理の記録に添付された写真をめくっていく。

最初の何枚かは、ポートレートやスナップ写真だった。被害者の生活者としての一面を念入りに強調して、ジョージア州知事ゼブロン・マンフレッドの心に同情をかきたてるためのものだろう。実際、マンフレッドはローラ・ダゲットの恩赦請求を却下している。記録には新聞記事のコピーもはさまれていた。そのなかで知事は、ローラの弁護団が恩赦請求の根拠としている証拠は、陪審や上訴裁判所によってすでに検討し尽くされたものばかりであると指摘していた。〝人間の邪悪さとは何かとどれほど考えてみたところで、結局はローラ・ダゲットが実際に他人に向けたその邪悪さに立ち返ることになる。ローラ・ダゲットは二〇〇二年一月六日、日曜の未明に、一家全員を惨殺しようと思い立ち、実際に行動を起こした。気が向いたという以外に動機らしい動機がないまま一家の命を残酷に奪った〟。

最後のクリスマス、凄惨な事件によって命を奪われるほんの二週間ほど前に写真館で撮影されたジョーダン一家のポートレートを目にしたとき知事が感じたであろう怒りの大きさは、想像に難くない。ダークグリーンのスーツとタータンチェックのベストで盛装したクラレンス・ジョーダンは、照れくさそうな笑みを浮かべ、優しげな灰色の目でレンズを見つめている。隣に座った妻のグロリアは、目を引くような美人ではないが、年若く、濃い茶色の髪を真ん中分けにし、フリルの襟がついた緑色のベルベットの控えめな服で装っていた。五歳の双子は父母の両側に座っている。亜麻色の髪、薔薇色の頬、大きな青い瞳。ジョシュは父親とまったく同じスーツ、ブレンダは母親とそっくりな服を着ていた。写真はまだまだある。めくっていくうちに、それらの写真が添付されている理由を痛感した。記録の十七ページからいよいよ始まる悪夢に、見る者をいっそう深く引きずりこむためだ。

血で真っ赤に染まったベッドの端から力なく垂れ下がった幼い子供の血まみれの腕。壁紙はプーさんの柄だった。シーツは西部風の模様――投げ縄やカウボーイハット、サボテンなどがプリントされている。そして、壁もシーツも血だらけだ。細長い涙形をした痕。円く滴った痕。黒っぽい大きな染み。拭ったかこすったかしたような痕。思い出したくもないのに、ドーン・キンケイドの姿が頭に浮かんだ。ジョーダン家の真っ暗な寝室、そこにいるドーン。凶暴な犯行の合間の小休止に、シーツやベッドカバーで自分の手や凶器を拭っているドーン。彼女の欲望や興奮をまるで自分のもののように鮮明に感じた。重たく速い息遣いや早鐘のような鼓動が聞こえたような気がした。ドーンは刃物を突き立て、振り回し続ける。子供を――五歳の幼子二人を残虐なやりかたで殺したのはなぜなのだろう。

双子。男と女の双子。五歳という幼さもあってか、顔立ちはそっくりに見える。きれいな青い瞳と金髪。ドーンは子供たちと面識があったのだろうか。過去に遠くから観察したことがあったのだろうか。たとえば家の周辺を偵察し、一家の習慣を探ろうとしたときなどに。ジョシュとブレンダがどの部屋で眠っているか、なぜ知っていたのだろう。いや、知らなかったのだろうか。子供たちを殺したときのドーンの心理は、激しい怒りに駆られて自制心を失ったとでも解釈するようなものだったのか。ベッドですやすやと眠っていた双子を殺害したとき、ドーンが心のなかで殺していた相手は、いったい誰だったのだろう。

殺さなくてもよかったはずだ。双子を殺す理由はなかった。短時間ですませる必要もなければ、明確な目的、たとえば窃盗などの目的があっての犯行でもない。ジョーダン夫妻はともかく、五歳の子供たちに抵抗する術はなく、あとで犯人の顔を判別することもできなかっただろう。筋の通った理由など一つとして見つからない。きわめて身勝手な動因が存在していただけだ。ドーン・キンケイドの憎悪をひしと感じた。被害者たちの血は、彼女がぶちまけた怒りを伝える言語のようなものだ。彼らが被害者にされたのは偶然ではない。この犯行は、私を襲った事件と同じく、単なる気まぐれで起こされたものではなかった。ドーンは初めからジョーダン一家全員を殺害するつもりでいた。子供たちも含めて。なぜだろう。

自分には与えられなかったものをその二人から奪うため――ふとそんな考えが頭をよぎった。安心して暮らせる家庭。温かな腕で抱き締め、愛情を注いでくれる父母。赤ん坊のうちに里子に出したりはしない親。頭のなかに描かれた犯行現場からドーンを追い払おうとした。それから九年後に私を殺そうとした女。それでも、寝室の床を汚している血は、私の家のガレージの血に変わった。生温かい赤い霧が顔に吹きかかったような気がした。鼻腔を金属的な匂いがかすめ、舌には金気と塩気を感じた。消えて――ドーン・キンケイドに向けてそう念じた。私の頭から出ていって。記憶から永遠にいなくなって。そう考えながら、血痕をたどって廊下に出た。

モミ材の床の上に、部分的な靴痕、血の滴、染み、筋が残っている。白い漆喰の壁の、ちょうど手すりが取りつけられるような高さに、小さな掌紋と、血に濡れた服や髪がこすれた痕があった。その少し先には、犯人に殴られたときに飛んだのか、ピンの頭ほどの赤い点々が作る星座が描かれていた。そのまたすぐ先に、今度はもっと大きな滴が、動脈が切れたとき特有の模様を描きながらべったりとつき、そこから赤い小川が伸びて白い壁を伝い落ちていた。頸動脈が切断されたか、なかば切れかかっていたのだ。おそらくは背後から斬られた。犯人は被害者を追いかけている。動脈血が描く模様はまもなく、ふいに蒸発でもしたかのように消えた。血の滴や不規則な模様が階段を真っ赤に染め、一番下に広がった大きな血だまりにつながっている。玄関の少し手前にできたその赤い水たまりのなかで、小さな体が胎児のように背を丸めていた。金色の髪も、スポンジボブの柄のピンク色のパジャマも、乱れている。

キッチンの床は黒と白のタイル張りだった。部分的な靴の痕がところどころについたチェッカー盤。白いシンクには血の痕があり、血の染みたディッシュタオルが二枚、丸めて放り捨ててある。カウンターには質のよさそうな磁器の皿が置かれ、そこに食べかけのサンドイッチが残っていた。カウンターの上のあらゆるものに血がこすれた痕や染みがついている。皿のそばにイエローチーズの塊と、封を切ったハムのパッケージ。ナイフの柄のクローズアップ写真を見る。そこにもやはり血の痕があった。隣でマリーノが立ち上がる気配がして、はっと我に返ると、いつのまにか脈が速くなっていた。

白パン、冷蔵庫に戻されなかったマスタードとマヨネーズの瓶、〈サミュエル・アダムズ〉の空きボトル二本。次の写真はゲスト用のバスルームを写していた。灰色大理石の床に、血の滴と靴の痕。血の染みたゲスト用のピーチ色の麻のハンドタオルが二枚、シンクのそばに丸めて放り出してあった。ラベンダーの香りのハンドソープのボトルは倒れている。血の色の指紋が付着しているのがわかった。貝殻の形をしたソープディッシュには赤い水がたまっており、石鹸がそこに浸かっていた。トイレの水は流されていない。記録をめくり、指紋の照合結果が記載されたページを探した。検査報告書。どこ？　コリンはその報告書は抜き取ってしまったの？

あった。ジョージア州捜査局が発行した指紋分析報告書。ハンドソープのボトルとナイフに付着していた指紋が同一人物のものであることまでは判明したが、その人物が誰なのかはわからなかった。統合指紋照合システムには、一致する指紋が登録されていなかったからだ。しかし、九年後――ドーン・キンケイドが逮捕された今年の二月の時点では、一致するものが見つかったはずだ。ジョーダン一家惨殺事件の捜査の過程でハンドソープのボトルとナイフの柄から採取された未知の指紋は、データベースから消去されていないだろう。なのに、ドーンの指紋が登録されたとき、なぜ一致するデータとして浮上しなかったのか。複数のＤＮＡ型鑑定ラボが一家惨殺事件とドーンを結びつけた。それでも指紋はドーンのものではないということなのだろうか。

「何かおかしいわよね」私は一人つぶやき、さらにページをめくってほかの写真を見ていった。

屋敷の裏手の幅のせまい階段。ガラスで囲まれたベランダのテラコッタタイル敷きの床。そこに落ちていた血の滴の写真。大きさを示すための定規がそばに置いてある。黒っぽい染み一つにつき一枚。毎回、ラベルを貼った長さ十五センチの白い定規をすぐ隣に置き直していた。煉瓦色のタイルの床に合計七滴落ちていた血の染みは、縁がごくわずかにぎざぎざしている。染み自体の直径は一ミリ強だろうか。低から中程度の速度で、ほぼ真上から床に落ちたと考えてよさそうだ。それぞれの滴の周囲に、さらに小さな滴がいくつも散っている。床にぶつかった衝撃で飛び散ったもの。床のタイルはなめらかで平らで、そして硬いからだ。

血の痕を追って裏庭に出た。百年以上前に建てられた離れと思しきものの残骸があった。石積みの壁は崩れて周囲の景色と同化している。地面には植物に占領された深い凹みがあった。きっと半地下の根菜類貯蔵室の名残だろう。老朽化が進み、一部は緑色の苔に覆われている。〈アポロ〉のプランター、花束を抱えた天使、ランタンを提げた少年、小鳥を手に乗せた少女。芝生、ツバキやモクセイやツゲの葉に、乾いた血の痕が黒っぽい模様をつけていた。血痕はまだ先へ続いている。春には花の咲き乱れるロックガーデンになったのであろう箇所の砕いた岩に集中している。結論に飛びついてはいけないと自分を制した。いま見ているものから、あまりに多くを見出そうとしてはいけない。

パターンを読み取るには、数滴よりもずっとたくさんの血痕が必要だ。ただ、この写真の血痕は、角度をつけて飛んでついたものではない。方向を持った形をしていないからだ。この血痕を踏んだと思しき足跡がベランダに向けて残っていることもなければ、裏庭やロックガーデンにもない。血まみれの服やナイフから滴ったものではないだろう。子供の爪に引っ掻かれた程度で、これほど出血するとも思えない。テラコッタのタイルの七滴は円形で、五十センチほどの間隔を置いて落ちていた。そのうちの一つだけが誰かに踏まれたかのようににじんでいた。

血を滴らせながらガラス張りのベランダを通り抜け、裏庭に面したドアから外に出ていく人物を想像した。その反対の道筋をたどった可能性もある。屋内から庭に出たのではなく、庭から屋内に戻ったのかもしれない。ただ、この重大な証拠は、これまでに目を通した資料ではいっさい言及されていなかった。ジェイミーからも昨夜、この件については何も聞いていない。マリーノから聞いた記憶もない。そのとき、ふいに周囲が騒がしくなっていることに気づいた。顔を上げ、ジョーダン家から会議室へと意識を戻す。開いたままの戸口にマリーノとマンディ・オトゥールが立っている。コリン・デンゲートは何とも言いようのない表情で携帯電話を耳に当てていた。

「……彼らはきみの話をちゃんと聞いてないのか？　同じ件で何度電話されても、答えは同じだよ。彼らがどうしたいかは、私には関係のないことだと言ってやってくれ。とにかく何一つ手を触れないこと……おい、もしもし？　ああ、そうだ。彼らの——刑務官の誰かじゃないともかぎらない……そのことはつねに考慮に入れておくべきだし、彼らは現場検証のやりかたなどこれっぽっちも知らないということも忘れてはいけない」電話の相手はおそらく、ジョージア州捜査局のサミー・チャン捜査官だろう。〈スタートレック〉のトリコーダーを着信音に割り当てられている捜査官。そういえば、あの奇妙な電子音が少し前に聞こえていたような気がする。

「わかった……ああ、そうだ。一時間以内には……ああ、彼女からそのことは聞いている」コリンの目は、〝彼女〟というのは私のことだと念を押すかのようにじっとこちらを見つめていた。「たしかにそうだ。訊いてみるよ……いや、それはだめだ。念のため言うが——ちなみにこれでもう三度めだぞ——刑務所長は絶対に入らせるな」

私が椅子から立ち上がるのと同時に、コリンが通話を終えた。「キャスリーン・ローラーだ。一緒に来てくれないか。きみは昨日行ってるだろう。来てもらえると助かる」

「昨日行ってるから——？」

コリンはマンディ・オトゥールに向き直った。「私の道具を取ってきてもらえないか。それから、オートバイ事故の遺体がそろそろ到着する。その件はドクター・ギランに担当を代わってもらおう。きみが助手を務めてくれるとなおいい。気の毒な青年の母親が朝からずっとロビーで待ってる。手が空いたらちょっと様子を見てやってくれ。私が行くつもりでいたが、時間がなくなった。水かソーダか何か、出してやってほしい。考えなしの州警察官が、まっすぐここに来て遺体を確認してくれと連絡しちまったらしいんだよ。しかし、チャンの説明を聞いたかぎりでは、とてもじゃないが、母親に見せられる状態ではない」

19

コリン・デンゲートは古いランドローバーのギアを四速に入れた。大型のエンジンが飢えた獣のような低いうなり声をあげた。私たちは、陽の光さえ透けない鬱蒼とした森のなかの幅の狭い舗装道路を疾走していた。道は、マツが落とす影のなかを急な角度で曲がりくねりながら進んだあと、ふいに開けた平らな土地に出て、今度はアパート群や焼けつくような陽射しのなかをまっすぐに突き進んだ。沿岸地方犯罪科学捜査研究所は、バットマンのバットケーブのように、文明社会から徹底的に隠されている。

熱い風がオリーブグリーン色のキャンバスルーフをばたつかせていた。コリンは頭上で鳴るその太鼓のような音に負けない大声で、キャスリーン・ローラーが人生の最後の数時間を一人きりで過ごしたことを考えれば不可解なくらい詳しい情報を私たちに伝えようとしていた。キャスリーンが自分の舎房で息絶えたとき、ほかの受刑者には声は聞こえていたかもしれないが、彼女の姿はまったく見えなかったはずなのに、M・P・メーコン刑務官は、まだ刑務所に到着してさえいなかったサミー・チャン捜査官に対して、おそらく心臓発作と思われると話したという。チャンが通報を受けた時点で、刑務所側は、キャスリーンの死はローカントリーの猛暑が遠因となってときおり発生する悲しい出来事の一つであると結論を出していた。熱射病。心筋梗塞。高コレステロール。キャスリーンは自分の健康にまったく気を配っていなかった。

メーコン刑務官によれば、今日、キャスリーンは体の不調を訴えたりはしていない。午前五時四十分に朝食——粉末卵と挽き割りトウモロコシ、白パンのトースト、オレンジ、二百ミリリットルの牛乳——のトレーが舎房のドアについた抽斗（ひきだし）を介して渡されたときも、具合が悪そうだったとか、ふだんより元気がないといったことはなかった。それどころか、朝食を届けた刑務官は、のちにメーコン刑務官の質問に答えて、そのときのキャスリーンは上機嫌で口数が多かったくらいだと話しているという。

「サミーが聞いたところでは、いったいいくら払ったらテキサスオムレツとハッシュブラウンを朝食に持ってきてもらえるのかしらねと言ったらしい。そうやって冗談を口にするほど元気だった」コリンが説明する。「このところ、ふだん以上に食べ物にこだわっていたそうでね、刑務官たちに話を聴いて回った印象では、キャスリーンはどうやら、近い将来、ＧＰＦＷを出所できそうだと思いこんでいたらしいんだな。まもなく何でも好きなものを食べられるようになると考えて、食べ物のことをあれこれ空想していたのかもしれない。そういった〝症候群〟は過去に何度も接したことがあるよ。どうやっても手に入らないものを意識から完全に追い出すのに成功していたのに、もしかしたら手が届くかも知れないと考えたとたん、そのことで頭がいっぱいになって、ほかのことが何も考えられなくなる。食べ物。セックス。アルコール。ドラッグ」

「キャスリーンの場合は、その四つ全部かもしれねえな」マリーノが後部座席から声を張り上げた。

「協力的なところを示したら、何らかの取引が成立するだろうと思いこんでるような印象を受けた」私はベントンに送るメッセージを打ちながらコリンに言った。「刑期を短縮してもらえる、もうじき自由な世界に戻れると思ってるみたいだった」

メッセージには、ベントンとルーシーがヘリでサヴァンナに到着しても、私やマリーノとすぐには連絡が取れないかもしれない、いま死亡現場に向かっているところだと書いた。死んだのが誰なのかも伝えた。それから、ドーン・キンケイドの喘息発作の訴えに関して進展があったら、即座に知らせてほしいと頼んだ。

「誰かジェイミー・バーガーに教えてやったかな。ニューヨークにいるのとは違って、ここじゃ検事や判事を動かせる力は彼女にはない」コリンはミラー越しにマリーノを見て言った。

「風洞のなかで話してるみたいで、ちっとも聞こえねえんだがよ」マリーノが怒鳴り返す。

「しかし、ウィンドウを閉めるわけにもいかないだろう」コリンも叫び返す。

「ジェイミーには力がなくても、組織化された抗議行動の影響力を過小評価してはいけないと思うわ。とくにいまは、ほら、ネットがあるから」私はそう言って、ジェイミー・バーガーが大きなダメージをもたらしかねないことを指摘した。「そういう抗議行動の先頭に立って、社会的、政治的な圧力をかけることは充分可能よ。少し前にミシシッピ州で似たようなことがあったでしょう。市民団体や人権団体が圧力をかけた結果、知事は強盗罪で終身刑を宣告された姉妹の刑の執行の猶予を決めた」

「どうかしてるな」コリンは吐き捨てるように言った。「強盗で終身刑？」

「おい、後ろにいると何にも聞こえねえ」マリーノはベンチシートの先端にちょこんと座り、前に身を乗り出していた。汗をかいている。

「シートベルトをはずしちゃだめだったら」私はウィンドウから嵐のように吹きこんで来る熱い風の音やエンジンの耳を聾(ろう)するようなうなりに負けないよう、大きな声で言った。ランドローバーは、本当は砂漠を駆け抜けたり岩場をよじ登ったりしたいのに、舗装されたハイウェイなどを走らされて退屈し、機嫌を悪くしているようだった。

私たちはなかなか快調に距離を稼いでいる。いまは二〇四号線を東に向けて走っていて、すでにサヴァンナ・モールを過ぎ、フォレスト川とリトルオギーチー川、その周辺の湿地や果てしなく広がる低木の森を目指していた。太陽はちょうど真上に来ている。カメラのフラッシュを連想させる目のくらむようなまぶしい光が白いランドローバーの角張ったノーズに照りつけ、周りの車のフロントガラスをぎらつかせている。

「私が指摘しておきたいのは」コリンに向かって話を続けた。「ジェイミーには、マスコミに情報を漏らして、ジョージア州は偏見の塊の野蛮人だらけだというイメージを世間に植えつける手もあるということ。それこそしてやったりでしょうね。でも、タッカー・リドリーやマンフレッド知事が喜ぶとは思えない」

「その手があっても」コリンが言う。「いまからでは使えないよ」

確かにそうだ。少なくともキャスリーンに関しては。もはや執行猶予のつけようはなく、刑期の短縮も不可能だ。娑婆（しゃば）のおいしいものを心ゆくまで味わう希望は完全についえた。

朝八時、キャスリーンは日課の一時間の運動のために、刑務官に付き添われて金網で囲われた運動場に行った。夏のあいだ、日課のエクササイズは朝の早めの時間にスケジュールされているという。

キャスリーンは運動場を歩いたが、そのペースはふだんより遅かったらしい。そしてしじゅう足を止めては暑いと不満を言った。だるい、蒸し暑くて息苦しい。エクササイズを終え、九時数分過ぎに舎房に戻ったときも、近くの房の受刑者に対し、暑くて疲れてしまった、室内で休んでいればよかったと言っていた。そのあとも二時間ほど、気分が優れないと訴え続けた。手足が重く、体が言うことを聞かない。息が苦しい。

朝食がよくなかったのかもしれない、〝馬でもぶっ倒れてくたばりそうな〟暑さと湿気のなかを歩き回ったのもよくなかったかもしれない。正午ごろになって、胸が痛むと言いだし、心臓発作の前兆などでなければいいがと言ったのを最後に、キャスリーンの声が聞こえなくなった。不安を感じた近くの房の受刑者たちが大きな声で刑務官を呼んだ。十二時十五分ごろ、解錠して扉を開けると、キャスリーンはベッドでぐったりしており、心肺蘇生が試みられたが、助からなかった。

「キャスリーンがきみに聞かせたという話は、確かに奇妙だな」コリンは、右へ左へハンドルを切ってほかの車をかわしながら言った。まだ命を救える可能性のある患者のところに急いで駆けつけようとしているかのようだった。「しかし、死刑囚棟に収容されてる受刑者がキャスリーンに危害を加えるのは、事実上不可能だろう」

キャスリーンは自分がブラヴォー棟に移されたのはローラ・ダゲットの脅しが原因だと信じていて、ずっとローラに怯えていたという件だ。

「聞いたとおりのことを繰り返してるだけよ」私は答えた。「そのときは私も大して本気にしなかった。キャスリーンはローラ・ダゲットが自分を〝殺そうとしてる〟って言ってたけど、それはまず無理でしょう。ただ、キャスリーンはローラが自分をどうにかしようとしてると思いこんでる様子ではあった」

「タイミングが不気味だな。そういう例はこれまでにも数多く見てきた」コリンが言う。「故人が死の前に何らかの予兆や虫の知らせのようなものを感じたり、自分の死を予測するようなことを言ったりしたが、周囲の人間は相手にしなかった。ところがそれからまもなく――おやびっくり！　本当に死んだ」

私にも経験がある。亡くなった人が、死の前兆となるような夢を見たとか、いやな予感がすると話していたと遺族から聞かされたことが何度もある。たとえば、予定の飛行機や車には乗らないほうがいい、特定の出口は使わないほうがいい、その日は狩りやハイキングやジョギングに出かけないほうがいいと警告するような出来事が起きるといったことだ。そういった〝予知〟は昔からよくあることだし、自分はまもなく殺される、犯人は誰々だと周囲に伝えていたという話も珍しくない。ただ、よくあることとはいえ、キャスリーンの言葉を頭から追い払うことはできなかった。そして、あの言葉を聞いていたのは私一人ではないのではという疑念も拭いきれない。

つい昨日、私とキャスリーンが交わした会話が隠しマイクで録音されていたのだとすれば、頭のすぐ上に脅威があるような房にわざわざ移すなんてひどすぎるという彼女の訴えをひそかに耳にした人物が、私以外にも存在することになる。

「ブラヴォー棟の舎房の一つひとつは孤立してるから、刑務官に何かされたとしても、目撃者は誰もいないだろうとも話してた」私はコリンに言った。「保護隔離によってかえって無防備な状態に置かれてるんじゃないかって不安そうにしてたの。本気で心配してるように見えたわ。矛盾しているようにも聞こえるけど、当人は本気だった。何を言いたいかといえば、私の気を引くために不安がって見せてるようには思えなかったということ」

「受刑者の厄介なところはそれだ。とくに、これまでの人生の大部分を塀のなかで過ごしてきたような受刑者。話がいちいちもっともらしいんだ。人を操るのがあまりに巧みで、操っているようにはまるで見えない。少なくとも本人たちには、そういう意識さえない」コリンが言った。「主張することはだいたい一緒だ。誰かが自分を狙ってると言う。虐待しようとしてる、危害を加えようとしてる、殺そうとしてる。それにもちろん、自分は無罪で、刑務所に入れられてることがそもそもおかしいというのも定番だね」

車はディーンフォレスト・ロードに入った。私が昨日公衆電話を見つけたストリップモールの前を通り過ぎる。さっきサミー・チャンから電話がかかってきたとき、私がちょうど見ていた写真の血痕のことを尋ねた。ジョーダン家のベランダと裏庭とロックガーデンに血痕があることに気づいていたか。コリンとマリーノの二人ともにそう訊いた。出血した人物は屋敷を出て庭を通り抜けた。もしかしたら、そこからさらにイーストリバティ・ストリートに続く木立を通り抜けたのかもしれない。または逆に、裏庭で怪我をしたあと、血を滴らせながら屋敷に戻ったとも考えられる。血を拭った形跡はなかった。犯行時に残されたものなのか、いささか疑問だ。

「きれいな円形をしてるのよ」私は説明を加えた。「つまり、その人物は直立した状態で移動してた。たぶん、家から歩いて出たか、歩いて入ったんだと思う。たとえば、手に切り傷を作ってしまって、その手を高く持ち上げた状態で歩いた。または、切ったのは頭部のどこかだったとか、鼻血を出したとか、そういうことかも」

「〝手を切った〟か。心当たりがなくもない」コリンが答えた。

「俺はその血痕のことは知らねえな」マリーノの大きすぎる声がまた私の耳もとで叫ぶ。

「その血痕のサンプルもきっときちんと採取されて、DNA型の鑑定に回されたんだろうと思うけど」私は言った。

「ポーチや庭で血痕が見つかったなんて、初耳だ」マリーノが言う。「ジェイミーはその写真を見てないんじゃねえのか」

「私から聞いたとは言わないでもらえるか」車は、昨日私が通った道筋を逆にたどっていた。GPFWまではあと数分の距離だ。「本来なら、正式なDNA型解析報告書を見ないかぎりは手に入らないはずの情報だからね。きみがいま話した血痕は、当初から事件とは関係ないものとされていた。いまのきみは、事件発生直後の私だ——最終的には何の意味もなかったとわかる証拠に頭を悩ませている」

「写真は現場検証の際に撮影されたものよね」

「ロング捜査官が撮った。捜査ファイルには入れてあるが、証拠として法廷には提出されていない。無関係と判断されたからだよ。グロリア・ジョーダンの写真は見たかな」

「まだよ」

「写真を見ると、左の親指、第一関節と第二関節のあいだに切り傷がある。新しい傷だし、防御創にも見える。初めは戸惑ったよ。防御創はほかに一つもなかったから。首と胸と背中を二十七ヵ所刺されたうえに、喉を掻き切られている。殺害場所はベッドだ。抵抗した形跡はないし、何が起きているかさえ知らないまま息絶えたといった状態だった。DNA型分析で、裏のポーチに落ちていた血液はグロリア・ジョーダンのものとわかった。その結果を見て納得した。グロリアは事件より前に親指を切ったんだ。親指の傷は、事件とは関係ない。近ごろそういった事例が増えてる。捜査中の事件とはまったく無関係の古い血液や汗や唾液――服や車のなか、バスルーム、階段、私道、コンピューターのキーボードに残っていたものが、いまの技術では検出されてしまうからだ」

「遺体を調べたとき、グロリアの親指は血だらけだったのか」マリーノが訊いた。ランドローバーはスクラップ工場の前に差しかかっていた。潰された車やトラックが山をなしている。

「親指だけじゃない。どこもかしこも血まみれだったよ」コリンが答えた。「手はこんなふうにしてた」両手をハンドルから離して喉を押さえた。「喉を切られたとき、反射的に押さえたんだろう。あるいは、息絶える間際に本能的に胎児みたいに体を丸めたか。ただ、犯人が両手をそこに動かした可能性もある。しばらく現場に残って、遺体をもてあそんだようだからね。ともかく、両手は血まみれだった」

「バスルームからは、グロリアが事件より前に手を切ったって匂わせるものは何か見つかってねえのか」

「ない。しかし、近所の住人の証言によると、ミセス・ジョーダンは事件前日の午後、庭に出てたようだ。春に備えて剪定をしてたらしい」

私はジョーダン家の冬の休眠期の庭を思い浮かべた。写真には、剪定前の枝、徒長枝、腋芽などが写っていた。

グロリア・ジョーダンはガーデニング好きではなかった。いや、実際にはふだんからまめに手入れをしていたのに、その年は剪定を始めた直後に親指を切ってしまったということなのかもしれないが。

「プードルを飼ってた隣の住人か？」マリーノが訊いた。「レニー・キャスパー。ジョーダン家のキッチンのガラス戸が割れてるのに気づいて通報した男」

「そう、たしかそんな名前だった。記憶では、隣の家の複数の窓からジョーダン家の裏庭が見えるんだ。それで事件前日の午後、ミセス・ジョーダンがいるところを見かけていた。剪定の最中に誤って親指を切ったんじゃないかな。おそらくグロリアは手を高く持ち上げていた。それで写真にあるようにきれいな円形をした滴が落ちた。そのまま家に入り、ベランダの床にも血の滴が落ちた。廊下とゲスト用のバスルームにも何滴か残っていた」

「そうね、そういう可能性はある」私は曖昧に答えた。

「生活反応があった」コリンが付け加える。「写真でもわかるし、組織検査の報告書でも確認できる。切り傷を負ったとき、血圧も組織反応もあった」

「そうね、そうかもしれない」私はまだ疑念を拭いきれずにいた。「でも、どうしてバンドエイドを貼ってなかったの？　絆創膏も包帯もしていなかったのはなぜ？」

「わからない。私もいささか不思議に思ったよ。しかし、人間というのは不思議なことをする生き物だからね。というより、不可解なことばかりしている」

「傷口を乾かしたかったのかもしれねえな」マリーノが怒鳴る。「乾かしたほうが治りが早いって信じてる人間は多い」

「グロリアの夫は医師なのよ。開いた傷口に一番よくないのは黴菌（ばいきん）の侵入だってことくらい、当然知っていそうなものじゃない？」私は答えた。「もし破傷風の予防接種をしばらく受けてなかったとしたら、ガーデニングの道具で怪我をしたならその危険も考えたはずだわ」

「しかし、それ以外にベランダと庭に血痕があった理由を説明できない」コリンが言った。「滴っていた血液がグロリアのものだというのは確かだ。つまり、出血したのは事実で、しかも、刺し殺された件とは無関係だ。殺されたときは眠っていたと考えられるわけだしね。ジョーダン夫妻は抗不安薬や鎮静剤を常備していた。クロナゼパム。商品名で言えば〈クロノピン〉。不安やパニックを和らげたり、筋肉を弛緩させる作用がある。不眠症薬に使う人もいる」コリンはマリーノのためにそう説明を付け加えた。「眠っていて何も気づかないまま亡くなったことを祈りたいね」

「当時はどう考えた？　最初に殺されたのは夫のクラレンスだと思った？」私は訊いた。

「殺された順序はまったくわからない。とはいえ、理屈のうえでは、最初にクラレンスを殺し、次にグロリア、最後に子供たちを殺したと考えるのが妥当だろう」

「すぐ隣で夫が刺し殺されたのに、気づかずに眠ってたということ？　クロナゼパムをよほど大量に飲んでたのね」

「あっというまの出来事だったんだろう。まさに電光石火の出来事だった」

「グロリアの靴は？　前日の午後、血を落としながら家に戻ったんだとしたら、庭に出たとき履いてた靴にも血がついてたんじゃないかしら。血のついた靴を捜そうとは誰も思わなかったの？」

「ここに来てすっかり靴フェチになったらしいな」マリーノの声が頭のすぐ後ろで聞こえた。

「殺害されたときは、ナイトガウンしか着ていなかった。素足だった」コリンが言った。「誰も靴のことには考えが及ばなかった」

「事件の少し前にベランダや廊下に血の滴を落としてたのに？」私は訊き返した。車は養樹園の前を通り過ぎようとしていた。おむつをつけたような若木や鉢植えが温室の前に並んでいる。「午後から夜まで血が落ちてたのに、誰も掃除しなかったの？」

「冬だったから、おそらくベランダはあまり使っていなかったんだろう。それに、床のタイルの色は濃い赤だった。廊下も濃い色の板張りだった。血が落ちていることに気づかなかったか、それきり忘れてしまったか」コリンが言う。「ともかく、一階の床や庭にグロリアの血液が落ちたのは、事件が起きた未明ではないことには、きみも賛成してくれると思うよ。あらゆる証拠がグロリアはベッドから一度も出ていないことを示している」

「侵入者が家のなかにいて、家族全員を殺して回ってるあいだに、ベランダや裏庭に血痕を残したあと、自分もベッドに戻って刺し殺されたとは考えにくいのは確かね」

捜査に関わった全員が犯人は捕まったものと考えた時点で、捜査は本格的に始まる前に終わってしまう危険がある。これはそのいい例だ。

ローラ・ダゲットは社会復帰訓練施設のバスルームで血だらけの衣類を洗っているところを発見された。犯人は決まりだ――誰でもそう思うだろう。その思い込みが間違っていたとしたって関係ない。ベランダの床に落ちていた血、グロリア・ジョーダンの親指の切り傷、解除されていた防犯アラーム、未知の指紋の検出。そんな疑問はたちどころに重要性を失う。そしてローラの取ってつけたような嘘の連続、非現実的なアリバイ。事件は解決し、殺人者は裁判にかけられ、有罪判決を受けて、死刑囚棟に送られた。手のなかに答えがすでにあるとき、人は疑問を抱かない。

20

ランドローバーの荷台から鑑識キットと個人防護具を下ろし、たくさんの花をつけた低木や花壇のあいだを抜けるコンクリート敷きの通路を歩きだした。まぶしい太陽の下、鮮やかなはずの花の色が白く飛んで見える。白い柱と煉瓦でできた管理棟のセキュリティゲートを抜けたところで、メーコン刑務官と刑務所長が私たちを待っていた。

「このような事情で再会することになるなんて、残念です」タラ・グリムが言った。

今日の物腰は名前どおり厳め(グリム)しかった。

一度も笑顔を見せることなく、険のある表情をした黒っぽい瞳で私をまっすぐに見つめている。唇はきつく結ばれていた。昨日のエレガントな黒いワンピースとは打って変わって、いくぶん垢抜けない印象のパステルブルーのスカートスーツを着ている。インナーには派手な花柄のボウブラウス。足もとはオープントウのフラットシューズだった。

「ドクター・デンゲートの手伝いで来たのね」どこかがっかりしたようなタラの声

は、敵意を含んでいた。「もうボストンに帰ったものと思ってたけど」北のかなたに去ったものと考えていたらしい。少なくとも、いまごろは帰途についていると思っていたのだろう。目と表情を見れば、頭のなかでは猛スピードで再計算が行なわれているとわかる。私が現われたことによって、次に何が起きるか予測し直さなくてはならないとでもいうように。

「CFCの捜査主任です」私はマリーノを紹介した。

「サヴァンナには何の用でいらしてるの？」にこやかに対応しようという気はさらさらないらしい。

「釣り」

「何を釣るの？」

「クローカーかな」マリーノが言った。

〝クローカー〟――ニベ科の魚の総称、俗語で〝不機嫌なやつ〟。マリーノのTPOをわきまえない駄洒落に気づいているのかどうか、タラは表情一つ変えなかった。

「お忙しいでしょうに、わざわざ来てくださってありがとう」タラはコリンに言った。メーコン刑務官と制服姿の刑務官二名が私たちの鑑識キットやツール類を検めた。

三人が個人防護具を調べようとすると、コリンが手を挙げて制した。

「いや、これには触らないでください。あちこちに自分のＤＮＡがくっついてしまって一番困るのは、あなた方自身でしょうし。亡くなった受刑者の死因はまだわかっていないわけですから」

「そのまま通して」刑務所長の歌うような抑揚のついた声には、軍の司令官を連想させる鋼鉄の響きがあった。「一緒に来て」メーコン刑務官にそう指示した。「私もブラヴォー棟まで行きます」

「ジョージア州捜査局のサミー・チャンがもう到着してるかと思いますが」コリンが言った。

「ええ、舎房を調べてた捜査官のことなら、たしかそういう名前だった。どういう手順で進めますか」コリンにだけはまったく違う声音で話しかけた。まるで私はこの場にいないかのよう、私たちの用件はとくに重大なものではないかのように。

「何をです？」コリンが訊き返す。一つめの鉄のゲートがすべるように開き、私たちが通り抜けるのを待ってふたたび閉じた。がしゃんと耳障りな音がした。次のゲートが開き、閉じる。メーコン刑務官は私たちより三メートルくらい先を歩きながら、無線で中央監視室とやりとりしていた。

「搬送の手配をこちらで整えることもできます」タラが言った。

「いや、お手を煩わせるつもりはありません。手配はこちらで」コリンが答えた。

「うちの局のバンがもうこちらに向かってますから」

廊下はまるで迷路のようだった。曲がり角、鍵のかかったドアはどれも同じに見えた。廊下が交差するところでは、壁の高い位置に大きな凸面鏡があってこちらを見下ろしている。何もかもが灰色のコンクリートと緑のスチールでできていた。蒸し暑い屋外にいったん出た。熱気がたちまち重くのしかかってくる。運動場では、灰色の服を着た女性たちが影のように動き回っていた。建物のあいだに何人かで集まっていたり、通路沿いの雑草を手作業でむしっていたり、ミモザの木の下でおしゃべりをしていたり。グレイハウンド犬も三頭いて、はあはあと息をしながら芝生にしゃがみこんだり寝転がったりしていた。

受刑者の無表情な視線が私たちを追いかけている。キャスリーン・ローラーが死んだというニュースは、刑務所のすべての棟にすでに届いているのだろう。ここにいる大勢の女性たちの誰かが彼女を狙っているおそれがあるという理由によって、本人の意思に反して保護隔離されたこのコミュニティの有名人が、もっとも厳しい警備態勢の敷かれた隔離収容棟で、たった二週間しか生き延びられなかった。

「ずっと外にいるわけじゃないの」タラがようやく私に話しかけた。メーコン刑務官はブラヴォー棟の手前のゲートを開けようとしている。私は少し考えて、タラはどうやら犬のことを言っているらしいと気づいた。「この気候でしょう。ほとんどの時間は屋内で過ごしてる。外に出るのはトイレのときだけ」

ゲートだらけの刑務所では、トイレに行きたいというサインを送ってから外に連れ出してもらえるまでの時間はなかなかの我慢が必要だろう。

「もちろん、グレイハウンド犬は暑さに強い体をしてる。鼻が長くて、ほっそりしていて。下毛(アンダーコート)もないし、レース場の熱気は想像がつくでしょう。だから、ここでも問題なく暮らしてるわ。それでもできるかぎり気遣ってるのよ」タラは、動物虐待と私から責められるのを先回りして制しようとでもいうように、そう付け加えた。

メーコン刑務官は、腰のベルトについた長いチェーンの先にたくさんぶら下がった鍵をじゃらじゃら鳴らしながら、ブラヴォー棟の扉を開けた。昨日と同じ灰色一色の寒々しい世界に足を踏み入れた。前回来たとき以上に張り詰めた空気を肌で感じながら、マジックミラーに守られた二階の監視室の下を通りすぎた。あのガラスの向こうでは、姿の見えない刑務官たちが建物内部のゲートやドアを見張り、コントロールしている。昨日はすぐに左に折れて面会室に向かったが、今日は右に案内された。ステンレススチールに囲まれた無人の厨房の前を過ぎ、業務用の大型洗濯機が並んだ洗濯室の前も通り過ぎた。

次の分厚い扉の奥には、広い空間が開けていた。コンクリート敷きの床にスツールやテーブルがボルトで留めてある。見上げると、一つ上の階に当たる高さにキャットウォークが渡されていて、その奥に緑色のスチールドアが並んでいた。最重警備の房だ。それぞれのドアについた小さなガラス窓から顔がのぞいている。女性受刑者たちの熱を帯びたような視線が私たちをじっと追っていた。やがて何か合図があったかのように、一斉にドアを蹴り始めた。金属のドアをたくさんの足が蹴る音は、轟（とどろ）くたびに思わずぎくりとするような破壊力を持っていた。まるで地獄の門が非情に閉じる音のようだった。

「たまんねえな」マリーノがつぶやいた。

タラ・グリムは立ち止まって微動だにせず上の階を見上げ、視線だけをキャットウォーク沿いに動かした。やがていま私たちが入ってきた扉の真上のドアで目を留めた。のぞき窓に浮かんでいる顔は青白く、一階下からは目鼻立ちまでは見分けられなかったが、茶色の髪を長く伸ばしていることや、目を大きく見開いて唇を引き結んでいることだけはわかった。やがてのぞき窓に手が現われ、刑務所長に向けて中指を立てる卑猥な仕草をしてみせた。

「ローラ」タラはローラ・ダゲットの視線をまともに受け止めて言った。がんがんという地獄の音はまだ周囲で鳴り続けている。「虫も殺せないくらい優しくて純真なローラ」タラの声には棘（とげ）があった。「ご紹介するわ、あれがローラよ。冤罪によってここに閉じこめられているローラ・ダゲット。すぐにでも釈放すべきという意見が一部でやかましいローラ」

私たちは先へ進んだ。蓋付きのガラス窓があるドアの前を通り、図書室の本を積んだカートの脇を通り過ぎた。そのそばのスチールのテーブルには、ラスヴェガスの風景の未完成のジグソーパズルとピースの小山があった。メーコン刑務官がまた鍵をじゃらじゃら言わせながら新たな扉を開けた。私たちがそこを抜けた瞬間、ドアを蹴る音はぴたりと止んで、完全な静寂が戻った。行く手の廊下の両側にドアが六つずつ並んでいる。ブラヴォー棟のほかの房とは完全に隔離されていた。いくつかのドアのぴかぴか光る金属の取っ手には白い空のゴミ袋がぶら下がっている。のぞき窓に浮かんだ顔の年齢はさまざまだった。そしてその顔が発散している不安を帯びたエネルギーは、いまにも身を翻そうとしている動物、何かに怯えて一目散に逃げようとしている野生動物を連想させた。彼女たちは外へ出たがっている。いったい何が起きたのか知りたがっている。恐怖と怒りが伝わってきた。その匂いまで感じ取れるような気がした。

メーコン刑務官は私たちを一番奥の房まで案内した。のぞき窓に顔が浮かんでいない唯一のドアは開けっ放しになっている。私たちは鑑識キットやカメラなどを床に下ろした。マリーノが個人防護具をそれぞれに渡す。キャスリーン・ローラーの舎房――馬房くらいの広さしかない――のなかをのぞくと、ジョージア州捜査局のサミー・チャンがいて、灰色に塗られたスチール棚に並んだ本やノートのなかから抜き取ったらしいメモ帳を調べていた。手袋をはめた指でページをめくっている。頭のてっぺんから爪先まで、白いタイベックで覆われていた。マリーノが〝大げさ服〟と呼んでいるジャンプスーツだ。マリーノは、ラテックスゴムの手袋をして、匂いをごまかすためのヴィックスヴェポラップを鼻の下に塗っただけで現場検証をするのが当たり前だった時代の残党だ。

チャンの黒い目がマリーノ、私と通り過ぎたあと、コリンの顔で落ち着いた。「写真撮影はだいたい済んだよ。出入りが多いだろう、写真を撮る以外に何をしたらいいのか」

チャンが遠回しに指摘しているのは、刑務官ら大勢の職員が日常的に出入りしていたし、長年のあいだにキャスリーン以外にも数えきれないほどの受刑者がここに保護隔離されていたという事実だ。不審死の現場でふつうなら行なう指紋採取などの鑑識作業をしたところで、そもそも現場が汚染されているのだから、あまり参考にはならない。刑務所や拘置所での死は、家庭内殺人に似ている。現場となった住宅などに殺人者が日常的に出入りしていた場合、指紋やDNA型はほとんど役に立たず、捜査をかえって複雑にする。

チャンは慎重に言葉を選んでいた。刑務所の職員がキャスリーン・ローラーの死に関与しているのだとしたら、現場となったこの舎房で通常の鑑識作業をしたところで、犯人は職員なのかどうかさえ判断できないだろう。だが、そのことをあからさまには言わないよう気をつけている。ここに到着して以来、こうしてキャスリーンの房に張りついている目的をメーコン刑務官やタラ・グリムの前では決して口にしない。彼がいるのは、現場を保存するため、誰かが――メーコン刑務官とタラ・グリムを含めた誰かが、証拠となる可能性のあるものにみだりに手を加えたりしないよう目を光らせておくためだとは言わない。もちろん、チャンが駆けつけたときには、現場保存という意味では、すでに手遅れだっただろう。ジョージア州捜査局や検屍局が通報を受けたとき、キャスリーンの死からすでにどのくらいの時間が経過していたのか、いまとなってはわからない。

「遺体には手を触れてない」チャンがコリンに言う。「一三〇〇時に私が到着したときにはもう、この状態だった。その時点で死後一時間程度経過してたようだ。ただし、私が聞かされた時系列はいささか曖昧でね」

キャスリーン・ローラーは、くしゃくしゃに乱れた灰色の毛布と薄汚れたシーツの上に横たわっている。幅の狭いスチールフレームのベッドは、金網で覆われた細長い窓の下の壁に取りつけられたスチール棚と同じように、壁に固定されている。遺体はなかば仰向けに、なかば脇腹を下にして、薄いマットレスの端っこからいまにもずり落ちそうな姿勢で静止していた。白い舎房着のパンツの裾は膝の上まで押し上げられ、白いシャツは乳房の上まで持ち上げられている。おそらく心肺蘇生を試みたときのままになっているのだろう。あるいは、どんな症状に苦しんだのかはわからないが、死の直前に、少しでも楽な姿勢を探して体を激しくばたつかせたせいかもしれない。

「心肺蘇生術(CPR)は？」私はタラ・グリムに訊いた。

「当然やったわ。できるかぎり手は尽くした。でも、もう助けられる状態じゃなかったの。何が起きたにしろ、短時間のうちに終わってた」

マリーノとコリンと私は白いタイベックのジャンプスーツを着た。ふと顔を上げると、真向かいの房のガラス窓から受刑者がじっとこちらを見つめていた。貫禄を感じさせる顔をしている。口角から顎に向けて皺が刻まれていた。縮れた灰色の髪はヘルメットのように見えた。私が見返すと、その受刑者は私にまっすぐ視線を注いだまま、大きな声でわめき始めた。固く閉ざされたスチールドアの向こうから、くぐもった声が聞こえてくる。

「短時間のうちに終わってた？　は！　短時間が聞いてあきれるわ！　あたしはね、ここで三十分も叫んでたのよ。誰か来てって。三十分も！　その房から苦しがってる気配がしてたから。声が聞こえたの。だから大声で助けを呼んだのに、誰も来なかった。彼女、こう言ってた。〝息が苦しい、息ができない。目が見えなくなってきた。誰か助けて、お願い！〟。三十分もそうやって叫んでたのよ！　そのうち声が聞こえなくなった。呼びかけても返事がなくなって、あたし、あらんかぎりの声を張り上げたわよ。誰か来てって……」

タラ・グリムは素早く三歩移動してそのドアのすぐ前に立ち、指の関節でのぞき窓のガラスをこつこつと叩いた。「騒がないでちょうだい、エレノア」そのたしなめるような口調を聞いて、エレノアはいまの情報をこれまで誰にも話していなかったのではないかと私は思った。タラ・グリムは本気で驚き、怒っているように見えた。「この人たちには仕事があるの。あなたが何を見たかはあとでゆっくり聞かせてもらうから」

「短く見積もったって三十分よ！　どうしてそんなに時間がかかったの？　死にかけてるってわかってて放っておかれたら、死んでも死にきれないわよ。火事でも洪水でも、鶏の骨を喉に詰まらせるんでも、死にきれない」エレノアは私を見つめて言った。

「静かにしなさい、エレノア。あなたの話はすぐに聞かせてもらうから。何を見たのか、そのときゆっくり聞かせて」

「何を見たのか？　何も見てやしないわよ。彼女の姿は見えなかった。その話はもうしたでしょ。あなたにも、ほかの刑務官にも。何も見えなかったって」

「そうだったわね」タラ・グリムが冷ややかに、見下すような調子で応じた。「あなたの当初の証言は、何も見えなかった、だった。いまから話を変えるつもり？」

「だって、見えなかったんだもの！　何も見えなかった！　彼女、立ってその窓からこっちを見てたとか、そういうんじゃないから。姿は見えなかった。だからなおさら辛かったんじゃないの。苦しそうに助けを呼んだり、うめいたりしてる声だけが聞こえてたんだから。動物が死にかけてるみたいな、ぞっとするような声だけが聞こえたのよ。ここで誰かが死にかけてたとしたって、誰も来てくれない！　助けてほしくたって、非常ボタン一つない！　この人たちはね、彼女を見殺しにしたのよ！」エレノアは私に訴えている。「ただ見殺しにしたの！」目を大きく開いて私を見つめる。

「いますぐ黙らないと、監視房行きよ」タラが警告するように言った。どう対処すべきか困惑しているらしい。

こんな騒ぎになるとはまるで予想していなかったのだろう。受刑者というのはたいがいそうだが、このエレノアという女性も狡猾(こうかつ)な人物らしかった。刑務所の職員から事情を聴かれたときは、何もしゃべらなかった。こういうチャンスを待っていたからだ。私たちが到着するのを待って、初めて本当のことを言って騒ぎ立てようと考えていたからだ。最初から洗いざらいしゃべっていたら、私たちが来たときにはすでに監視房とやらに移されていただろう。〝監視房〟というのはおそらく、懲罰房か、精神疾患を抱えた受刑者を収容する房を指す符牒(ふちょう)だ。

使い捨てのオーバーシューズが床にこすれる音がして、コリンがキャスリーン・ローラーの房に入っていった。マリーノは磨き抜かれたコンクリートの床に置いた鑑識キットを開け、カメラを点検している。私は廊下の壁にもたれて体を支えながら、深い溝の刻まれた厚底の黒い頑丈なブーツにオーバーシューズをかぶせた。ゴム手袋をはめているときも、エレノアの視線を感じた。そこに含まれている何かを感じた。高圧電流のような、いまにもヒステリー症状を呈しそうな、恐怖。エレノアがまた何か言おうとするのを封じようというのか、タラ・グリムがまたのぞき窓を軽く叩いた。タラの手がふいに視界を占領してガラスを叩くと同時に、ちっぽけな窓からのぞいていたエレノアの不安げな顔がびくりと引き攣った。

「息ができずにいたってどうしてわかるの？」タラ・グリムは、私たちにも聞こえるようにだろう、大きな声で言った。

「わかるからよ。本人がそう言ったから」エレノアがガラスの向こう側から答える。「それに、体が痛い、力が入らないとも言ってた。だるくて動けないって。しゃべるのも苦しそうだった。こうわめいてた。〝息ができない。どういうこと、あたし、どうしちゃったの？〟」

「息ができないなら、ふつうはしゃべれないわよね。何か聞き違いでもしたんじゃない？　息ができなかったら、わめくのは無理でしょう。それもスチールのドア越しに聞こえるような大声は出せない。わめくには息を大きく吸いこまなくちゃいけないんだから」タラが私にも聞こえるように答えた。

「しゃべれないって言ったの！　しゃべりにくいって！　喉が腫れてふさがったみたいな感じだって！」エレノアが叫んだ。

「そう、だけど、しゃべれないってしゃべったというのは、それ自体が矛盾じゃないかしら」

「でも、そう言ったんだったら！　天に誓ってほんとよ！」

「しゃべれないって言うのは、立ち上がれないって言いながら走って助けを呼びに行くようなもの」

「全能の神とイエス・キリストに誓ってもいい。彼女はそう言ったの！」

「わけがわからないわね」タラ・グリムは分厚いスチールのドアをはさんだ向こう側の受刑者に言った。「とにかく落ち着いてちょうだい、エレノア。そんなに大きな声を出さないで。私が質問したら、質問に対する答えだけを言ってくれればいいの。そうやって大声でわめき散らすんじゃなく」

「矛盾してたって、ほんとのことなんだから、しかたないでしょう！」エレノアはなおも興奮した様子で言った。「助けてって言ってた！　あんなに怖かったの、生まれて初めてよ！　〝目が見えない。しゃべれない。このまま死ぬんだ！　ああ、くそ、ああ、神様！　あたしはもうだめ！〟」

「そのくらいにしなさい、エレノア」

「いま言ったとおりのことを言ったのよ。息を切らしながら懇願したの。〝お願い、誰か助けて！〟怖かった。聞いててほんとに怖かった。〝くそ、絶対に何かおかしい。お願いだから誰か助けて！〟」

タラはまたガラスをこつこつと叩いた。「エレノア、汚い言葉を使わないでちょうだい」

「あたしが言ったんじゃない。彼女が言ったのよ。あたしが言ったことじゃない。彼女がこう言ったの。〝くそ、誰か助けて。お願いだから！　何か変なもの食べちゃったみたい！〟」

「もしかしたらアレルギーがあったのかもしれないわね。食品アレルギーとか、昆虫アレルギーとか」タラ・グリムは私のほうを振り返って言った。「スズメバチ、ミツバチ。アレルギーがあるのに、誰にも話してなかったのかも。運動場に出てるあいだに刺されたとか。ちょっと思いついただけだけれど。こういう蒸し暑くて、しかも花っていう花がみんな咲いてる時期になると、スズメバチはそこらじゅうにいるものだから」

「昆虫に刺されたり、貝類やピーナッツなどのアレルゲンを摂取したりしてアナフィラキシーショックを発症したら、短時間で死に至るわ」私は答えた。「でも、いま聞いたかぎりでは、発症から死までかなりの時間がかかってるみたい。数分といった単位ではなさそう」

「一時間半くらいはずっと具合が悪そうにしてたわよ！」エレノアが叫ぶ。「どうして誰も来なかったの？」

「嘔吐してるような気配はあった？」私は分厚いガラス越しにエレノアを見つめた。「戻したり、下痢をしたりしてる気配はあった？」

「実際に吐いたかどうかまではわからないけど、胸焼けがするとは言ってた。吐いてる音までは聞こえなかった。トイレの水を流す音も聞こえなかった。でも、毒を盛られたって叫んでたわ！」

「あら、今度は毒？」タラが私に目配せをする。受刑者のおしゃべりなどまともに相手にする必要はないと言いたげだった。

エレノアの顔は紅潮し、目は血走っていた。「こう言ったのよ。〝毒を盛られた！ローラにやられた！ローラに決まってる。さっき食べたくそに何か入ってたのよ！〟」

「そのくらいにしなさい。もう黙って」タラが言った。私はキャスリーンの房に入った。「口に気をつけることね」背後でタラの声が聞こえた。「お客さんがいらしてるんだから」

21

昨日、面会室でキャスリーン・ローラーが不満を漏らしていた、スチール板を磨き上げた偽の鏡に、サミー・チャンの姿が映っている。私の背後を通り過ぎて、舎房の出口の手前で足を止めた。

「私は出てます。ここはせまいですから」私に向かってそう声をかける。

ステンレスの便器とシンクは一つのユニットになっていて、トイレの水を流すボタン、蛇口から水を出したり止めたりするボタンを除き、可動パーツは一つも使われていない。死の直前にキャスリーンが嘔吐した痕跡や匂いはなかったが、かすかに電気的な匂いがした。

「何か妙な匂い、しない？」私はチャンに尋ねた。

「いえ、とくには」

「電気で何かが焦げたような匂い。でも、そのものじゃない。不快な、独特の匂い」

「感じませんね。しばらくこのなかをあちこち見てましたが、匂いには気づきませんでした。テレビじゃなさそうですよね」チャンは透明のプラスチック箱に守られて棚に設置された小型テレビを指さした。

「違うと思う」そう答えたとき、ステンレスのシンクに、水の流れた痕跡とチョークの粉のような残渣（ざんさ）があることに気づいた。

顔を近づけてみた。匂いが強くなった。

「苦い匂い。電化製品がショートしたときみたいな。ヘアドライヤーが過熱したときとか」私はどうにか説明しようと試みた。「電池の匂いにちょっと似てる」

「電池？」チャンが眉をひそめた。「電池は見かけてませんね。ドライヤーもない」

チャンはシンクに近づいて腰をかがめた。「ああ、たしかに。何か匂いがしてるかもしれない。鼻がきくほうじゃありませんが」

「シンクに付着してる物質のサンプルを採取したほうがよさそう」私は言った。「捜査局の微細証拠分析ラボには走査電子顕微鏡（SEM）／エネルギー分散型X線分光器（EDX）はあるかしら。高倍率でこの物質の構造を確認して、何かの溶液に含まれていた微粒子なのかどうか、正体は何なのか、ぜひ突き止めるべきだと思うの。金属なのか、ほかの物質なのか。化学物質や薬物なのか、X線分光法では観察できないものなのか。ジョージア州捜査局の走査顕微鏡にどんな検知器が接続されてるか知らないけれど、EDXかフーリエ変換型赤外分光装置（FTIR）を使ってこの物質の分子指紋を見てもらえるとありがたいわ」

「ハンドヘルドのFTIRを導入しようかって話が出てたところなんですよ。ほら、危険物処理班が使ってるみたいな」

「時代を考えたら、備えあれば憂いなしといったところね。爆発物や大量破壊兵器、神経ガスや発疱薬、白色粉末に、いつ何時、遭遇するかわからないもの。ついでに、微細証拠分析課の責任者をうまくおだてて、この分析を急いで——超特急でやってもらえると助かるんだけれど。最優先で分析にかかってもらえれば、ものの数時間で結果が出るから。死の直前に示していたという症状が気になるの」私は小さな声で、言葉を慎重に選んで話した。誰が聞いているかわからない。

ただ、誰かが聞いているのは確実だ。

「人をおだてるのは得意中の得意です」チャンは小柄でほっそりした体つきをしている。黒い髪は短めにそろえてある。冗談を言うときも表情はほとんど変化しないが、黒に近い色をした目はどことなく人なつっこい。

「よかった」私は応じた。「いまはそういう特技が何よりありがたい」

「ここで嘔吐したと思われますか」

「匂いから推測するに、それはなさそう」私は答えた。「だからといって、吐き気がなかったということにはならない。お向かいさんのエレノアは、嘔気（おうき）を訴えていたと言ってるし。正確には〝胸焼け〟」

鑑別診断の際、真っ先に考慮に入れるべき情報は、診断できるだけの知識がなく、かならずしも客観的な立場にあるわけではない人物によってすでになされた〝診断〟だ。キャスリーン・ローラーは心臓突然死を起こしやすい状態にあった。このくらいの年齢の、しかも健康的な生活を送ってきたとはいいがたい女性が、体に負担をかけた。化繊の入った丈の長いパンツと長袖のシャツを着て、気温三十七度、湿度六十パーセントを超えるような屋外で一時間過ごしたのだ。また、ストレスはすべての条件を悪化の方角へ向かわせる。キャスリーンは隔離収容棟に移されたことによるストレスと不安を抱えていたと考えて間違いないだろう。加えて、長年、不健康な食事と薬物やアルコールの濫用を続けていた。実は心臓を患っていたとわかったところで、驚くには値しない。

「この房のごみはどうしたのかしら」私はチャンに言った。「いくつかのドアの取っ手に白いごみ袋が下がってるのを見た。だけど、ここにはない。空のものも、ごみが入ったものも」

「鋭い質問です」チャンの目が私の目を見つめた。それが暗黙の返答だった。

ごみ袋やごみがあったとしても、チャンが来たときにはすでになかったのだ。

「その辺を見て回ってもかまわないかしら」私は尋ねた。「何かに手を触れる前にはかならずあなたの了解を取るようにする」

「いや、検証はとりあえず終わってますから。分析に回してもらいたいものでも見つかれば別ですが、それ以外はどうぞご自由に」チャンはそう答え、手袋をはめた手で滅菌綿棒のパッケージの封を切りながらシンクに近づいた。

「それでも、手を触れる前には許可をもらうようにするわね」私は言った。法的にはジョージア州捜査局の現場だからだ。遺体とそれに付随する生物学的証拠と微細証拠はコリン・デンゲートのもので、ここでは私はあくまでもゲストにすぎず、何をするにしても許可が必要だ。マサチューセッツ州を一歩出たとたん、私は米軍監察医務局──すなわち国防総省──が管轄権を持つ事件にしか法的な権限を持たない。どんな些細なことであれ、何かする前にはかならず許可を求めなくてはならない。

トイレの反対側の壁には灰色のスチール棚が二本ある。書籍やノート、それにさまざまな大きさのプラスチック容器が並んでいた。持込禁止の物品がないか確認しやすいようにだろう、容器はどれも透明だ。一つずつ開けてみた。ココアバター、〈ノグゼマ〉スキンクリーム、バルサムシャンプー、ミント味のマウスウォッシュ、ペパーミント味の歯磨き。プラスチックのソープディッシュに大きな白い〈アイボリー〉の石鹼。プラスチックの筒に歯ブラシ。また別のプラスチックボトルには、ヘアジェルらしきものが入っていた。プラスチックの小さな櫛、持ち手のついていないヘアブラシ、それに、キャスリーンが髪を長く伸ばしていたころの名残だろう、スポンジでできた大きめのヘアカーラーもあった。

小説、詩集、自己啓発本。透明のプラスチックかごには郵便物やメモ帳、便箋が入っていた。捜索の跡は見られない。誰かがキャスリーンの私物を検めたということはなさそうだった。ただ、検めたとしても、そうとはわからないようにしておくだろう。チャンが到着する以前にこの房の捜索が行なわれたとすれば、その目的はマリファナや手製のナイフなど、刑務所内での所持が禁じられている物品を捜すためではなかった。いまの時点では私には何なのかわからないものを捜したのだ。刑務所の職員が捜すもの――？　見当もつかない。ただ、ジョージア州捜査局から捜査官が到着する前にごみ袋を持ち去る法的根拠はない。嫌な予感はますます募り始めていた。

「これ、見てもかまわないかしら」私はそう言ってかごを指さした。ここで私が何をしたか、しなかったか、チャンに知っておいてもらわなくてはならない。

「どうぞ」チャンはステンレスのシンクを綿棒で拭っていた。「ああ、たしかに。匂いがしてます。正体はわかりませんが、灰色ですね。白っぽく濁った灰色」綿棒をプラスチックのチューブに入れ、ねじ式の青いキャップに〈シャーピー〉のマーカーで採取場所などの情報を書きこんだ。

メモ帳はどれも罫線入りだった。上端を糊綴(のりと)じしてあるタイプで、厚紙の裏表紙がついている。刑務所の売店で買ったものだろう。刑務所では螺旋綴(らせん)じのものは一切売っていない。針金が武器に作り替えられかねないからだ。メモ帳には詩や散文が書かれ、ところどころに落書きやスケッチもあったが、大部分のページは日付の入った日記のような内容だった。キャスリーンは長い日記を書くのを習慣にしていたらしい。しかし、最近の日付の書き込みはいっさいなかった。かごにあるだけのメモ帳を全部めくってみた。飲酒運転で死亡事故を起こしてGPFWにふたたび収容された三年前から、毎日欠かさず、その日あったことを事細かに書きこんでいる。ところが今年の六月三日までの日記しかない。その日は、ページの表裏に特徴的な手書きの文字がびっしりと並んでいた。

6月3日

私が失った世界を雨が打ち据えている。ゆうべ、私の窓の金網に風がぶつかる音は、まるで電動のこぎりのようだった。張り詰めた鋼鉄のケーブルが悲鳴をあげているみたいな不協和音を奏でた。鋼鉄でできた怪物じみた獣の悲鳴。私は金属の大きなうめき声と反響に耳を澄ましながら考えた――〝何かが起きようとしている〟。二時間ほど前、夕飯のとき、食堂でも、同じ気配を感じた。言葉では説明できない。視線や言葉のように、形を持たないもの。ただの感覚にすぎないもの。それでも、たしかに感じた。何か計画されている。

全員が謎の肉料理をせっせと口に運ぶばかりで、私を見ようとしなかった。まるで私はそこにいないみたい、私の知らない秘密があるみたいだった。私は誰とも話さなかった。誰のことも見なかった。自分以外を無視すべきときはそうとわかる。私が知っていることを向こうも知っている。ここにいる全員が、ここで起きているすべてを知っている。

食べ物と名誉だという考えが頭を離れない。人は食べ物を巡って人を殺す。まずい食べ物であろうと、手に入れたがる。名誉を巡っても人を殺す。本来なら自分のものではない無価値な名誉であろうと、自分のものにしようとする。私は『インクリングズ』にレシピを掲載した。考案者のクレジットは入れなかった。わざわざ書く必要も価値もないからだ。それに、私が決めたことではない。最終決定権を持っているのは私ではないし、私のせいと言われるのも心配だった。ここでは、小さなきっかけが大きな結果を招く。ほかの原因は思い当たらない。雑誌が発行されるなり、変化が起きた。

この棟では六十人が一台の電子レンジを使っている。〝ママの実験キッチン〟で全員が同じことをする。私には料理の才能があるから、ほかの受刑者はそんなふうに呼んでいる。少なくともこれまではそう呼んでいた。デザートを思いついたのは私だけど、もう誰もそう呼ばなくなるのかもしれない。デザートは私が仕切っていた。私の創意工夫の才がいかんなく発揮された結果だった。手に入るものがすごく限られた場所で、ほかに誰がそんなことを思いつける？

手に入るのは、売店に置いてあるクソだけ。食堂で配られるクソだけ。牛肉にチーズスティック、トルティーヤに塊のバター。私はそういうものを使ってギョウザを作る方法を考えてみんなに教えた。〈ポップタルト〉とバニラクリームのクッキー、ストロベリー味の〈クールエード〉を使って、ストロベリーケーキも作った。そう、デザートの時間になると、みんなが作っている。私が最初に作ってみせたから。

投稿者なんて誰だってかまわない！　どうせレシピはみんな私のなんだから！　クッキーからバニラクリームを掻き取って、クールエードを混ぜて、ピンク色のアイシングを作る天才的な方法をほかに誰が思いつく？　ポップタルトと砕いたクッキーに水を加えて（乾燥食品を水で戻して別のものに作り替えるだけのことと何度も説明した）、真ん中を指で押してみて、元どおりふくらむようになるまで電子レンジで加熱する方法を教えたのは誰？

ブタ箱のジュリア・チャイルド、天才料理研究家が教えたの。この私が教えたの。あんたたちじゃない！　私が昔からずっとやってたこと。あんたたちがまだ生まれてもいないころからここで暮らしてるから。私のレシピは伝説化した。ちょうど常套句や諺みたいに、元ネタはとうに忘れられた。おかげで、みみっちくて無知なあんたたちでも好き勝手に使えるようになった。〝善人はなかなかいない〟ってフレーズは、フラナリー・オコナーの本の題名が由来じゃない。もとは歌のタイトルだった。〝内輪もめしている家は立ちゆかない〟だって、リンカーンが初めて言ったことじゃない。最初に言ったのはイエス・キリスト。何の考案者は誰だったのか、世間は覚えていない。そして勝手に使う。盗む。

私は言われたとおり、レシピを公開した――私のレシピを公開した。考案者の名前はつけなかった。私の名前も入れなかった。何が皮肉って、それよ。剽窃(ひょうせつ)されたのはこの私。食堂に私が入っていくと、あんたたちはぴたっとおしゃべりをやめて、まるで自分のアイデアが盗まれたみたいなふくれ面でまずい食事を食べる。どのテーブルにも私の席はない。どの椅子も私以外の誰かのために取ってあるんだものね。

私が元ネタを知らないなんて勘違いしないで。レミングの群れは誘導されて海に飛びこんだ。

あと五分で消灯。そしてふたたび暗闇が訪れる。

舎房のドアは開けっ放しで、その向こうには油断ない目と耳が控えている。私はたったいま読んだ内容について何も言わなかった。メモ帳が最低でも一冊なくなっているようだということも指摘しなかった。おそらく日記が書かれたメモ帳。一冊ではすまないかもしれない。キャスリーンが六月四日以降につけていた分。いや、それ以上に重要なのは、ブラヴォー棟に移されてからの分がないということだ。書くのを急にやめたとは思えない。隔離収容棟に移されたのだから、なおさらだ。

この棟に来てからの二週間は、書く量は減るどころか、増えていただろう。外の景色さえ見えず、テレビの電波はほとんど届かないこの狭苦しい舎房に、一日二十三時間、閉じこめられていたのだから。ほかの受刑者とも完全に切り離され、図書室での仕事も取り上げられ、雑誌の編集もできなければ、メールの送受信も禁止されていた。キャスリーンは何を書き残していたのだろう。誰かが私たちには読ませないほうがいいと判断したような、どんな内容を書いたのだろう。だが、疑問を口に出したりはしない。海に誘導されたレミングというメタファーに不意を突かれたことも言わない。

レミングというのはほかの受刑者たちを指しているのだろうか。そうだとしたら、誘導したのは誰だろう。ついさっき、タラ・グリムに中指を突き立てて見せたローラ・ダゲットの顔を思い浮かべた。最初にドアを蹴り始めたのはローラだったのかもしれない。平然と虚勢を張り、敵意を溜めこみ、衝動をコントロールすることができず、IQが低いローラ。キャスリーンはそのローラを恐れていた。しかし、キャスリーンがいま自分の舎房のベッドの上で死んでいるのは、ローラ・ダゲットのせいではない。一般収容棟の受刑者が食堂でキャスリーンを仲間はずれにするようになった理由も、ローラではない。ローラ・ダゲットが何を考え、何を言っているか、別の棟に収容されている受刑者には知りようがないはずだ。刑務所内の誰かとのあいだに確執があろうが、ほかの受刑者には知りようがない。キャスリーンがこの房に閉じこめられて孤立していたように、ローラも二階の自分の房に閉じこめられ、孤立している。キャスリーンはローラ以外の誰かのことを書いているのかもしれない。タラ・グリムが話していたことを思い出す。キャスリーンがブラヴォー棟に移されたのは、昔、児童に対する性的虐待で有罪判決を受けたことがあるという噂が広まったからだと言っていた。噂は正確にはどんな内容だったのだろう？ どこまで伝わったのだろう。刑務所長が自分が出所ではないと言えるような内容、テレビのニュースで報道されていた内容。タラは受刑者の誰かが、刑務所内の誰かが——はっきりとは知らないが、とにかく誰かがそういった情報を手に入れたと言っていた。昨日、所長のオフィスでその説明を聞いたとき、私はその話は信じられないと感じた。いま考え直してもやはり、何か裏がありそうに思える。

受刑者たちに影響を与えている人物が誰か、わかったような気がした。雑誌のクレジットなどという些末な問題で騒ぎ立て、その怒りに受刑者たちを巻きこんだ人物。『インクリングズ』には、タラ・グリムが承認した記事しか載らない。考案者の名前のないレシピの掲載を最終的に許可したのはタラ・グリムのはずだ。そして受刑者は自分たちが馬鹿にされたと感じた。小さなきっかけが大きな結果を招き、キャスリーンは別の棟に移された。猜疑心に取り憑かれ、動揺していたキャスリーンの頭のなかで、陰謀説が形をなしていった。ローラ・ダゲットの陰謀だ——見せしめかと思いたくなるほど完全に自由を奪われたのは、ローラの企みの結果だ。あるいは、誰かがそれとなくキャスリーンにそう言ったのかもしれない。メーコン刑務官のような人物が何か教えたのかもしれない。あざけり、冷やかし、ローラがキャスリーンを脅していると信じるよう仕向けたのかもしれない。ひょっとしたらローラは本当にキャスリーンを脅していたのかもしれない。だが、そうだとしても関係ない。ローラがキャスリーンを殺したのではないからだ。

白いタイベックのジャンプスーツをがさがさ言わせながらマリーノが入ってきたが、私は異常なことなど何一つないような表情を装った。マリーノは周囲温度の記録のためにデジタル式の温度計をベッドの足もとに置き、別の温度計をコリンに渡した。こちらは遺体の体温を計測するためのものだ。死亡時刻は十二時十五分ごろという証言がすでにあるが、それでも私たちは死後の体温変化から逆算しておおよその時刻を推測する。人は間違いをする。ショックを受け、心に傷を負った結果、細部を勘違いする。なかには意図して嘘を言う人々もいる。GPFWでは全員が後者に該当するのだろうか。

私はまたあちこちを見て回った。六月分の日記がどこかにあるかもしれない。キャスリーンがメールで触れていた手書きの詩や散文がテープで貼られた灰色の壁を眺め回した。私にも送ってきた『運命』という詩は、壁に固定された小さなスチールデスクのすぐ上に貼られている。床にボルト留めされたスチールのスツールのそばに、もう一つ、透明なプラスチックのかごが置いてあった。さっきのものよりも大きく、几帳面に畳んだ下着や舎房着が入っていた。インスタントラーメンや菓子パンもある。売店で買ったものだろう。キャスリーンは、図書室の仕事ができないから、貯金が底を突きかけていると言っていた。それでも買い物はしたらしい。いや、最近買ったものではないのだろうか。よく考えれば、ブラヴォー棟に来てからまだ二週間ほどしかたっていない。手袋をはめた指で菓子パンをそっとつついてみた。干からびてはいないようだ。

そのかごの底に『インクリングズ』のバックナンバーが積んであった。数十冊。たったいま私が読んだ日記に書かれていた六月号もある。表紙には、寄稿者の顔写真が芸術的に加工されて並んでいた。アンディ・ウォーホール風のポートレート。一月だけの名声。自分が書いたものが、GPFWの受刑者や『インクリングズ』を手に入れられる立場にある人々に読んでもらえるゆえの有名人。裏表紙には編集スタッフの名前が並んでいた。アートディレクター、デザインチーム。そしてもちろん編集長——キャスリーン・ローラー。タラ・グリムへの謝辞もある——〝刑務所長の寛大な心と芸術への理解に感謝を捧げます〟。

「まだ温かいな」スチールフレームのベッドの傍らにしゃがんでいたコリンが温度計を持ち上げた。「三十四・八度」

「周囲温度は二十二度」マリーノは分厚い手袋をはめた手でベッドの足もとから温度計を持ち上げ、腕時計を確かめた。「時刻は二時十九分」

「死後二時間で体温がざっと二度下がった計算ね」私は言った。「ちょっと早いけど、正常な範囲内」それしか言えない。

「服を着てるし、室温も比較的高めだ」コリンが言う。「それに、どのみち大まかなことしかわからない」

キャスリーンが死んだ時刻が、刑務所から伝えられている十二時十五分よりも、実際には三十分、あるいは一時間早かったのだとしても、体温や死後硬直といったデータからはその差異まではわからない。コリンはそう言いたいのだ。

「指の硬直は始まっていない」コリンがキャスリーンの左手の指を動かした。「死斑もまだ確認できないな」

「運動場が暑すぎたんじゃねえのかな」マリーノが言った。壁に貼られた詩や文章を眺めている。この舎房の様子を隅から隅まで頭に叩きこんでいる。「熱射病になったとか。ありえる話だろ。倒れる前に屋内に戻ったが、体のなかじゃもう異変が起き始めてる」

「高体温で死んだなら」コリンが立ち上がる。「体内温度がこれよりもっと高いだろう。数時間経過したあとでも平熱より高いはずだよ。それに硬直も早く始まるし、不規則な死斑が現われる。それに、向かいの房の受刑者が話してたような症状は、高温の場所に長時間いた場合に現われるはずの症状と矛盾する。突然の心不全？　それはありえるね。気温の高い日に激しい運動をしたようなケースでは起きやすい」

「激しい運動ったって、金網のなかを歩いただけだろ。それも一周とか二周とかするたんびに休憩してたって話だ」マリーノが職員から聞いた話を繰り返す。

「〝激しい〟の定義は人によって異なる」コリンが答えた。「せまい部屋で座ってばかりいる人物が、ひじょうに蒸し暑い日中に屋外へ出て、大量の水分を失ったら？　血液量が減少して、心臓に大きな負担がかかる」

「だが、外にいるあいだ、水分をちゃんと補給してたんだぜ」マリーノが言う。

「補給量が充分だったか。屋内に戻ってからもきちんと水分を摂っていたか。疑わしいね。平均的な一日に平均的な人間が失う水分量は二リットルを超える。気温と湿度がきわめて高い日に大量の汗をかくと、十リットル超が体から出ていく」

コリンは舎房から出ていった。私はチャンに、このまま棚やデスクのものを調べていてもかまわないかと尋ねた。どうぞという答えが身ぶりで返ってきた。私は郵便物の入ったプラスチックのかごを棚から取った。そしてまたしても思い出した。ジャック・フィールディングが書いたという手紙。私は扱いにくい人間だと、一緒に働くには最悪な人間だと書かれた手紙。ジャックやドーン・キンケイドからの郵便物を探してみたが、一通もなかった。重視したほうがよさそうな手紙はない――私を名乗る人物からの手紙を除いて。信じがたい思いで差出人を見つめた。ブライスがいつも五千枚単位で注文している、ＣＦＣのロゴ入りのＡ４サイズの白封筒だった。

ケンブリッジ法病理学センター
局長兼主任監察医　米国空軍大佐
ケイ・スカーペッタ（医学博士、法務博士）

粘着テープつきの封筒の端はきれいに切られていた。開封したのはおそらく、全郵便物を検閲する刑務所の職員の誰かだろう。なかには私のレターヘッドが印刷された便箋が入っていた。文面はタイプライターで打ってあり、黒いインクで私の名がサインされている。

6月26日

親愛なるキャスリーン

ジャックについて綴ったメールをありがとう。過酷な刑務所生活、さぞつらい毎日をお過ごしのことと思います。保護隔離に移されたいまとなってはその影響はなおさらでしょう。六月三十日にそちらにうかがって、私たちがともに特別な存在だったと感じ得る人物についてお話しできるのをいまから楽しみにしています。彼は私たちの人生に大きなものを残しました。私はいつも彼のためを考えていました。彼は彼を故意に傷つけたことは一度もありません。あなたにはぜひそのことを理解していただきたいと思っています。

長い歳月を経て、ついにあなたとお会いできること、これからもメールなどでやりとりを続けられることを楽しみにしています。いつものように、何か必要なものがありましたら、遠慮なくおっしゃってくださいね。

敬具

ケイ

22

マリーノの気配を感じた。まもなくすぐ隣に来て、私が紫色のニトリル手袋をはめた手で持っている便箋をのぞきこんだ。やがて目が合った。私はかすかに首を振った。

「何だこりゃ？」彼が声をひそめて訊く。

私は答える代わりに、〝その影響〟(it's impact)というフレーズを指さした。文法が間違っている。"impact"という名詞についている所有格だから、"it is"の省略形の"it's"ではなく、"its"が正しい。しかし、マリーノにはぴんと来なかったようだ。しかし、いまここで声に出して説明するわけにはいかない。文法が間違っていること。私はここに書かれているような言葉遣いはしないし、このような手紙に、キャスリーンと本当に親しく友人づきあいをしているみたいに、〝ケイ〟とファーストネームだけの署名をしたりもしないこと。そういったことをここで説明するわけにはいかない。

ジャック・フィールディングを〝故意に傷つけたことは一度もありません〟――私がそんなことを書いたり言ったりするわけがない。これではまるで、うっかり傷つけたことはあるかもしれないと遠回しに認めたも同然だ。ジェイミーが昨夜言っていたことを思い出した。キャスリーンの娘、ドーン・キンケイドは、私は情緒不安定で暴力に走りやすい人間であると主張するという、窮余の策を取ろうとしているらしい。しかし、この手紙を偽造したのはドーンではない。バトラー州立病院にいながらそんなことをするのはまず不可能だろう。病院とは言っても、実質は刑務所とどこも変わらない施設なのだ。それにこの手紙が投函されたころは、独房に閉じこめられていた。

便箋を光にかざしてみた。そして便箋を指さし、ＣＦＣのロゴの透かし模様が入っていないことを身ぶりでマリーノに伝えた。今度はマリーノもこの手紙が偽造であることを理解したようだ。私は次に便箋をデスクに平らに置くと、さすがのマリーノでもめったに目にすることのない行動を取った。手袋を外して白いタイベックスーツのポケットに押しこむ。それからｉＰｈｏｎｅを使って手紙の写真を撮った。

「あー、ニコンもあるぜ」マリーノが困惑顔で言った。「定規も――」

「いらない」私はさえぎった。

三五ミリカメラやクローズアップ用レンズ、三脚、撮影用ライトは必要ない。サイズ比較のために、ラベルを貼った十五センチの定規を隣に置く必要もない。いま写真を撮っている目的はそれとは別だからだ。マリーノには何も言わなかったが、チャンには説明する義理を感じた。チャンは定位置——開いた戸口の前——から私のすることをじっとうかがっていた。

「州捜査局に文書検査ラボはあるわよね？」私はチャンに近づいて訊いた。

「ええ、あります」チャンは今度は事務局のブライスに携帯メールを打っている私の手もとを見つめていた。

「CFCの便箋のサンプルをラボに送ろうと思うの。フェデックスの翌日便で。誰宛てにすれば確実に届く？」

「私で大丈夫ですよ」

「わかった。州捜査局捜査課のサミー・チャン宛て、ね」私は文字を打ちこみながら言った。「検査してもらえば、CFCの本物の便箋とそこの便箋に決定的な違いがあるとわかるはず」私はデスクの手紙を手で指し示した。「たとえば、透かし模様の有無。事務主任から同じ便箋と封筒を大至急送ってもらうから。比較してみれば、二つは違うという明白な証拠が見つかるわ」

「透かし模様？」

「それだけじゃない。顕微鏡で拡大したり、化学添加剤を分析したりすれば、使われてる紙がそもそも違うとわかるでしょうし、レターヘッドや何かの書体も微妙に違ってるかもしれない。ほかにも何かわかるかも。あら、意外。ここには携帯の電波が来てないみたい。あとで送信し直さないと」

ブライス宛てのメールと添付写真を〈下書き〉フォルダに保存したあと、顔を上げてチャンを見た拍子に、廊下をはさんだ向かい側のドアののぞき窓が偶然目に入った。そこには何も見えなかった。エレノアはもう外をのぞいておらず、わめく声も聞こえなくなっていた。

「刑務所では、届いた郵便物をすべて検閲するでしょう」チャンに向かって続けた。「つまり、この封筒も誰かが確かめてる。通常の手続きに従って、職員の誰かが文面に目を通したか、キャスリーンの目の前で封を切ったかしたはずよ。ほかに何が同封されてたのか、調べてみてもらえる？　一ドル七十六セント分の切手が貼ってある。でも、タイベックの封筒に便箋を一枚入れて送るだけに、そんなにかかるとは思えない。ほかにも何か同封されてたんじゃないかしら。もちろん、単なる送り主の過払いかもしれないけれど」

「ということは、これは……」チャンはそう言いかけたところで、背後にちらりと目をやった。

「そう、違うわ」私は首を振って、この手紙を書いたのは私ではないと伝えた。手紙は書いていないし、何か同封されていたとすれば、それを送ったのも、私ではない。

「ほかの人たちはどこ？」

「向かいの女性に付き添っていきましたよ。何を見たか、聞いたか、ドクター・デンゲートが話を聞きたいと言ったので。もちろん、同じ話を繰り返すたびにディテールに磨きがかかっていくんでしょうが」エレノアのことを言っている。「しかし、メーコン刑務官はすぐそこにいます」最後の部分だけ、刑務官本人にも確実に聞こえるように大きな声で言った。

「メーコン刑務官に確かめてもらえる？　この数日間にキャスリーンにどんな郵便物が届いたか」手紙に関しても、この刑務所のなかで起きている事柄についても、きっと本当のことは話してもらえないだろうけどと付け加えるのはやめておいた。

新しい手袋を着けて、CFCの便箋に書かれたように見せかけた手紙を取り、もう一度光にかざしてみた。何度確かめても透かし模様がないことにほっとすると同時に、この手紙を偽造した人物は、CFCは安価な二十五パーセント再生紙を使っていること、まさしくこういった事態を防ぐために透かし模様を入れていることを知らないらしいと思った。それらしいレターヘッドを作ったり、私が作成した文書のように見せかけたりすることはできても、本物のCFCの便箋を手に入れないかぎり、透かし模様までは再現できないだろう。そう考えてふと気づいた。この手紙を送った人物は、警察や鑑識ラボの目を――それを言ったら、私の目をごまかそうとは考えていないのだろう。私が書いた手紙だとキャスリーン・ローラーさえ信じてくれれば、それでこの偽の手紙の目的は果たされるのだ。

便箋を元どおりに半分に折りたたんで封筒に戻す。なぜこんな大きな封筒を使ったのだろう。何か同封されていたのだろうか。そうだとしたら、私はいったいどんなものをキャスリーンに送ったことになっているのだろう。キャスリーンは、ほかに何が私から送られてきたと思っていたのか。私の名を騙ったのは誰なのか、目的は何なのか。昨日のタラ・グリムの言葉が脳裏に蘇る。私は親切だと言っていた。キャスリーンも、私の親切に感謝していると言った。どちらのときも、私は困惑を感じた。キャスリーンが何と言っていたか、正確に思い出そうと記憶を辿った。たしかこんなふうだ――〝あなたみたいな人があたしみたいな人間を思いやって、ちょっとした気遣いを示してくれると本当にありがたい〟。あのときは、面会に来たことを指しているのだろうと思った。

しかし実際にキャスリーンがありがたいと言ったのは、おそらく、手紙を書いたことや、そのときに何かを一緒に送ったことだったらしい。昨日の面会の前に、キャスリーンは偽の手紙を受け取っていた。私は封筒の消印を確かめた。六月二十六日、午後四時五十五分。投函されたのは、サヴァンナのどこか、郵便番号３１４０１の地域、おそらく郵便局のポスト。五日前のその日曜日、私はケンブリッジの自宅にいた。ルーシーに誘われて、ベントンと三人でテキーラバーに出かけた。このところルーシーが行きつけにしている〈ロリータ・コチーナ〉という店だ。店員に訊けば、私がその夜、来ていたと証言してくれるはずだ。午後四時五十五分に千五百キロ以上離れたサヴァンナで郵便を投函したあと、午後七時までにボストンに戻ってバックベイで夕食を取るのはさすがに不可能だ。

「ちょっと車に戻るついでに、便所行ってくるわ」マリーノが私の背後をすり抜けて外へ出た。

「同行します。お一人で行っていただくわけにはいきませんので」メーコン刑務官の声が聞こえて、気づいた。私に頼まれてマリーノが投函したのだと主張しようと思えば、できないこともない。マリーノは六月二十六日にはサヴァンナに来ていた。少なくとも、目と鼻の先のサウスカロライナ州には来ていた。

私はチャンに注意を戻した。開きっぱなしの戸口に立って、黒に近い色をした目で私を見つめている。

「あと少しだけ見て回っていいかしら。そのあと、押収してもらいたいものを伝える」

チャンは腕時計に目を落とした。それから背後に視線をやって、メーコン刑務官がマリーノと一緒にトイレに消えるのを確かめた。

「バンはもう来た？」

「ええ、もういつでも搬出できますよ」

「コリンは？」

「あなたのお仕事が終わるのを待ってるんだと思います。あとは遺体を搬出するくらいしか、ここには用がないでしょうから」

「わかった。このあと彼女の手を袋で保護して、写真を撮る。かまわない？」

「写真ならもう何枚も撮りましたよ」

「撮ってくれたのは知ってる。でも、見ててわかったでしょう？　私は何でもやりすぎなくらいが好きなの」

「ちゃんとしたカメラを貸しますよ。それから、どうせやりすぎるなら、そこの物入れものぞいたほうがよさそうです」

「物入れ？」どこにあるのかとっさにわからず、私は房内を見回した。

「ベッドの脚に取りつけられてる」チャンが指さす。「そこです。カバーで隠れてるところ」

「見てもかまわない？」

「どうぞ」

「時間は取らせない。すぐに場所を空けて、ラボに届けてもらいたいものを集めてもらうわ。こんなところにいつまでもいたくないでしょうし」

「いやいや、そうでもありませんよ。刑務所は嫌いじゃない。最初の妻との結婚生活をなつかしく思い出させてくれますから」

キャスリーンのデスクの上のものを調べる作業を再開した。安手の白いコピー用紙や無地の封筒、軸が透明な〈ビック〉のボールペン、切手帳、表紙の裏返った住所録らしき小型のノート。ページをめくってみたが、覚えのある名前は一つもなかった。それでも全部のページに目を通して、ドーン・キンケイドやジャック・フィールディングの名前を探した。ない。大部分はジョージア州の住所の持ち主だった。やがてアトランタ郊外の〈トリプルQ農場〉という名前が目に留まった瞬間、この住所録は相当に古いものらしいと思い当たった。トリプルQは、キャスリーンが七〇年代半ばから終わりにかけてセラピストとして働いていた施設、ジャックと知り合った施設だ。

つまり、少なくとも三十年以上前のものだということになる。ページをめくり続けた。キャスリーンが最近手紙を書いた人物は、きっとこれには載っていないだろう。もっと新しい住所録が存在するなら、そちらは行方不明になっている。

「これもラボにお願い」私はチャンに頼んだ。

「ああ、それですね。私も気づきました」

「ずいぶん古いものみたいね」

「ええ、その点を不思議に思いましたよ」チャンが答えた。私がどんな可能性を指摘しているか、了解している。「もちろん、友人らしい友人、手紙を書いたり電話をかけたりする相手がいなくなったというだけのことかもしれませんが」

「手紙を書くのが好きだったって聞いたわ」私は切手帳を開いた。二十枚あったうち、六枚がなくなっている。「図書室の仕事をして、領置金の口座にお金を積み立てたそうね。家族が足していくこともときどきあったって話だった」家族というのは、ドーン・キンケイドのことだ。

「この五ヵ月は家族からの差し入れはなかったはずです。この最重警備棟に移されて以降も」

「そうね」ブラヴォー棟に移されて以来、キャスリーンは口座にお金を足せる状況ではなくなった。ドーンにしても、バトラー州立病院から、そしてその前に収容されていたケンブリッジの拘置所から送金することはできなかったはずだ。「口座にいまいくら残ってるか、最近はどんなものを買ったか、調べてみると何か出てくるかも」私はそう提案した。

「やってみましょう」

ポケット判の辞書、類語辞典、図書室の所蔵印が捺された詩集が二冊。ワーズワースとキーツだった。次にベッドに近づいてしゃがむと、縁からだらりと垂れたキャスリーンの脚を無用に動かさないよう気をつけながら、毛布とシーツを持ち上げた。キャスリーンの左肩が私の腰を一瞬かすめた。温かかったが、生きている人間の温もりとは違う。キャスリーンは一分ごとに体温を失っていっている。

抽斗一段だけのスチールの物入れを開けた。雑多な私物がぎゅう詰めにされていた。絵や詩、家族写真。きれいな顔をした金髪の少女の写真も何枚かある。年齢を重ねるごとに人目を引く美人に成長し、ある写真から突如として魔性の女に変身していた。濃すぎる化粧、グラマラスな肉体、死んだような目。昨日、私が差し入れしたジャック・フィールディングの写真もあった。彼も家族の一員と見なされていたのだろう、写真はほかのものと一緒にされていた。若いころの写真もある。初期に彼が手紙に同封したものだろうか。写真はどれもくたびれ、縁が破れていた。数えきれないほど何度も何度もめくられたのだろう。

やはり日記は見当たらない。代わりに、十五セントの切手帳と、パーティハットや風船の絵で縁取られた便箋が出て来た。受刑者が使うにはいささか違和感のある柄だ。きっと誰かが誕生日パーティなどのにぎやかなイベントの招待状に使った残りだろう。こんな便箋を刑務所内の売店に置いているとも思えない。飲酒運転で死亡事故を起こして収監される前から持っていたものなのだろうか。十五セントの切手の柄も、そう考えれば説明がつきそうだ。真っ白な砂のビーチ、抜けるような青空、その下に並んだ鮮やかな黄色と赤のパラソル。上空をカモメが飛んでいる。

私が最後に十五セントの切手を買ったのは、たぶん、二十年以上前だろう。キャスリーンは何か特別の思い入れがあってこの切手帳を大事に取っておいたのかもしれない。あるいは、誰かから送られてきたとも考えられる。そういえば昨日、切手を買うお金もないと嘆いていた。切手帳にはもともと二十枚あったようだが、上の列の十枚はなくなっていた。デスクから白いコピー用紙を取って光にかざした。そのすぐ上に載っていた紙に何か書いたのだとしても、文字の痕跡は下の紙に残らなかったようだ。パーティの便箋も一枚取って光にかざし、角度を変えながら目を凝らしてみた。

これにはうっすらと文字の痕がついていた。日付——〈六月二十七日〉。そして手紙の書き出し——〈愛しい娘へ〉。

「……ええ、故人が今日何をしたか、正確に知っておきたいんですよ」開いた戸口の向こうからコリンがタラ・グリムに話している声が聞こえた。「あなたは、彼女が運動場を一時間——まる一時間歩いたという報告を受けてらっしゃる。それはわかりました。ただ、先ほども言いましたように、運動場で監視していた刑務官の説明も聞きたいんです。途中で水を飲んでいたか。どのくらいの量を飲んだか。何度くらい休憩したか。めまいがするとか、体に力が入らないとか、そんなようなことを言っていなかったか。頭痛は？　吐き気は？　どんな小さなことであっても、不調を訴えていなかったか、知りたいんですよ」

「それはもう私がひととおり聞きました。そのまま一言も漏らさずあなたに伝えたわ」タラ・グリムの静かでメロディアスな声が応じた。

「いや、あいにくですが、又聞きでは駄目なんですよ。その刑務官をここに呼んでいただくか、私たちをその人のところへ案内してください。じかに話を聞きたいんです。できれば運動場も見たい。さっさとすませてしまいましょう。遺体を検屍局に搬送するのがこれ以上遅れるのは好ましくない」

便箋に残った痕跡から何語かは読み取れたものの、それ以上は無理だった。キャスリーンがパーティの便箋に何を書いたか判読するのは、文書を検査するのに適した照明設備が整った場所で調べるしかないだろう。金網に覆われた窓から射す光と、天井に嵌めこまれた低ワットの電球の光しかない舎房では無理だ。舎房の天井の電球はおそらく、受刑者がわざと明かりを消して刑務官を不意打ちしたりすることのないよう、監視室からリモートでオンオフするようになっている。いまとなっては見慣れた優美な手書きの文字が、紙の表面にところどころ亡霊のように残っていた。

知ってる……冗談よね？……だから知らせておいたほうがいいかと……ＰＮＧから……ほかのいろんなことと一致するし……賄賂で言うなりにしようと……体調はどうなの？

〝ＰＮＧ〟――ペルソナ・ノン・グラータだろうか。好ましからざる人物。法律用語では、とくに外交官について、接受国政府から入国を拒否された人物を指す言葉。キャスリーンは誰を指してそう呼んだのだろう。そう考えたとき、紙ががさがさこすれる音がして、マリーノが戻ってきた。〈ペリカン〉の頑丈な防水ケースをベッドのそばに下ろす。

「拡大鏡がそのどこかに入ってると思うんだけど」私はケースの固い金具をぱちんぱちんとはずしているマリーノに言った。「ＬＥＤ灯がついた十倍の拡大鏡があったらありがたいわ。ここはちょっと暗いから」

マリーノはライトつきの拡大鏡を探してくれた。私はスイッチを入れ、キャスリーンの青白い両手をじっくりと観察した。ピンク色がかったなめらかな掌、指、指の腹、肌の皺、指紋のディテール、青くかすかに透けて見える静脈。ライトつきのレンズのなかで、何もかもが十倍の大きさに見えた。マニキュアを塗っていない爪の表面には、畝のような小さな凸凹ができている。汚れてはいない。爪の下に白っぽい繊維が何本か見えた。舎房着かシーツのものだろう。また、右の親指の爪の下に、オレンジ色の物質がはさまっていた。

「細いピンセットとＧＳＲキットを取ってもらえる？　コリンが持ってなくても、チャン捜査官なら持ってると思う」私はマリーノに頼んだ。キャスリーンの右の親指の第二関節をそっとつかんで持ち上げた。体は刻一刻と冷えていっているが、関節はまだ生きているときのしなやかさを失っていない。

マリーノがケースのなかをかき回している。やがて言った。「あった」

外科手術のアシスタントのように、私のニトリル手袋に覆われた掌にピンセットをぴしゃりと置き、次に金属の短い円柱を差し出す。円柱のてっぺんに粘着性のカーボンテープが貼ってあり、ふつうはそれを掌や甲に押しつけて射撃残渣（GSR）を採取する。マリーノに拡大鏡を渡し、親指の爪の上にかざしておいてもらった。それから、ピンセットを使って白っぽい繊維とオレンジ色の糊のような物質の小さなかけらを抜き取り、GSRキットの粘着面にそっと固定したあと、小さなビニールの証拠品袋に収めて、ラベルを貼り、イニシャルを書きこんだ。

ベッドの傍らにしゃがみ、今度は脚の膝から下の部分や、ソックスを履いていない足を観察していった。やがて拡大鏡を左足の上で止めた。爪先に鮮やかな赤の小さな斑点がいくつもある。

「虫か何かに刺されたか」マリーノが言う。

「熱いものをこぼした痕じゃないかしら」私は答えた。「熱い液体が足にかかったときにできるような第一度の熱傷に見える」

「けど、ここでどうやって温めるんだよ」マリーノが遺体のほうにかがみこみ、私が火傷ではないかと言った部分をじっと見つめた。「シンクの湯で火傷したか？」

「お湯を出してみれば確かめられる。きっと違うと思うけど」

「出してみていいのか」

「シンクの物質のサンプルはもう採取しましたから」戸口からチャンの声が聞こえた。「どのくらい熱い湯が出るものか、出してみてもかまいませんよ。ここに何か持ちこんだのかもしれませんね。電化製品とか。感電死という可能性は考えられますか」

「いまの時点では、考えるべき可能性が多すぎるくらい」

「ヘアドライヤーとか、ホットカーラーとか。誰かから借りたのかもしれない」チャンが続ける。「規則には反してますが。しかし、例の電気的な匂いの説明にはなります」

「でも、どこから電源を取ったの？」舎房にはコンセントがない。テレビのプラグが挿してあるものが透明プラスチックの覆いのなかに一つあるだけだ。

「バッテリーで動くものが爆発したとか」マリーノがシンクの蛇口のボタンを押しながら言った。「電池を使う器具が過熱すると、爆発することがあるんだ。しかし、そういうことだったんなら、爪先にちっちゃな火傷ができた程度じゃすまなかったはずだよな。虫に嚙まれた痕じゃねえってのは確かか？」マリーノは蛇口の下に手を差し出し、どこまで熱くなるか確かめている。「そのほうが納得しやすいだろ。外から帰ってきたあとに具合が悪くなったわけだから。俺にもそういう経験がある。スズメバチが靴だかソックスだかにもぐりこんで、死ぬまで何度も刺しやがった。一度なんか、ハーレーに乗って百キロくらいで飛ばしてて、ミツバチの群れにまともに突っこんじまったこともある。ヘルメットのなかで刺されまくるのは、あんまり楽しい経験じゃねえよ」

「水ぶくれ、わずかな腫れ。やっぱり火傷に見える。それもごく最近のもの。影響を受けてるのは、皮膚の外層だけ。第一度か、第一度に近い第二度。かなり痛そう」私は爪先の斑点を観察しながら言った。

「こいつじゃねえな」マリーノは水を止めた。「ちっとも熱くならねえ。せいぜい〝生ぬるい〟だ」

「爪先を火傷したようなことはなかったか、誰かに訊いてみてもらえる？」

マリーノはチャンのそばをすり抜けて廊下に消えた。「火傷しなかったかって先生が訊いてるんだけどよ」声だけが聞こえた。

「火傷？　誰が？」コリンの声。

「キャスリーン・ローラーだ。たとえば、誰かからものすごく熱いコーヒーや紅茶が入ったカップを渡されて、自分の足にこぼしたりしなかったか」

「どうして？」またコリンの声。

「ありえない」タラ・グリムが言う。「隔離収容棟の受刑者は、電子レンジを使えないの。ブラヴォー棟には一台もないし。厨房にはあるけど。でも、キャスリーンには当然ながら厨房に入る許可は与えられてなかった。火傷するほど熱いものを渡される可能性はゼロよ」

「どうしてそんなことを訊く？」コリンが戸口に現われた。タイベックスーツは脱いでいる。汗みずくで、決して機嫌のよさそうな表情ではなかった。

「左足に火傷らしきものを見つけた」私は答えた。「何かがはねたか、足に何かをこぼしたのか」

「モルグに搬送してから詳しく調べよう」コリンの姿はまた消えた。

「発見されたとき、靴やソックスは履いてたのかしら」私は誰にともなく尋ねた。

タラ・グリムが戸口に現われた。

「履いてなかったわ。靴やソックスを勝手に脱がせたりはしてない。朝のエクササイズから戻ったときに脱いだんじゃない？　私たちの誰も遺体には触ってないわ」

「爪先に火傷をしてるのに、ソックスや靴を履いたらきっと痛いわよね」私は火傷を見ながら言った。「エクササイズのとき、足を引きずっていたりは？　痛いとか歩きにくいとか、何か言ってなかったかしら」

「暑い、体がだるいとは言ってたそうだけど」

「とすると、この房に戻ってきてから火傷をしたということ？　運動場から戻る前にシャワーを浴びた？」

「何度でも言うわ。それはありえない」タラが平板な口調でゆっくりと言った。反感をあらわにしている。「火傷するような熱いものは何も、どこにもなかった」

「今日の午前中に何らかの電化製品をここに持ちこんだ可能性は？」

「絶対にありません。ブラヴォー棟の監房には受刑者が使えるコンセントは一つもないから。火傷したなんてありえないわ。たとえ五十回訊かれたとしても、答えは同じよ」

「でも、火傷してるみたいなの。左足の爪先に」

「火傷のことなんて何も知らない。それに、火傷するはずがないの。きっとあなたの勘違いでしょう」タラの鋭い目が私をにらみすえていた。「ここには火傷するほど熱いものはなかった」そう繰り返す。「蚊に食われたとか何かしたのよ。ハチに刺されたとか」

「これは虫に刺されたり嚙まれたりした痕とは違うわ」

私はキャスリーン・ローラーの頭に触れてみた。紫色のニトリル手袋に覆われた指で頭蓋骨の輪郭や首筋をたどり、いつもチェックするポイントを確認した。指先の感覚を頼りに、見ただけではわからないような損傷がないか調べていく。骨にひびがないか。髪に隠れた軟組織に出血があることを示す、水を吸ったスポンジのように柔らかな場所がないか。キャスリーンは温かい。私が手を動かすたび、彼女の頭も揺れた。唇はわずかに開かれ、まるで眠っているかのようだ。いまにもぱっと目を開いて、何かしゃべり出しそうだった。損傷はない。異常は一つもなかった。私はマリーノにカメラと十五センチの透明な定規を取ってくれるよう頼んだ。

遺体の写真を撮る。爪の下からオレンジ色の物質と白っぽい繊維が見つかった手、靴下を履いていない左足の火傷は、とくに重点的に撮影した。それから茶色い紙袋を左右の手と左足にかぶせ、口を輪ゴムで留めて、搬送中に何かが加わったり失われたりしないようにした。タラ・グリムは私がすることをじろじろ見ていた。さっきまでとは違い、さりげなくではなく、あからさまに。戸口に立ち、両手を腰に当てて観察している。私はさらに写真を撮った。必要以上の枚数を撮った。怒りが募っていく。写真の枚数が増えるごとに、怒りはいよいよふくらんだ。

23

コリンが沿岸地方犯罪科学捜査研究所の裏口を開け、私たちは熱気と強烈な陽射しの下に出た。雷鳴が低く轟き、黒雲が不気味に波打ちながら近づいてきていた。時刻は午後四時を少し回ったところだ。三十ノットの風が南西から吹いていて――ルーシーが電話で伝えてきた表現を借りれば――〝ヘリコプターをあさっての方角に押しのけよう〟としている。

「ノースカロライナのランバートンにまた降りたとこ。給油はもうこれで三度め。二度めのときはロッキーマウントで雨が通り過ぎるのと視界不良が解消するのをぼんやり待つはめになった」ルーシーは言った。「しかも景色は退屈そのもの。飛べども飛べどもマツの森と養豚場しかない。山焼きの煙が充満しちゃってるし。もし次回があるなら、ベントンは長距離バスで行くって言うと思うよ」

「少し前にマリーノが空港に向かったわ。大きな嵐が近づいてるみたい」私はルーシーに伝えた。コリンのあとについて、職員の通勤車両や配達の車向けの、アスファルト敷きの広い駐車場を横切った。空気が重たい。そこに含まれている湿気が目に見えるようだ。

「心配しないで」ルーシーが答えた。「ずっと有視界飛行で行くし、あと一時間か、一時間十五分くらいで着けると思う。ゲームコック・チャーリーを迂回して、マートルビーチから海岸伝いに行くはめになった場合には、もうちょっと遅くなるだろうけど。そのルートだと、景色はいいけど時間がかかる」

〝ゲームコック・チャーリー〟とは軍事訓練空域（MOA）の一つで、一般には公表されておらず、訓練に参加していない航空機や民間機がうっかり近づくと危険だ。MOAで訓練が行なわれているとき――〝ホット〟なとき――は、とにかく近づかないのが無難だった。

「いつも言ってるとおりよ――〝急がば回れ〟」私は言った。

「Milcomの様子からするに、いまはちょうど〝ホット〟みたいね」ルーシーが続けた。〝Milcom〟とは軍事通信のことだ。「迎撃訓練のど真ん中に突っこんでいく気はないから心配しないで。低高度作戦訓練であろうが、曲芸飛行訓練であろうが、思いきりよけるから」

「そう聞いて安心したわ」

「もちろん無人機とも遭遇しないようにする。カリフォルニアのコンピューターで遠隔操作されてこの辺を飛び回ってる無人機だよ。この辺りって、軍事基地と制限区域だらけだよね。シカ撃ち台もあるか。ところで、何が起きたのか、まだわからないの？」キャスリーン・ローラーの身に何が起きたのか、だろう。「ちょっと機嫌が悪そうな声だけど」

「もうじきわかると思う。順調にいけば」

「ふだんのおばさんはもう少し楽観的だよね」

「今回は〝ふだん〟とまるで違うから。刑務所ではよけいな気を遣わされたし、不機嫌そうな声に聞こえるとしたら、それは不機嫌だからよ」タラ・グリムの顔を思い出す。舎房の戸口をふさぐように立って、私をにらみつけていた顔。そのあと、キャスリーンの一時間のエクササイズを監視していた女性刑務官とのやりとりも思い出した。

金網で囲まれた運動場を確認させてもらったあと、大柄で、ふてぶてしい態度をして、敵意のある目をしたスレーター刑務官に紹介された。スレーター刑務官は、今朝八時から九時まで、キャスリーンがブラヴォー棟に移されて以来の〝日課〟をこなしているあいだ、ずっと監視していたが、とくに異常はなかったと証言した。気分が悪そうだったり、動きがぎこちなかったりといったことはなかったかと私は尋ねた。

たとえば、だるいとか、めまいがするとか、息苦しいといったことは訴えていなかったか。虫に刺されなかったか。足を引きずっていなかったか。どこか痛そうにしているようなことはなかったか。体調についてひとことでも口にしたか。スレーター刑務官は、キャスリーンは心臓の辺りをつかむような仕草をしていたとしか答えなかった。それはすでに何度も聞かされた答えだった。

キャスリーンは運動場を歩きながら、ときどき金網のフェンスにもたれていた。二度か三度、しゃがんで片方のスニーカーの紐を結び直していた。そちらの足に何か不具合があったのかもしれないが、火傷をしたようなことは一度も言っていなかった。ブラヴォー棟では火傷のしようがない——スレーター刑務官は、誰も責めてなどいないのに、弁解するような口調で、タラ・グリムが私たちに話したのと同じことを繰り返した。

「どこから火傷なんて話が出てきたのか」スレーター刑務官は、刑務所長の顔を見ながら私に言った。ブラヴォー棟では電子レンジは使えないし、蛇口から出る湯は火傷するほど熱くならない。エクササイズのあいだ、キャスリーンは何度か水をもらいに来て、喉が少しいがらっぽいと訴えた。花粉や埃を吸ったせいか、〝流感にでもかかってやろうと狙ってるみたいに。もしかしたらそのとき、眠たいと言ってたかもしれない〟。

「〝眠たい〟というのはどういう意味で言ってたのかしら」私は訊き返した。スレーター刑務官がむっとしたのがわかった。「眠たかったんでしょうよ」刑務官は、よけいなことを言わなければよかった、いまからでも取り消したいとでもいうようにそう答えた。〝眠い〟と〝疲れた〟では意味が違うと私は指摘した。体を動かせば疲れる。病気と闘ったときも、体は疲れる。しかし私の思う〝眠い〟は、いまにも眠ってしまいそうな状態、目を開けているのがつらいような状態のことだ。ふつうは睡眠不足のときになるものだが、低血糖といった別の原因から眠気を感じることもある。

するとスレーター刑務官は、タラ・グリムの顔をちらりとうかがったあと、コリンと私に視線を戻し、キャスリーンは、こんなに蒸し暑い日に屋外に出る直前に朝食をとったのは失敗だったと言ったと答えた。たくさん食べたせいで消化不良を起こしているのかもしれない。単なる胸焼けかもしれない。ただし、キャスリーンはGPFWの食事について、ほとんど毎日のように文句を言っていたとスレーター刑務官は付け加えた。

キャスリーンはブラヴォー棟の舎房に運ばれてくる食事であれ、一般収容棟の食堂で出される食事であれ、とにかく食べ物に〝うるさかった〟。しじゅう食べ物の話ばかりしていた。たいがいはまずいとか、量が少ないといった愚痴で、〝キャスリーンはいつでも食事に何かしら不満を持っていた〟。スレーター刑務官の声の抑揚や落ち着きのない目。私は昨日キャスリーンと話をしたときと同じ印象を抱いた。スレーター刑務官は真実よりも刑務所長を重視している。

「ベントンはいま何してる？」私は電話越しにルーシーに尋ねた。

「ボストン支局と電話中」

「あれから進展は？」ドーン・キンケイドのことを知っておきたい。

「あたしが知るかぎりは何も。だけど、ベントンはかなり深刻な顔してる。いつもどおり、誰にも聞かれないようにタラップに出てるよ。電話、代わろうか」

「いいわ、これ以上足止めしたくないから。こっちに着いたらゆっくり話しましょう。あと誰が来ることになるかわからないけど」ジェイミー・バーガーと思いがけず顔を合わせることになるかもしれない——そう遠回しに伝えた。そういえば、ジェイミーからはまだ折り返しの電話がかかってきていない。

「顔を合わせちゃった場合、気まずいのは向こうだと思う」ルーシーが言った。

「誰も気まずい思いをせずにすむことを祈るわ。あなたが気まずい再会を果たさずにすむことを祈る」

「燃料代の支払いを済ませてくる」

クレオソートと、強い陽射しにじりじりと焼かれた大型ゴミ容器の匂いが漂うなか、コリンと私はモルグに到着した。淡い黄色に塗ったコンクリートブロックの壁には窓が一つもない。建物の両側にエアコンの室外機が並んでいる。片側には業務用の補助発電機があり、反対側には搬出入ベイがあった。裏のフェンスの向こう側でマツの大木が風に揺れている。遠くで膨らみ始めた黒い雲の奥で稲妻が閃(ひらめ)いた。南西では雨が降っているのだろう、雨のベールが見えた。フロリダの方角から大きな嵐が近づいてきている。巨大なシャッターは開いていた。私たちはコンクリートで囲まれた何もないスペースを歩いた。コリンが奥のドアの鍵を開けた。

「解剖までするのは、だいたい年に二件といったところかな。検視して死亡証明書にサインするのが五、六件」コリンがルーシーから電話がかかってくる前の話題を再開して、ＧＰＦＷから依頼される仕事の内容を説明した。

「私なら、タラ・グリムが就任して以来のすべての事案を点検するわ」私は言った。

「ほとんどは癌や慢性閉塞性肺疾患、肝臓病、鬱血性心不全だ」コリンが言う。「ジョージア州は、末期患者を温情から釈放したりはしない。そんなことをしたら、たいへんなことになるからね。末期癌だから気の毒だって理由で早期釈放された重罪犯が、どうせ死ぬならと銀行強盗や殺人を犯しかねない」

「言い換えれば、私なら、受刑者がホスピスで死んだとか、他殺を疑いようのない事案とかを除いて、さかのぼってすべて点検するわ」

「検討しよう」

「少しでも不審に思った事案。私なら端から再点検する」

「正直なところ、これまでは怪しいと思ったことがなかった。ただ、いまきみにそう言われて、後知恵ってやつが働き始めたよ。シャナイア・プレームズ。悲しい物語だよ。シャナイアはいわゆる産後鬱になった。抑鬱状態と妄想。しまいには子供たちを殺してしまった。三人全員を殺した。そしてまるで絞首刑みたいに、死体をバルコニーの手すりから吊した。夫はルドウィチでタイル会社を経営してて、事件発生時は釣り旅行に出かけてた。帰りを待ってたのは――子供たちの死体だった」

受け入れエリアにはフロアスケールとウォークイン式の冷蔵庫が設えられ、小さなオフィスのカウンターには書類のやりとり用の箱が置いてあった。コリンは大きな黒い記録簿を確認した。

「よかった。もう着いてる」キャスリーン・ローラーはすでに運びこまれているということだ。

「シャナイア・プレームズも、GPFWで急死したのね」私は言った。

「そうだ。死刑囚用の監房で」コリンが答える。「四年くらい前だったかな。朝のエクササイズから戻ったあと、窒息死した。舎房着のパンツの片脚を自分の首に、もう片方を両足首に縛りつけた。豚の足を縛る要領だね。その状態でベッドにうつぶせになった。ベッドの縁からはみ出した脚の重みでパンツが引っ張られて頸部が締まり、脳への酸素供給が断たれた」

白いタイル敷きの廊下を進む。更衣室、トイレ、多種多様な保管室、解剖台一台と抽斗が二段ある冷凍冷蔵庫を備えたデコンプ解剖室。コリンはシャナイア・プレームズの自殺事件の説明を続けた。事実上、自殺が不可能な環境で、きわめて独創的な方法を使って自殺したと言えるだろう。シャナイア・プレームズがパンツで作った仕掛けで本当に死ねるものなのか、当時も疑問には思ったが、実験して確かめるわけにもいかない。コリンはその件について思い出せるかぎりの詳細を話してくれた。ほかに、レア・アバナシーという受刑者のことも。去年、便器に頭を突っこんだ状態で死んでいるところを発見された。便器のスチールの縁が頸部を圧迫していた。死因は体位性窒息とされた。

「索痕（さくこん）がなかった。しかし、幅広の、比較的柔らかい生地のものを使って首を絞めた場合、索痕が残るとは限らない」コリンはシャナイア・プレームズについてそう言った。「首の内部組織には損傷がなかったが、これも体重の一部しか頸部にかからない非定型縊頸(いっけい)や体位性窒息では、珍しいことではない。レア・アバナシーの場合も、他殺を疑うべき損傷や証拠はいっさい見つからなかった」

バリー・ルー・リヴァーズの場合は、主に経緯を見て、消去法で死因を判断した。

「法医学の知識があっても、かならず総動員できるとはかぎらない」コリンは陰鬱な声で言った。私たちは控え室に入った。深いスチールのシンクと赤いバイオハザード容器、洗濯物入れ、それに使い捨ての保護服が積まれた棚がある。「歯がゆいよ」

「レア・アバナシーは何の罪で服役中だったの？」

「人を雇って夫をプールで溺死させようとした。事故に見せかけるはずが、失敗した。遺体の後頭部に大きな挫傷があってね。巨大な外傷性頭蓋内血腫だ。水に落ちる前に死んでいたんだよ。加えて、雇った男はレアの不倫相手だった」

「で、レアは？　まさか、便器の水で溺死したわけじゃないわよね？」

「それは無理だ。刑務所の便器は浅く細長くできている。水はボウルの縁に届かない。自殺できないように作られてる。舎房にあるものはどれもそうだがね。便器の奥の奥まで顔を突っこめば、溺死したり窒息したりするかもしれないが、他人に頭を押さえつけられてでもいないかぎりは、不可能だろう。しかし、さっきも話したとおり、そういった痕跡、損傷は一つも見つからなかった。刑務所側の説明では、吐き気があったらしくて、さかんに空嘔をしていたそうだ。故意に吐こうとしてたのかもしれない。摂食障害があったという話もちらりと出たからね。吐こうとしているさなかに気を失ったか、不整脈でも起こしたか」

「その姿勢を取ったとき、まだ生きていたと仮定しての話ね」

「この仕事では推測は許されない」コリンは沈んだ声で言った。「しかし、ほかに何もなかった。薬毒物検査でも何も出てこなかった。消去法で結論を出すしかなかった」

「奇妙な一致ね」私は指摘した。「夫は溺死するはずだった。レアはトイレに首を突っこんで死んでいた。ぱっと見には――少なくとも素人目には、溺死とも思える。シャナイア・プレームズは子供の首を吊って殺し、後に自分も首を吊って死んだ」タラ・グリムが言っていたことを思い出す。子供や動物に手を出すのは許せない。命は与えられることも奪われることもある贈り物だ。「バリー・ルー・リヴァーズはツナサンドに毒を混入して大勢を殺した。最後の食事はツナサンドだった」

防沫スリーブと防水エプロンを着け、靴にカバーをかぶせ、手術帽とマスクも着けた。

「昔はよかったな。こんなものをいちいち着けずにすんでたころは」コリンが腹立たしげに言う。

「必要なかったというわけじゃないわ」私はマスクで鼻と口を覆った。「無知だっただけよ」目を守るためのゴーグルも着ける。

「まあ、心配しなくちゃいけない相手が増えたのは確かだね」コリンが言った。おそろしく機嫌が悪そうだ。「私はいまかいまかと待ってるんだよ。名前を聞いたことも、実際に扱ったこともないような、この世の終わりみたいな疫病のご登場をね。まったく、化学物質や病原菌を武器にする時代が来ようとは。世間が何と言おうが関係ない。伝染性の細菌を持った死体、汚染された死体。そういった死体が山と積み上がったときどうしたらいいか、誰も知らないことには変わりない」

「テクノロジーが破壊したものをテクノロジーで元通りにすることはできない。そう考えると、最悪の事態が発生したら、きっと世界の誰一人としてうまく対処できないでしょう」私は同意した。

「きみほどの知識のある人がそう言うんだから、きっと事実なんだろう。一つ確かなのは、人間の本性を治す薬はないということだ」コリンが言う。「いったん外に出てしまった魔物は、もう瓶のなかには戻せない。愚劣な人間どもが持ってしまった武器も同じだ」

「魔物は最初から瓶に入ってなどいなかったのよ、コリン。瓶が存在するかどうかさえ怪しいくらい」

開いたままのドアからX線検査室に入る。C字形のアームがついたX線装置があった。私はもうそういった旧式の装置は使わない。とはいえ、CTや3Dソフトウェアつきのﾐ MRIなどの先進的な装置がこのモルグにあったとしても、いまは役に立たないだろう。キャスリーン・ローラーを死に至らしめたものは、おそらく、CTやMRIなどのスキャン装置で確認できるものではないからだ。サミー・チャンがさっそく書類一式をそろえ、いまごろはもうサンプルの綿棒をラボに預けていることを祈った。

メインの解剖室に進むと、汚れたスクラブと血まみれのビニールエプロンを着けたたくましい男性監察助手がいた。きっと今朝オートバイ事故で亡くなったという男性だろう、遺体の縫合をしている。頭部は大きく凹んだ缶のようにひしゃげ、顔は見分けがつかないほどつぶれていた。皮膚には血の小川が無数に流れている。モルグ特有の色彩や質感に欠けた空気、コンクリートと輝く金属でできた清潔すぎて冷たい空間で、その男性だけが異彩を放っていた。

男性の年齢は推測できない。それでも、髪は真っ黒で、引き締まって均整の取れた体格をしていることはわかる。きっと体型維持のためにトレーニングを欠かさなかったのだろう。分解の始まった血液と細胞の匂いがかすかにしていた。生命が腐敗に降伏の白旗を揚げかけている匂い。長い縫合針が白い縫い目を一つ作るたびに、天井のライトの光を受けてぎらりと輝く。ステンレスのシンクを水の滴が叩くぽたん、ぽたんという音が響いた。解剖室の奥の車輪つきの担架にキャスリーン・ローラーと思しき白い布に包まれた遺体が横たわっていた。

「死体検案で済まさずにあえて剖検するのはなぜだ?」コリンがモルグの助手に尋ねた。髪をクルーカットにした助手の首の側面には海兵隊のブルドッグのタトゥーが入っている。「頭の大半を失ってるからか? ショットガンの向きを間違ったままぶっ放したみたいだからか? 検案だけでも充分だったように思える。この交通事故死者がいまジョージア州民の血税を無駄にしてるように思える理由は、具体的にはなぜだ?」

「心臓発作を起こしたのが原因で、ラッシュアワーの反対車線にはみ出した可能性があるからです」助手は針を大きく動かして、胸骨から骨盤に至るY字形の線路を縫っていく。「それに、病歴があるからです。先週も胸の痛みを訴えて入院した」

「で、結論は？」

「待ってくださいよ、結論を出すのは僕じゃない。そこまでの給料はもらってませんよ」

「充分な給料をもらってる人間はここには一人もいない」コリンが言う。

「〈マックトラック〉が、この人を木っ端微塵にしかねない勢いで突っこんだ。この人の死亡の原因は、心臓が止まったのが原因の心停止です」

「呼吸は停止しなかったのか？　ジョージ、ドクター・スカーペッタと会うのは初めてだったかな」コリンは不機嫌そうに訊いた。

「ええ、呼吸も止まったのは間違いありません。どうぞよろしく、ドクター・スカーペッタ。僕はこの先生を困らせる係です。誰かがその役を引き受けなくちゃなりませんからね」ジョージと呼ばれた助手は、縫合を進めながら私にウィンクをした。「〝ここに研修に来る医学生に、週に何度言えばすむ？　心停止と呼吸停止は死亡の原因ではない〟」上司の口真似をする。「〝十発撃たれれば、心臓は止まるし、呼吸も止まる。だが、その人物を殺したのはそのいずれでもない〟」そう続けてコリンをからかう。しかしコリンは笑うどころか、にこりともしなかった。

「あと二、三分で終わります」ジョージは少しまじめな声に戻って言った。「次の分の助手を務めましょうか」

長い針の弧を描く鋭い先端で太い縫い糸を切ると、針を発泡スチロールの塊に刺した。

「もし必要なければ、今朝届いた備品の片付けをして来ます。あと、そうだ、高圧洗浄機で搬出入ベイを徹底的に洗っておこう。それに、溜りまくったサンプルのジャーも何とかしないと。いいかげんにやらせてくださいよ。保管棚が持ちこたえられなくなって、そこらじゅうにホルマリンやら断片やら何やらが散らかったらどうするんです？　場所はない、予算もない。このモルグをテーマにカントリー風の音楽を作ることがあったら、サビの歌詞はそうしよう」

「私が捨てられないたちだということは知ってるだろう。もうしばらく残っていてもらえないか。ドクター・スカーペッタと始めてみて、やはり助手が必要なようなら頼むから」コリンの表情は険しい。目を見れば、いま何を考えているかわかる。

自分は何を見逃したのだろうと記憶をたどっている。この職業に就いた誰もが——死者を扱う誰もが恐れることをいま、恐れている。一人の〝患者〟を誤診すれば、別の誰かが死ぬことになりかねない。一酸化炭素中毒なのか、他殺なのか、正確に診断できれば、同じような死を未然に防ぐことができる。現実には、誰かの命を救えることはめったにないが、それでも救えると信じて、すべての事案に取り組まなくてはならない。

「古い事案のサンプルをずっと保管してるってこと？」私はバリー・ルー・リヴァーズ、シャナイア・プレームズ、レア・アバナシーのサンプルもあるのかと尋ねた。

「胃の内容物は保存しておかなかった。凍らせて取っておけばよかった」

「どうして取っておこうと思うわけ？」

「思わなかったんだよ。そんなことは考えもしなかった。保存する理由がなかった。だがいま思えば、取っておけばよかった」

「この仕事をしてると、日々後悔してばかりよね」気休めにならないかもしれないが、そう言った。「ホルマリンで固定した組織の分析に成功した事例がいくつかあるらしいわ」私は付け加えた。「何を探してるのかにもよるけど」

「そこが問題だ。いったい何を探す？」

エポキシ樹脂でコーティングされた床を歩く。柱状の脚で支えられた解剖台はあと三台あった。それぞれにシンクが付属しており、ライトつきの換気フードの下に間隔を空けて並んでいる。また、それぞれのそばに手術器具やサンプルを収めるための試驗管や容器が整然と並んだカートが用意され、切り出し台と、頭上に垂れ下がったコードリールに接続して使う電動式振動型骨切り、注射針など先端が鋭利な廃棄物を入れる赤いコンテナも備えられていた。壁にはキャビネット、X線写真を見るためのライトボックス、紫外線空気清浄機が設置されている。ほかに証拠を乾燥させるための乾燥庫や、書類仕事のためのカウンターとスチールの折りたたみ椅子などもあった。

「責任者は私じゃないことはわかってるけど――私のチェックリストの一番上にあるのは、キャスリーンがどんな物質に曝露したのか」私はコリンに言った。「チョークの粉に似た灰色がかった残渣がシンクで見つかったの。電気絶縁体が過熱したときみたいな匂いがした。その物質を最優先で分析してもらえたら、この件は一気に前進すると思う。あの監房にもともとあったものの匂いじゃないのは確かよ。あなたに指図するつもりはない。でも、あなたが口添えしてくれれば、ラボが最優先で検査してくれるなら、お願いしたいわ」

「サミーがきみと私二人分の影響力を発揮してくれるだろうから、安心していていいよ。微細証拠、工具痕、文書。そういった専門ラボは、いまや難題がやってくるのを手ぐすね引いて待ってるしね。最近はDNAばかりがもてはやされる。しかし、何でもかんでもDNAが解決してくれるわけじゃない。ただ、検事局にそう力説してみたところで無駄だし、相手が警察となればなおさらだろう。微細証拠ラボは大急ぎで分析に取りかかってくれると思う。私はその匂いには気づかなかったが、きみの説明を信じるし、いくらでも指図してくれてかまわない。だが——過熱した絶縁体の匂いがする毒物か。すぐには思い浮かばないな」

「あれは何だったのかしら」私は言った。「キャスリーンは何を手に入れたの？　どうやって？　ブラヴォー棟は最重警備の収容棟よ。本来は持っているはずのないものを、共用エリアでほかの受刑者から渡されたということは考えられない」

「となると、キャスリーンの舎房に出入りした人間に目を向けるべきだろうな。刑務所や拘置所で死者が出たとき、最初に考えるのはいつもそれだ。きわめてふつうの状況と思える場合でもね。そして今回のケースは、とてもじゃないが、〝ふつう〟には分類できない」コリンは答えた。「これまでならそうだったかもしれないが、いまとなってはもう、ふつうではない」

24

カウンターの上にはサイズの異なる手袋が入った箱が並んでいる。私はそこから二人分の手袋を取り、コリンは遺体運搬袋のジッパーを開いた。固いビニールがかさがさと音を立てた。

力を合わせてキャスリーン・ローラーを持ち上げ、ステンレスの解剖台に移す。コリンは造りつけの棚の前に立ち、必要な用紙を集めて金属のクリップボードに留めた。そのあいだに私はキャスリーンの手首と足首の輪ゴムをはずした。監房で両手と左足にかぶせておいた茶色の紙袋を取り、きれいに畳んでラボ行きの証拠品袋に入れたあと、カウンターの上のディスペンサーから幅広の白い紙を破り取って、隣の解剖台に広げた。

キャスリーンの遺体はだいぶ体温を失っていたが、関節はまだ柔らかく、衣類を脱がせるのは楽だった。脱がせたものを隣の解剖台の紙の上に並べていく。舎房着のボタン式のシャツ。背中に〈ＩＮＭＡＴＥ〉という大きな紺色のスタンプが捺されている。脇にＧＰＦＷというイニシャルが入った、やはりボタン留めのパンツ。ブラジャー。パンティ。カートから拡大鏡を取って、頭上の無影灯をつけた。パンツにわずかにオレンジ色に染まった部分がある。パンツの右脚で手を拭うか何かしたらしい。棚からカメラを取り、オレンジ色の汚れのすぐ横に定規を置いて、ライトの真下に来るようにパンツを動かした。

「ふだん、食品の検査はどこのラボに頼んでる？」私はコリンに訊いた。「見た感じではチーズだと思うけど、ちゃんと確かめたほうがよさそう。いま綿棒でサンプルを取るより、このままラボに預けることにするわ。右手の親指の爪にもオレンジ色の物質が付着してた。これと同じものかも。亡くなる前に触ったか食べたかしたもの」

「食品や化粧品、消費者製品。その手のものは、ジョージア州捜査局ではいつもアトランタの民間ラボに依頼してるよ」コリンが答える。「チーズスティックとか、チーズスプレッドとかは、刑務所の売店でも置いてるのかな」

「確かに、この黄色っぽいオレンジ色はチェダーチーズに似てるわね。さっき見たときは、舎房にはチーズもチーズスティックもなかったけど、もっと前の時点ではあった可能性は否定できない。もちろん、ゴミ袋が消えていなければ確かめられたでしょうけど。シャナイア・プレームズの目や顔に溢血点は見られた？」私はキャスリーン・ローラーが横たわった解剖台に戻りながら、そう尋ねた。

「なかったな。しかし、首吊り自殺であってもかならず出るというものではないからね。血管が完全に圧迫された場合には」

「さっきあなたが話してたような方法だと——舎房着のパンツを使って首と両脚を縛ったんだとすると、血管が完全に圧迫されることはなさそうな気がする。全体重が頸部にかかる完全な懸垂状態や絞殺とは違うから」

「確かに、考えにくいね」コリンは重々しい声で認めた。

「偽装だったとか？」

「当時はそんな疑いはまるで持たなかったよ」

「持つ理由がないもの。私だって疑問に思ったかどうか」

「偽装はありえないとは言わない」コリンが続ける。「しかし、抵抗した形跡はなかったし、体の自由を奪われていたことを示すものもなかった。青痣（あおあざ）一つ残っていなかった」

「何らかの方法で殺されたあと、縛られて、発見時と同じ姿勢を取らされたってことはないのかしらって、ちょっと疑問に思っただけ」

「いまごろになって、私の頭にも疑問が次々と浮かんできてるよ」コリンは陰鬱な声で答えた。

右下腹部のタトゥーを計測した。ティンカー・ベルに似た妖精の柄で、翼の先から先までの幅はおよそ十七センチ。妖精はやけに引き伸ばされて見える。きっといまより痩せていた時期に入れたものなのだろう。

「縛られてベッドに横たえられたときにはもう死んでたとするなら、最大の問題は――」私はまだシャナイア・プレームズのことを考えていた。「本当の死因は何だったのか」

「他殺を疑わせず、異常を感じさせない死因とは何か」コリンは首にかけていたマスクを押し上げて鼻と口を覆った。「解剖でも薬毒物検査でも見つからないもの」

「通常の薬毒物検査に引っかからない毒物は、数えきれないくらい存在する」私は考えを巡らせながら言った。二人で遺体を横向きにし、背中を調べた。「かなり即効性が高くて、症状は出るには出るけれど、周囲の証言が信用できないか、被害者が隔離されていて誰からも姿が見えなかったか、その両方の理由から、文書にはとくに記載されずに終わるような類の毒物」また別のタトゥーを見つけて計測した。今度のはユニコーンだった。「何より重要なのは、致死率百パーセントという点ね。本人が生き延びて証言するおそれがないということ。未遂に終わった事件は一つも報告されてないから」

「少なくとも、私たちが知るかぎりでは一件もない。しかし、わからないぞ。刑務所内で受刑者が重篤な症状を示したあと生き延びたとしても、私たちには知りようがないからね。〝死にかけた〟事例は検屍局には報告されない」

コリンは遺体の腕とすねを指先で軽く押したあと、皮膚の青白化は中程度とメモした。次にまぶたを持ち上げ、プラスチックの定規で瞳孔の直径を測った。

「左右とも同程度の拡大。六ミリだ。理論上は、アヘンは死後に瞳孔を収縮させることがあるとされている。しかし、そんな例は見たことがない。ほかの薬物は瞳孔を拡大させるが、死ねばどのみち拡大する」コリンはメスを取ると、鎖骨の下側に素早く切り込みを入れ、次に骨盤に向けて縦に切開した。「PERKを採取して、性的暴行の有無も確認しようか。そのほか、考えうるかぎりのサンプルを採って調べよう」コリンは皮膚を翻転させる作業を始めた。左手に鉗子（かんし）を持ち、右の人差し指と親指でメスを操っていく。

「どのキャビネット？」私は尋ねた。コリンが指差す。手袋は血で濡れていた。

試料採取キット（PERK）をキャビネットから取り、性的暴行の有無をまずは視覚的に調べ、次に全開口部を綿棒で拭い、写真を撮影し、証拠品袋の一つひとつにラベルを貼った。

「ついでに、毒薬物検査用に鼻腔と口腔の粘膜サンプルも採取しておく」私はコリンに言った。「毛髪も」

コリンは肋骨を除去し、足下のプラスチックのバケツに入れた。ちょうどそのとき、ジョージがX線写真を持って入ってきた。写真をライトボックスに留めていく。

私は近づいて眺めた。

「右脛骨に古い骨折の痕。最近のものは一つもない。典型的な老化現象が進行してる」次のライトボックスの前に移動した。まぶしいほど白く輝く骨、影のような臓器。「胃にかなりの量の食物が残ってる。午前五時半すぎに朝の食事をして、ずっと六時間後、正午ごろに死んだにしては多すぎる。胃内容排出遅延ね」解剖台に戻ってメスを取った。「何かが消化機能を事実上停止させた。バリー・ルー・リヴァーズの最後の食事も消化されてなかったわ。ほかの二人はどうだった？」シャナイア・プレームズ。そしてレア・アバナシー。

「記憶が曖昧だ。しかし、きみの指摘どおりだと思う。未消化の食物が胃に残っていた。少なくともバリー・ルー・リヴァーズの場合はそうだった。そのときはストレスが原因だろうと判断した」コリンが言う。「ほかの死刑囚で見たことがある。死への不安や恐怖から、最後の食事はほとんど消化されていなかった。ただ、最後の食事を食べる死刑囚はそういないだろうね。私なら喉を通らないだろうね。万が一、私が死刑になることがあったら、バーボン一瓶とキューバ産の葉巻だけ用意してくれればいい」

私は胃を切開して内容物をカートンに空けた。「どうやらキャスリーンの今日の朝食のメニューは、私たちが聞いてるのとは違ったようよ」

「卵とトウモロコシじゃないのか？」コリンがデジタル式スケールのステンレスのボウルから両手で肝臓を持ち上げながら、私の手もとをのぞきこんだ。長い柄と幅広の刃がついた解剖用ナイフを取る。

「容量は二百八十ミリ。チキンにパスタ、それにオレンジ色のもの」

「果物のオレンジ？　朝食のメニューにオレンジは含まれてた」コリンはパンを切るみたいに肝臓をスライスした。

「果物のオレンジじゃないわ」私は答えた。「果物らしきものは一つもない。色の種類のオレンジ。チーズに似てる。親指の爪とパンツに付着してた物質とまったく同じオレンジ色よ。チキンにパスタにチーズ。そんなもの、いったいどこで食べたのかしら」

「脂肪変化は中程度。年齢や何かの条件を考えたら、悪くはないね。しかし、アルコール依存症患者の三人に一人は、肝臓に異常は見られないと言われてる」コリンは次に肺の計量に取りかかった。「どうすればアルコール依存症と診断されるか知ってるかい？　主治医より飲酒量を多くすればいい。それだけで依存症と診断される。そうか、刑務所が申告した朝食のメニューは嘘だったということらしいな。チキンにパスタ？　どういうことだろう」肺をスケールのボウルから取り出したあと、血まみれの手をタオルで拭った。「刑務所の誰かがキャスリーンを殺したんだとすれば、遺体がここに運ばれることも、解剖すれば何を食べたかわかることも、ちゃんと知ってるはずだろうに」クリップボードの用紙に計量の結果を書き留める。

「世の中の全員がそこまで利口だとはかぎらない。しかも、キャスリーンがブラヴォー棟で今朝五時半から六時のあいだに朝食をとったというのが事実なら」私はカートンに薬毒物検査用のラベルを貼った。「死ぬまでには食べたものが消化されてるだろうと考えたんじゃないかしら。ふつうなら六時間もあれば消化が終わってるでしょう」

「軽い鬱血、中程度の水腫」コリンは肺の一部を切り取りながら言った。「肺胞毛細血管に鬱血、肺胞腔にピンク色の泡沫状液体。急性呼吸不全の特徴だ」

「心不全の特徴でもある。でも、彼女の心臓は意外なほど健康みたい」私は大きな切り出し台に心臓を置いて切り開いた。「ちょっと色が薄いだけ。瘢痕（はんこん）なし。脈管はまつたく詰まってない。房室弁、腱索、乳頭筋に異常なし」切開しながら所見を述べていく。「心室壁厚、心室径は適正範囲内。流出大血管もまったく詰まってない。心筋にも病変なし」

「確かに意外だね」コリンはまた両手を拭って用紙に書きこんだ。「心筋梗塞を疑う理由はない、と。すべての道は一直線に薬毒物検査につながっているらしい」

「そうね、心筋梗塞を示唆するものは何一つない。組織学的検査をすればより確実になる。心筋梗塞を起こすと心筋細胞が破壊されるから。でも、一般論として、解剖学的証拠がないなら、心筋梗塞はリストから外して大丈夫。そしてこのケースでは、解剖学的証拠は見られない。大動脈のアテローム硬化もないに等しいし」解剖室のドアが開く気配がして、私は顔をあげた。「心臓の異常が原因で死んだことをうかがわせるものは何一つないと言ってよさそう」ジョージと一緒に、聞き慣れた話し声が入ってきた。

ベントンの穏やかで豊かなバリトン。夫の姿を目にしたとたん、私の気分は高揚した。皺だらけになったカーキパンツ、緑色のポロシャツ。引き締まった体に端整な顔。エアコンのないバンで汗をかいたせいだろう、銀髪は後ろになでつけてあった。再会の場が死の臭いの充満した殺伐とした解剖室であろうと、私の使い捨ての白衣や手袋が血まみれであろうと、キャスリーンの胸が切り開かれていて、部分的に切除された臓器が解剖台のそばのバケツに放りこまれていようと、関係ない。

ベントンに会えたことがとにかくうれしかった。とはいえ、解剖の真っ最中のモルグで会うために来てもらったのではない。まもなくルーシーも入って来た。黒いフライトスーツに包まれたすらりとした体は、どことなく不吉な気配を漂わせている。ゆるやかに肩に流れ落ちている赤褐色の髪は、天井のライトの光を受けてところどころローズゴールドに似た輝きを放っていた。二人は入ってすぐ、戸口の両脇を固めるようにして立ち止まった。

「そこから動かないでね」二人がそれ以上入ってこようとしないと知っていても、そう念を押した。ベントンの物腰から、何かあったらしいとすぐにわかった。「この人が死んだ理由はまだわからない。でも、死因の筆頭候補は毒物なの。マリーノは？」

「ここへは入りたくないそうだ。おそらくきみが、いまいる場所から動くなと私たちに言うのと同じ理由からだろう」ベントンが言った。やはりそうだ。あれから何かあったのだ。

顔を見ればわかる。どことなくぎこちない立ち姿を見れば、あの不自然なくらいの表情のなさを見れば、わかる。彼の目はまっすぐに私の目を見つめていた。動揺している。激しい不安にとらわれているときのベントンは、いつもそうやって静かに動揺する。

「ドーン・キンケイドが昏睡状態に陥った」一呼吸置いて、ベントンが言った。

頭の奥のほうのどこかで警報が鳴りだした。

「着陸と同時に最新情報が入った。脳死状態だという話だが、まだ確定したわけではないらしい」コリンと私の両方に聞こえる声で言った。「たいがいそんなものだろう？　脳死としかもう考えられない状態であっても、なかなか断定はされない。原因が何であれ、疑わしいことは確かだよ」ベントンはそう付け加えた。私は昨夜のジェイミー・バーガーの顔を思い浮かべた。アパートを出る直前に見たジェイミーの顔。いかにも眠そうな顔だった。瞳孔が開いていた。

「さまざまな情報を考え合わせると、長時間、脳への酸素供給が絶たれたことも確かだ」ベントンが言う。午前一時ごろ、私が立ち去る寸前のジェイミーの声が耳に蘇る。単語と単語がつながって聞こえるほど、呂律が回っていなかった。「医療スタッフが駆けつけたときには、すでに呼吸が止まっていたらしい。人工心肺装置で生かされてはいるが、もう死んでいる」

私がアパートに持って入ったテイクアウトの袋のことを思い出した。見知らぬ人物から渡された袋。私は何も考えずに受け取った。

「命に別状はないと思ってた。喘息の発作だと――」

「あのときは、まだ限られた情報しかなかった。それにこの件は極秘にされていた」ベントンがさえぎった。「当初は喘息の発作と思われた。ところがごく短時間のうちに症状が重篤になった。バトラー州立病院の医療スタッフは、アナフィラキシーを疑ってエピネフリンを投与した。だが、症状は治まらなかった。しゃべれず、呼吸もできなかった。何らかの手段で毒殺されたおそれがある」

乗ってきた自転車を街灯柱にもたせかけていた女性。まぶしいライトのついたヘルメットをかぶっていた。

「バトラー州立病院の監房にどうやって毒物が持ちこまれたのか、想像もつかない」ベントンが解剖室の反対側でそう続けた。

私は配達の女性から寿司の入った袋を受け取った。あのとき、何か奇妙な気がしたのに、その感覚を無視した。昨日はほかにも奇妙なことがありすぎたからだ。ボストンの空港でベントンの車を降りた瞬間から、奇妙なことばかりが続いた。次の瞬間、記憶の残りの部分が再生された。マリーノと私が一時間近く話をしたころ、ジェイミーがアパートに帰って来た。自分が寿司の出前を頼んだのではないような言動をした。だが、私はその点を疑問には思わなかった。

持っていたメスを置いた。「誰か今日ジェイミーと話した？　私は一度も話してない。ここに電話してくるはずだったのに、それもない」

誰も答えなかった。

「今日、このラボに顔を出す予定になってた。留守電にメッセージを残したわ。でも、いまだに折り返しの電話がない」私はヘアカバーを取り、使い捨ての白衣を脱いだ。「マリーノは話をしたのかしら。誰か知らない？　マリーノは今日、ジェイミーと連絡を取った？　ジェイミーに電話する予定になってたはずなんだけど」

「さっき空港からここにくるあいだに何度か電話してたけど、結局つながらなかったみたい」ルーシーが言った。その表情は、私が急にジェイミーのことをあれこれ訊く理由をすでに察しているようだった。

汚れた衣類をくず入れに投げこみ、手袋をはずした。

「九一一に緊急通報。サミー・チャンにも連絡して、来てもらって」私はコリンに頼んだ。「大至急、救急車を向かわせて」そしてジェイミーのアパートの番地を伝えた。

25

煉瓦造りの八階建てのアパートの前に、パトロールカー二台とサミー・チャンの白いＳＵＶが停まっていた。しかし非常灯や回転灯が閃いていたりはせず、悲劇や災難を暗示するものはどこにもなかった。近くでも、遠くでも、サイレンの音は聞こえていない。聞こえるのはただ、カーゴバンの巨大なエンジンの音と、交換したばかりのワイパーがガラスをこする大きな音だけだった。ウィンドウを閉めきった車内は蒸し暑く、息苦しい。送風口から勢いよく吹き出す風が、熱く湿った空気を延々とかき回している。激しい雨が降っていて、まるで洗車機のなかにいるようだった。雷鳴が低く轟き、甲高く弾け、歴史ある町は屍衣のような霧に覆われていた。

チャンとサヴァンナ－チャタム都市警察の二人は、エントランス前の階段のてっぺんに張り出したひさしの下で雨宿りしている。昨日の夜、私がブザーを鳴らしてオートロックを解除してもらったのと同じ場所。自転車に乗った配達の女性がまるで亡霊のようにどこからともなく現われたとき私が立っていたのと同じ場所。ルーシー、ベントン、マリーノ、そして私はバンから雨と強風のなかに降り立った。私は救急車を探してまた通りを見回した。来ていないし、サイレンも聞こえない。腹が立った。ちゃんと出動を要請したではないか。念のために救急隊に待機していてもらいたかった。時間を節約するために。もしも時間が残されてる場合に備えて。まだ何か救えるものがある場合に備えて。蒸気を立ち上らせている煉瓦の通路を雨粒が叩いていた。土砂降りの雨の音は拍手のようにやかましい。

「警察です。どなたかいらっしゃいますか。警察です！」パトロール警官の一人がインターフォンのボタンを押して通話状態にしたまま繰り返した。「だめだ、返事がない」一歩下がり、いよいよ激しさを増す雨のなか、周囲に視線を巡らせた。「別の入口はないのかな。まったく、毎日よく降るよ」そう言いながら、荒れ狂う暗い空と、風をはらんだシーツのような雨を見上げる。「例によってレインコートを車に置いてきちまった」

「すぐ上がるだろう。確認して出てくるころにはやんでるさ」もう一人が言った。

「雹にならないといいな。この前、車をぼこぼこにされたんだ。誰かがハイヒールで蹴飛ばしまくったみたいに」

「だいたい、ニューヨークの検事補が何の用で来てるんだ？　休暇か？　このアパートの住人はほとんどが定住してるが、夏になるとだいたいどこかに行っちまう。それ以外は、週契約で借りてる住人だ。短期滞在で来てるってことか」

「誰か救急車は呼んだ？」私は大きな声で尋ねた。強い風が吹いて、バージニアカシの並木や、灰色の垂れ幕か汚れてすり切れた雑巾のように見えるサルオガセモドキを豪快に揺らしている。「救急車を待機させておいたほうがいいと思うの」私は付け加えた。警官二人とチャンは、低い雷鳴を轟かせながら迫ってくる嵐のように急ぎ足で近づいてきた私たち四人をぼんやりと見つめている。嵐はもうほぼ真上に来ていた。焼けた通路や路面で激しい雨がじゅうじゅうと音を立て、エントランス上のひさしの縁から滝のように流れ落ちている。

「管理人室とかはないんですかね」警官の一人が言った。「鍵を預かってるんじゃないかな」

「ここには管理人は常駐してないと思う」私は答えた。

「古いアパートだと、常駐してないことが多いからね」チャンが言い添えた。

「隣の部屋を呼んで開けてもらうとか、あとは……」

そのとき、マリーノが制服警官二人を押しのけるようにしてドアの前に立った。手に鍵を持っている。

「おい、ちょっと、乱暴だな。あんた、誰だ？」

私たちが何者なのか、なぜ来たのか、チャンが説明を始めた。その声はどこか遠くで聞こえているように思えた。マリーノが鍵を開けた。私は黒い現場用の服とブーツがぐっしょりと濡れていることをぼんやりと意識した。水をぽたぽたと滴らせている髪をかきあげる。〝FBI〟〝ボストン〟〝ドクター・デンゲートに協力してる主任監察医〟。チャンの説明が断片的に意識に割りこんできた。私たちはエレベーターホールに向かった。ルーシーがすぐ後ろにいて、手を私の背中に当てていた。私を押し、私にすがりついている。その手に込められた感情が伝わってきた。背中にぴたりと押し当てられた掌の圧力に、焦りと絶望を感じた。ルーシーがそんなふうに触れてくるのは、いったい何年ぶりのことだろう。子供のころ、私を守ろうとして、あるいは何かに怯えると、よくそうやってすがりついた。人ごみのなかではぐれそうで不安に駆られたとき、私が一人で行ってしまうのではと心配になったとき、いつもそうやって手を押し当ててきた。

ルーシーには、大丈夫だからと繰り返していた。きっと杞憂(きゆう)に終わるからと言い聞かせながら来た。でも、大丈夫だとは少しも思えない。私たちが期待している結果が待ってはいないだろう。理想的な世界で起きるような奇跡はきっと起きない。まだ何もわからないのだから――私はルーシーにそう繰り返す。しかし、私の胸に、希望はひとかけらも残っていなかった。希望など、心のどこを探しても見つからない。ジェイミーは携帯電話に出ずにいる。アパートの固定電話にも出ないし、メールや携帯メールにも返事をよこさずにいる。昨夜、午前一時ごろ、マリーノと私がアパートを出て以来、誰もジェイミーと話をしていなかった。とはいえ、それにも何か合理的な説明がつくはずだと私はルーシーに繰り返した。できるかぎりのことはすべきではあるが、だからといって最悪の事態を想定しているわけではない。何度もそう言った。

しかし、私は最悪の事態だけを想定している。いま私が経験しているもの。私はそれをいやというほどよく知っていた。陰気な古い友人。私の人生のいかめしい顔をした伴侶、重苦しいライトモチーフ。この感覚ならよく知っている。沈む感覚、凝固する感覚。流しこまれたコンクリートが硬化するような。手を離れて、深い暗闇、光のない底なしの空間へと重たく呑まれていく何か。死が待っている場所、私なりのやりかたで慈しんでもらえる時をただ静かに、辛抱強く待っている場所にいままさに足を踏み入れようとしているとき、胸に去来するのと同じもの。ルーシーがいま何を感じているかはわからない。私の心を満たしているような感覚、予感ではないだろう。感情をかき乱し、矛盾を宿し、いまにも爆発しそうな力を秘めた何かに違いない。

ここまで車で二十分かかった。そのあいだ、ルーシーは落ち着いて理性的に振る舞っていた。しかし顔は病人のように青ざめていた。怯えると同時に、憤っているように見えた。鮮やかな緑色をした瞳にさまざまな感情が閃き、あるいは影を落とすのが見えた。ルーシーが何か言うたびに、内心のカオスのざわめきがその言葉に重なって聞こえた。ジェイミーと最後に話をしたのは半年前だとルーシーは言った。お門違いの理由から自分を面倒に巻きこんだジェイミーを責めた。何に巻きこまれたのかと私は尋ねた。弁護しようとしている相手がついた嘘をねじ曲げて真実に変えることによって、その人物を弁護すること。ジェイミーはまさにそのとおりのことを自分にしていた。そうするのが都合がよかったから。ルーシーはそう答えた。ジェイミーは真実の大きな山の頂上に登ったはいいけれど、そのまま向こう側の斜面を転がり落ちてしまった――雨が降りだしたころ、やかましくて蒸し暑いバンのなか、ルーシーはそう言った。ジェイミーには警告した。あたしには見えてたから。はっきり見えてたから。ジェイミーがしようとしてることの本質を明快に指摘した。でもジェイミーは聞く耳を持たなかった。

「案内を頼む」ベントンがマリーノに言っている。

ジェイミーは危険の次のレベルに強引に進んでしまった。嵐をかき分けて進む車のなかでルーシーはそう言った。息を切らしているみたいに、声がかすかに震えていた。これはどうしてもやらなくちゃいけなかったことなの？　どうしてなの？

「何かトラブルでも抱えてたんですかね」制服警官の片方がマリーノに訊く。「個人的なトラブル、金銭的なトラブル。何か恨まれるようなことでも？」

「ねえよ」

「きっとどこかに出かけてるだけですよ。誰にも言わずに観光に出たとか」

「ジェイミーはそんなことしない」ルーシーが言った。「絶対にしない」

「携帯電話を忘れてったとか、途中で電池が切れたとか。ここじゃ日常茶飯事なんですよ、そんなこと」

「ジェイミーは観光になんか興味ないから」背後からルーシーの声が聞こえた。

マリーノが雨に濡れた顔を袖で拭った。視線はあちこちを飛び回っている。無頓着な態度の裏で、無作法な態度の裏で、どうしようもなく狼狽（ろうばい）している証拠。エレベーターの扉が開いた。せまいエレベーターに全員が乗りこんだ――ルーシーとベントンをホールに残して。二人の警察官は考えうる可能性を挙げ続けていた。私たちのあいだで急速にふくらみ続けている切迫感を否定しようとして。けれど、否定する力を持つ理屈などどこにもない。

「無事に決まってますよ。よくあることですから。よそから人が来る。その人と連絡がつかなくなる。周囲が心配して通報する」

二人はパトロール警官だ。これはストリートでは〝安否確認〟と呼ばれるルーティンワークにすぎない。ひょっとしたら、ふだんよりはいくらかドラマチックではあるかもしれない。大勢が、それも警察関係の肩書きだらけの集団が押しかけてきたのだから。それでも、安否確認であることには変わりがない。パトロール警官の日常の一部にすぎない。とくにこの季節には件数が増える。夏の観光シーズンが始まり、街に観光客があふれ、学校は休みに入っている。誰かが九一一に電話をかけ、友人の、家族の安否を確認してくれと要請する。電話をかけても出ない、何日も連絡が取れない。百件のうち九十九件は、何でもないとわかる。残りの一件は、何でもなくはないが、悲劇というほどでもない。連絡が取れなかった人物が死んでいるということは、めったにない。

「あたしも行く」ルーシーが私に言う。

「私が先に確かめてからね」

「あたしも行く」

「いまはだめ」

「行く」ルーシーは譲らない。ベントンはルーシーの肩に腕を回して軽く抱き寄せるようにしていた。ただ慰めようとしているのではない。ルーシーが階段室の扉に飛びつき、八階のアパートまで駆け上がったりしないよう引き止めている。

「確かめたらすぐ電話するから」私はみるみるせまくなっていく扉の隙間からルーシーに約束した。まもなく扉は完全に閉まって、ルーシーの姿は見えなくなった。言葉では表せない痛みが胸の奥でうずいた。

歳月に磨かれた古い木と真鍮のエレベーターががたんと大きく揺れて、のろのろと上昇を始めた。私は警察官二人に説明した。ジェイミー・バーガーと誰も連絡を取れずにいる。ジェイミーはサヴァンナに観光に来たのではない。休暇を過ごしに来たのではない。何でもないかもしれないし、何でもないことを祈っている。ただ、こんなのはジェイミーらしくないことは確かだし、今日のどこかの時点でドクター・デンゲートのオフィスに立ち寄る予定だったのに、まだ来ていない。電話一本かけてきていない。救急車の出動を要請すべきだった。いまからでも呼んだほうがいい。そう話しながら、自分がさっきから何度も同じことを繰り返していることに気づいた——心理学者が聞いていたら、異常な反復行動と指摘されそうなくらい、何度も。パトロール警官は二人とも若く、自分たちなりの仮の結論をすでに出している。

連絡が取れなくなっているという女とマリーノは一緒に暮らしているものと決めつ

けている。そうでないなら、なぜ鍵を持っている？　おそらく家庭内の問題がこじれただけで、第三者が口を出すようなことではない。私はまた繰り返した。ジェイミーはニューヨークの敏腕地方検事補で——正確には元地方検事補で、彼女の無事を心配するだけの合理的な理由がある。

「最後に会ったのは？」制服警官の一人がマリーノに尋ねた。

「ゆうべだ」

「そのとき、ふだんと違った様子は？」

「なかった」

「最近誰かとトラブルになったりは？」

「なかった」

「言い争いをしたりとかは？」

「してねえよ」

「ちょっとした口論も？」

「してねえって」

「ちょっとした喧嘩も？」

「妙なこと言いださねえでもらいたいな」

「ふつうとは言いがたい状況がいろいろあるんだ」チャンが制服警官に言った。ちょうどそのとき、エレベーターががくんと揺れて停まり、会話はそこで途切れた。

キャスリーン・ローラーのことは話さない。毒殺された可能性があることも。ローラ・ダゲットやメンサ殺人に関する情報をこちらから提供するつもりはない。バトラー州立病院の触法精神障害者収容施設にいたドーン・キンケイドがいま、脳死状態にあり、彼女もおそらく毒殺されたのだろうということも明かさない。昨夜、ジェイミーが自分では注文しなかった寿司を、自転車に乗った女性が届けに来たことも伝えない。話したくない。説明したくない。推測も想像もしたくない。私の心は混乱の渦だ。でも同時に、いま私たちを待っているものが何か、渦のなかのどこかでちゃんと知っている。あるいは、もうわかったつもりでいる。エレベーターを下りて、廊下を急ぎ足で進む。突き当たりの重厚なオーク材のドアの鍵をマリーノが開けた。

「ジェイミー？」マリーノの野太い声が低く轟く。ぞろぞろと室内に足を踏み入れるなり、私は防犯アラームがセットされていないことに気づいた。「くそ！」マリーノがドアの脇のキーパッドにちらりと視線をやって、同じ不吉なディテールに目を留めた。日に焼けた顔は紅潮し、汗で濡れている。CFCのカーキパンツは雨に濡れて灰色がかった茶色に染まっていた。「いつもセットしてるのに。在宅中もずっとだ。おい！　ジェイミー！　いるんだろう？　頼むよ」

キッチンは、昨夜、私が最後に見たときと大きくは変わっていなかった。ただ、カウンターの上に制酸剤のボトルが置いてあった。食器を洗って食べ残しを片づけたときにはなかったものだ。〈ブラウトン＆ブル〉の料理を持って帰って来たとき、ジェイミーはホーボーバッグを椅子の背にかけたはずだが、いまはそこにはない。リビングエリアの革張りのソファの上にあって、中身がコーヒーテーブルに散らばっていた。それでも、私たちは足を止めなかった。何かなくなったものはないか、ジェイミーはバッグから何を取り出そうとしていたのか、確かめる前にすることがある。チャンと私は大股で歩いていくマリーノのあとについて板張りの廊下を奥へ進み、主寝室に向かった。

ドアは開いていた。古風なスレイベッドと、緑と茶色のベッドカバーが見えた。カバーはくしゃくしゃだ。ジェイミーは栗色のバスローブを着ていた。ベルトがはずれて前がはだけている。うつぶせで、腰を片側にひねり、両腕と頭はベッドからずり落ちていた。眠っているあいだに亡くなったとは考えにくい姿勢。キャスリーン・ローラーが死んでいた姿勢と似ていた。最後の瞬間にベッドの上を転げ回ったかのような、手足をばたつかせて苦しんだかのような姿勢。ベッドサイドのランプは両側ともついていた。カーテンは閉まっている。

「くそ」マリーノがつぶやいた。「なんてこった」

その声を背中で聞きながら、ジェイミーに近づいた。焦げたフルーツとピートの香りがした。片側のベッドサイドテーブルにこぼれたスコッチのものらしき香り。タンブラーが倒れている。そのすぐ隣に、コードレス電話の子機の充電器だけが残っていた。

首の側面に触れて脈を探した。皮膚はもう冷えきっていた。硬直はかなり進んでいる。顔を上げてチャンを見た。それから、ちょうど部屋に入ってこようとしていた制服警官の一人を見た。

「すぐに戻ります」チャンが言った。「車から必要なものを取ってきます」そう付け加えて、出て行った。

制服警官はベッドの右側から滑り落ちかけているような遺体をじっと見つめている。まもなくベルトから携帯無線機を取ってこちらに歩きだそうとした。

「近づくな。その辺のものに手を触れるんじゃねえぞ」マリーノがぴしゃりと言った。目は怒りに燃えていた。

「ちょっと、そんなにかっかしなくたっていいでしょう」

「おまえには何もできねえ」マリーノが言った。「おまえがいたってしかたねえんだよ。何も知らねえんだから。外に出てろ」

「サー。とりあえず落ち着きましょうよ」

「サーだと？　え？　俺はいつからナイトになったんだよ？　あいにくそんな称号は持ってねえよ。だからサーとか呼ぶんじゃねえ」

「落ち着いて、マリーノ」私は言った。「お願いだから」

「くそ。信じられねえ。何なんだよ、これは。いったい何があったってんだよ」

「曝露する人数は少なければ少ないほうがいい」私は制服警官に言った。「相手がどんな毒物か、まだ何もわかってないのよ」私はそう付け加えた。制服警官は後ずさりして戸口まで戻った。遺体を見つめていたマリーノは、やがて目をそらした。顔は真っ赤に染まっていた。

「伝染るかもしれないってことですか。伝染性の病原菌か何かってことですか」

「まだわからない。でも、近づかないほうがいいし、何にも手を触れないほうがいい」私は遺体のバスローブに覆われていない部分をざっと視診した。とくに異常はない。一方で、何もないという事実は、手がかりにもなる。「ルーシーとベントンは来させないで」マリーノに言った。「ルーシーには見せたくない。見せる必要はない」

「なんてこった。くそ！」

「ねえ、いったん玄関に出て、ルーシーが入ってこないようにしてくれない？　玄関の鍵をかけておいて」

「くそ。いったい何があったんだよ？」マリーノの声は震えている。充血した目がぎらついていた。

「お願い、玄関に鍵をかけて来て」マリーノにもう一度そう頼んだ。それから赤い短髪と深いブルーの目をした制服警官に言った。「あなたのパートナーに、見張りをお願いしてもらえる？　用のない人が入ってこないように。いまは何もできないし、何にも触らないほうがいい。これは不審死よ。このアパートを犯行現場として扱わなくてはならないの。毒殺の恐れがある。私たちはまだ何にも手を触れてない。これ以上は何もしないのが一番よ。でも、あなたはそこにいて。何なのかまだわからない」そう繰り返す。「でも、いまいる場所から動かないで。私が現場で一人きりになるのは避けたいの」マリーノの重たい足音が板張りの廊下を遠ざかっていった。

「犯行現場だと思うのはどうして？」赤毛の制服警官が寝室を見回す。戸口からは一歩も動こうとしない。私のいまの話を聞いたあとだ、遺体に近づこうという気はない。「向こうにあったバッグはあさられてましたけど。ただ、その人が誰かを部屋に入れて、その誰かが何か盗んだんだとすれば、顔見知りの犯行ってことになる。だって、その人がオートロックを解除しなくちゃ、入れないわけでしょう」

「ここに他人がいたのかどうかもまだわからない」

「とすると、毒物かもしれないものが、いまもこのアパートのどこかにあるってことですか」

「そうなるわね」

「薬物の過量摂取とか。薬物を探して自分でバッグをひっくり返したとか」制服警官は戸口の所定位置から一ミリたりとも動こうとしなかった。「バスルームを調べてみましょうか」ベッドの左側の開いたドアに目をやったものの、やはり一ミリも動こうとしない。

「いえ、何もしないのが一番よ。ただ、ちゃんとそこにいてね」私はiPhoneにベントンの番号を入力した。

「去年、不審死の現場に行きました。オキシコドンの過量摂取で女性が死んだんですが、その現場がちょうどこんな感じでしたよ。とくにおかしな点はなかったんですけど、薬の入った抽斗やバッグをかき回した形跡がありました。女性はベッドで死んでた。カバーの上で。ベッドに寝てるって言うより、倒れこんでるって格好で。ダンサー志望の美人でしたけど、オキシコドンの中毒だった」

〈発信〉ボタンを押し、主寝室のバスルームに視線を向けた。なかには入らなかった。ドアの隙間から光が漏れている。ベッドサイドのランプはつきっぱなし、バスルームのライトもつきっぱなし。昨夜、ジェイミーはベッドには入らなかった。入ったのだとしても、途中で目を覚ましてベッドから出たらしい。

「事故って結論になりました。でも、僕に言わせれば、あれは自殺ですよ。恋人に振られたばかりだったんですから。いろいろ悩みを抱えてたんだ」制服警官は私に向かって話し続けているが、ひとりごとを言っているも同然だ。

「ルーシーは来させないで」ベントンが電話に出るなり、私はそう言った。その意味を察したのだろう、ベントンは無言でいる。「どうしたらいいか、私にもわからない」私はそう付け加えた。ベントンからルーシーにどう説明してもらえばいいのかわからない。

まだわかっていないとしても、部屋に上がるなと言われた時点で、何が起きたか悟るだろう。質問は一つ。それに対する答えの候補は二つ。ジェイミーはこの部屋で死んでいる。または、ここで死んではいない。ルーシーはどちらが正解か、すでに知っている。ベントンは電話を耳に当て、私の声に、いま目の前に何があるかを説明している私の声にただ聴き入っているだけで、ルーシーの不安を晴らそうとする気配さえ見せていないだろう。その様子を見て、思い至ることは一つしかないはずだ。ベントンは恐怖を追い散らすような視線、笑み、仕草を見せず、言葉もかけない。何一つ反応を示さない。私の声に耳を澄ましながら、まっすぐ前を見つめているだろう。そしてルーシーは、最悪の恐怖が現実になったことを悟っているだろう。しかし、どうしたらいいのか、私にはわからない。いますぐロビーに下りてルーシーのそばにいてやることはできない。ここで起きたことに対処しなくてはならない。ジェイミーに対処しなくてはならない。次に起きるかもしれない何かに対処しなくてはならない。

ベッドの上の遺体を見つめる。はだけたバスローブは腰のあたりまで持ち上がっていた。その下には何も着けていない。戸口で張り番をしている赤毛の制服警官に――誰であろうと他人に、ジェイミーのこんな姿を見せたくなかった。けれど、ジェイミーに手を触れるわけにはいかない。何であれ、手を触れることはできない。私は窓のすぐ前に立った。歩き回らず、ベッドにも近づかないようにした。

「ルーシーについてて。私もできるだけ早く下りるから」私は電話越しにベントンに伝えた。「もし先にホテルに連れて行けそうなら、連れて行って。私もあとから行く。たぶんそれが一番いいわ。いつまでもここにいさせるのはよくない。それに、あなたやルーシーにできることはないし」彼がFBI捜査官だろうと関係ない。誰であろうと、どれほどの影響力を持っていようと、関係ない。「ここにいちゃだめ。いまはだめ。お願い、ルーシーについててやって」

「もちろんだ」

「ホテルで会いましょう」

「わかった」

部屋を取り直さなくてはと言った。できれば簡易キッチンのついたスイートがいい。室内のドアで隣室と行き来できる部屋がいい。このあと何が起きるか、わかりきっているからだ。いま何をしなくてはいけないか、強い確信がある。何よりもまず、全員が一緒にいることが肝心だ。

「手配しよう」ベントンが約束するように言った。

「全員一緒」そう繰り返した。「その条件は譲れない。レンタカーかFBIの車を借りてもらえるかしら。車がいる。マリーノのバンでうろうろするわけにはいかない。あと何日ここにいることになるかわからないし」

「とくに彼に関してはわからないね」ベントンの声は静かだった。その声からは本心はわからない。

ただ、ベントンが暗に指摘しているのは、ジェイミーが殺されたのだとすれば、マリーノは警察にすぐには解放してもらえないということだろう。下手をしたら容疑者にされる。この建物のエントランスの鍵とジェイミーの部屋の鍵を持っていた。防犯アラームの暗証番号もおそらく知っている。ここしばらくジェイミーと行動をともにしていた。警察からは、いまの時点ですでに、昨夜、口論をしたのかと訊かれている。その前提にあるのは、二人は男女関係にあったという疑いだ。

「何が起きたのか、いますぐ正確にはわからない」私はベントンに言った。「でも、推測はできる。おそらくそれが当たってると思う。その線でできるだけのことをしてみる。ここで私にできるだけのことを」

そうやって、ジェイミーは殺されたのだと遠回しに伝えた。

「ただ、彼についてはーー彼と私がどうなるかはわからない」私もマリーノと似たような問題を抱えている。

疑われるのはマリーノ一人ではないだろう。昨夜、配達された寿司を持って部屋に上がったのは私だ。もしかしたら、白い紙袋に入った〝死〟をジェイミーに届けたのかもしれない。

「私はここに残る」そう付け加えた。「可能なかぎり協力する」

「わかった」ベントンはそう言っただけだった。ルーシーがそばにいるからだ。あまり多くは口にできない。

電話を切った。ジェイミーの遺体と赤毛の制服警官と三人だけになった。サヴァンナ－チャタム都市警察のパトロール警官の名札には〈T・J・ハーリー〉とある。まだ戸口にいて、遺体を見つめたり、室内を見回したりしている。ただ、何を探せばいいのか、経験に裏打ちされた知識がない。それに、私に頼まれたとおりここにとどまるべきなのか、パートナーと合流すべきなのか、上司や殺人課の刑事に来てもらうべきなのか、それもわからずにいる。

「どうして不審死だと思うんです？　バッグの中身がひっくり返されてる以外に何か根拠があるんですか」赤毛の警官が訊く。

「他人がバッグをあさったのかどうか、まだわからない」私は答えた。「彼女が自分でしたことなのかも」

「薬物を探して？」

「薬物の過量摂取かどうか、それもまだわからない」

「財布にいつも多額の現金を入れとく主義の人でしたか」

「財布に何が入ってるか知らないし、ふだんどのくらいの現金を持ち歩いてるかも知らないわ」

「もし現金を持ち歩く主義だったなら、それが動機かもしれないな」

「盗まれたものがあるかどうかもまだわからないのよ」

「絞殺とか窒息の可能性は？」

「索痕も溢血点もない。遺体をざっと見たかぎりでは、絞殺や窒息と考える根拠はなさそう。どのみち、もっと詳しく調べる必要がある。解剖しないと。でもいまこの時点では、なぜ死んだのかはまったくわからない」

「あの友人とはどんな関係だったのか、ご存じですか」マリーノのことだろう。

「彼がニューヨーク市警にいたころ、一緒に仕事をしてた。ここ最近はコンサルタントとして彼女の仕事を手伝ってたみたい。動揺するのは当然よ」

「ニューヨーク市警？」

「捜査官だったの。検事局の性犯罪課に――彼女が課長を務めてた課に派遣されてた」

「とすると、やっぱり何かあったんでしょうね、その二人には」

「それより、昨夜、彼女が寿司の出前を頼んだかどうかを調べるほうが優先よ」私は答えた。「考えなくてもわかることを考えるよりもね。彼女に近い人物が恨みを抱いていて、その恨みをこういう恐ろしい形で晴らしたのかもしれない」

「たいがいはそうですよね」

「たいがい？　そういう例は珍しくないけど、〝かならず〟でも〝たいがい〟でもないと思うわ」

「いや、たいがいそうです」若者は譲らない。「まずは裏庭を見ろって言うでしょう」

「いいえ、証拠に導かれた先を見るのよ」

「寿司の件は冗談ですよね？」

「いいえ」

「生魚が犯人だって言ってるのかと思いましたよ。僕ならあんなもの、ぜったいに食べません。こんな時代じゃなおさらです。原油の流出に放射性廃水。もう魚を食べるのはいっさいやめようかな。火を通してあっても心配だ」

「ゴミ袋のなかに、テイクアウトの容器や紙袋、レシートが入ってる。冷蔵庫には料理の残り物がある」私はそう伝えた。「あなたもパートナーも、その辺のものに触らないように気をつけて。キッチンには入らないほうがいいわ。チャン捜査官かドクター・デンゲートに何もかも任せること。または、その二人の指示で動く人たちに任せること」

「わかってますよ、捜査官はサミーで、僕じゃない。彼の犯行現場を横取りするような真似はしません。できないわけじゃありませんけどね。近々、異動願いを出そうかと思ってるんですよ。刑事課に。自分では刑事向きだと思ってますから。細部に注意を払うこと。一番大事なのはそれでしょう。僕は観察眼が鋭いんです。チャン捜査官とは前にも一緒に仕事をしたことがある。さっき話した過量摂取の事件で」ハーリー巡査は無線機を持ち上げた。「毒物のおそれあり。キッチンやゴミ袋のなかのものに手を触れるな」

「何だって？」パートナーの声が寝室に響いた。

「とにかく、その辺のものに触るな。絶対に触るなよ」

「了解」

寿司の件や、私が何を疑っているのかについて、これ以上話さないことにした。昨夜、ジェイミーと一緒にいたことは話さない。話すとしたら、相手はチャンかコリン、あるいはこの捜査の指揮を執る人物だ。マリーノと私は個別に事情聴取を受けることになるだろう。正式な事情聴取をするサヴァンナの殺人課の刑事には話しても、愛想はいいが世間知らずなうえに刑事ごっこに夢中なT・J・ハーリー巡査には、これ以上は話さない。チャンは、私とマリーノにしかるべき警察組織の事情聴取を受けさせるはずだ。どこが管轄権を持つことになるかはわからないが、おそらくは合同捜査班が設置されるだろう。ジョージア州捜査局と地元警察が合同で捜査し、やがてＦＢＩが引き継ぐだろう。ジェイミーの死とマサチューセッツ州の事件——具体的には、ドーン・キンケイド毒殺事件がつながっているなら、そうとわかった時点で州をまたぐことになり、サヴァンナでの捜査にもＦＢＩが関わるはずだ。もしかしたら、マサチューセッツの捜査を独占したように、サヴァンナの捜査もＦＢＩが独占的に担当することになるかもしれない。

閉まっていたカーテンを少しだけ開けて、前の通りを見つめた。チャンがＳＵＶから鑑識キットを下ろしている。建物の屋根を叩く雨音は、砂利が降っているのかと思いたくなるように激しい。低く垂れこめた雲の表面を稲妻が走り抜け、住宅や歴史的建造物や木立を輝かせている。遠くでケトルドラムを鳴らしているか、かなたの戦地で砲兵射撃が行なわれているかのような雷鳴が轟き、空気を引き裂いていた。ここが千五百キロ離れたケンブリッジだったら、私はいま何をしているだろう。

トラックを——移動型の封じ込め解剖室を即座にサヴァンナに向かわせる指示を出すに決まっている。ただ、距離を考えるとそのプランは現実的ではない。コリン・デンゲートは解剖を二日も延期したりはしないだろうし、すべきでもない。待っている余裕はなかった。先延ばしにしてはいけない。血清が必要だ。組織サンプルが必要だ。胃の内容物が必要だ。もちろん、サヴァンナからほど近いアトランタに疾病管理予防センター（CDC）がある。しかしコリンはCDCの車も待たないだろう。私たちは未知の毒物に曝露したが、いまのところ無事でいる。また、私たちのほかにも大勢が曝露したが、やはり異常は訴えていない。私はキャスリーン・ローラーの監房に入った。遺体に触れ、房のなかの空気を吸い、シンクに残っていた物質の匂いを確かめた。血液や胃の内容物を扱った。内臓にも触れた。それでも無事でいる。マリーノ、コリン、チャンにも異常は見られない。私たちに死の危険が迫っているという警告のサインは、これまでのところ見当たらない。

キャスリーンやジェイミーの命を奪ったもの、ドーン・キンケイドの命を奪いかけているものが同一の毒物だと仮定すれば、即効性はかなり高いと言えそうだ。消化機能をほぼ即座に停止させ、呼吸機能を阻害する。おそらくは麻痺を起こさせるような物質だろう。それが食物か飲料に混入された。昨夜一時ごろ、このアパートを出たときのジェイミーの顔つきを思い出す。まぶたは重たげだった。呂律が回らず、話していることが聞き取りにくかった。瞳孔は広がっていた。酒に酔って眠いのだろうとそのときは思った。しかし、キッチンに制酸剤があったことを考えると、おそらく胸焼けを起こしていたのだ。真向かいの監房の女性の話に嘘がないなら、キャスリーンもやはり胸焼けがすると訴えていた。

「うちの事件の鑑識作業は全部彼らがやるようになってるんですよ。死体農場（ボディ・ファーム）のあるノックスヴィルの科学捜査アカデミーで研修を受けてるから……」ハーリー巡査が言った。

巡査はしゃべり続けているが、私は彼の話には上の空で、嵐に見舞われた夕方の街をぼんやりと見下ろしている。強い風に振り回される並木、アバコーン・ストリートの路面を輝かせているヘッドライト。やがてランドローバーが見えてきた。

「ジョージア州捜査局の捜査官はみんなあそこで研修を受けるんです。全員ですよ。もしかしたらジョージア州は、万全の専門知識を備えた捜査官の数では全米一かもしれません」ハーリー巡査は誇らしげに言った。ベッドの上の遺体には何らの感情も抱いていないかのように。背筋を寒気が走るほど恐ろしいことなど、この部屋では何一つ起きなかったとでもいうみたいに。

T・J・ハーリー巡査は、ジェイミー・バーガーを知らなかった。ジェイミーが誰なのか、私たちが誰なのか、互いにとってどんな存在なのか、この若者は知らない。コリンのランドローバーが停まり、ヘッドライトが消えたとき、私のなかで小さな変化が起きた。無風状態。無関心。何かが心に重たすぎるとき、けれどもいつもどおり機能しなくてはいけないとき、いや、いつも以上に完璧に機能しなくてはならないとき、私はいつも空っぽになる。自分が何に直面しようとしているかはもう知っている。どうしようもない愚か者でもなければ、誰にだってわかる。両手をカーゴパンツのポケットに滑りこませ、昨日の深夜、ぴたりと閉ざされたカーテンの向こう側を動き回っていたジェイミーのシルエットを思い浮かべた。

マリーノと私は、この前の通りに停めたバンに座っていた。ジェイミーの影は、落ち着かない様子で窓の前を行ったり来たりしていた。やがて服を脱いだ。昨夜、私たちと一緒にいたとき着ていた服は、ドレッサーのそばの椅子の上にある。そこに無造作に放り出したかのように。酔っているとき、怒っているとき、急いでいるとき、具合が悪いとき、誰もがやるように。そのあと、屍衣となる栗色のバスローブを羽織り、リビングエリアの窓から私たちを乗せたバンが走り去るのを見送った。そのとき、私はまだ知らなかった。あの時点で何が起きていたか、自分がどんな役割を演じてしまったか、あのときの私はまったく知らずにいた。

26

窓から向き直った。ジェイミー・バーガーの硬直した不自然な姿勢は変わっていない。ベッドの片側からずり落ちかけているような姿勢。まるでダリの絵画のようだった。

ジェイミーの生物学的存在は終わっている。肉と血は、公演期間が終了した舞台セットのごとく分解され始めていた。ジェイミーは死んだ。その事実を取り消すことはできない。あとは事後のあれこれをきちんと処理するだけだ。そして、私は後始末のしかたを心得ている。できるかぎりのことをしたいと強く思っている。とはいえ、目の前には複雑に入り組んだ壁が立ちはだかっていた。

「しかるべき人物の指示がないかぎり、私はここにあるものに手を触れたりといったことはいっさいしないから」ハーリー巡査に言った。「ドクター・デンゲートがいまちょうど来たわ。でも、あなたにはそのままそこにいてもらいたいの。もし私がこのアパートのほかの部屋に移動することがあったら、かならず一緒に来てね」そう念を押した。「あなたかチャン捜査官のどちらかに、つねに一緒にいてもらう必要がある。私がここで何をしたかを証言してもらえるようにしておかなくちゃならないから」

「了解しました」巡査は私を見つめていた。監視や証言が必要になるようなどんなことをするつもりなのだろうといぶかしんでいる。

「私は昨夜ここにいたのよ。この寝室には入らなかったけど、このアパートにはいたの。生きてる彼女を見た最後の人物は、たぶん、私だわ」

「この仕事の難点はそれです」巡査は戸枠にもたれかかった。ユーティリティベルトが木材にこすれる音がした。「誰とどんな形で再会するか、まるきり予想できない。これまでに何度もありました。事件現場に呼ばれて行ってみたら、被害者が知り合いだってわかる。この前も、オートバイ事故の現場に急行したんですが、死んだのは高校時代の同級生だった。何とも言えない気分でしたよ」

ジェイミーの遺体を動かしたい、半裸の体を隠してあげたいという衝動がうずいていた。ヘアピンみたいに折れ曲がった姿勢、両手と頭がベッドの端から垂れ下がった無理な姿勢を、楽にしてやりたくてたまらない。血液循環が停止したあと、重力に引き寄せられた血がたまって、顔や首は赤紫色に染まっている。唇は開いていて、その隙間から上の前歯がのぞいていた。片目は閉じており、もう一方はほんのわずかに開いていた。死は、ジェイミー・バーガーの完璧な美をもてあそんだ。その美をゆがめ、ねじ曲げて、醜悪でグロテスクなものに変えた。ルーシーには見せたくない。たとえ写真であろうと、見せたくなかった。そのとき、倒れたタンブラーと電話の充電器がふたたび目に入った。床に膝をついて子機を探す。ベッドの下、縁から十数センチの奥に転がっているのが見えた。ジェイミーは子機を手で探ったあげく、取りそこねて落としたのかもしれない。子機は拾わずにおいた。私はここでは何にも手を触れてはならない。

「昨夜、九時ごろから午前一時ごろまで、リビングエリアやキッチンにいたの」私はハーリー巡査に言った。「アパートを出る少し前にゲスト用のバスルームも借りた。ここにいるあいだに、いろんなものに触ったわ。文書。キッチンの道具。チャン捜査官には、私からもかならずそのことを伝える」

「じゃ、この人に会いにボストンからいらしたわけですね」

「違うわ。サヴァンナに来た理由は別にあるの。滞在中に会いたいってジェイミーから連絡があった」それ以上の説明はしない。制服警官には――たまたま近くで通報を受けて駆けつけただけの、事件の捜査を担当するわけでもない巡査を相手に、それ以上のことは話さない。「彼女と私には、長くてかなり複雑な歴史があるの。その話は、すべきときが来たら、しかるべき相手に詳しく話すつもり。とりあえずは一緒にいてもらえないかしら？　私がここで何をしたか、何をしなかったか、あとで証言してもらう必要が生じた場合に備えて」

「わかりました。でも、それなら外で待ってらしたほうが……？」

「どのみち昨夜このアパートに入ってしまってるの。それに、何か役に立てることがあればぜひ手伝いたいから」きっぱりとそう言った。

ふつうの状況なら、とうにこの現場から立ち去っていただろう。自分を守るためにそうする同業者は少なくないはずだ。私にしても、頭の片隅では、いますぐこの部屋を出るべきだと考えている。いま以上に自分の立場を危うくするのは賢明ではないという声が意識の奥から聞こえている。監察医なら誰だって、いまの私と同じ立場に置かれたいとは思わないだろう。しかしジェイミーがどうして死んだのかを突き止めるために私にできることがあるのなら、できることをするのが道徳的に正しいことだ。逃げてはいけない。ジェイミーのためにではなく。ジェイミーを救うことは、もう不可能なのだから。私がいま心配しているのは、いままだ生きているほかの人々の安全だった。

毒殺事件は発生数こそ少ないが、ひとたび起きれば、大きな恐怖を広げる威力を持つ。特定の人物を狙った犯行とはかぎらないからだ。また、特定のターゲットがいたとしても、実際に命を落とすのは、無関係の誰かだったりする。たとえばバリー・ルー・リヴァーズは、ヒ素入りのツナサンドを実際に食べるのは誰でもかまわないと考えていた。バリー・ルーの非情で冷酷な計画の目的が何だったにしろ、特定の人物の殺害を狙ったわけではない。販売したサンドイッチが誰の手に渡るかは予想できなかった。毒物は、指紋やDNAを残さない。銃弾や刃物のように寸法や形を持たず、外傷とは違って計測が可能な痕跡を残すこともほとんどない。私自身、毒殺事件を扱った経験は数えるほどしかないが、そのいずれもが焦燥感と恐怖の体験だった。次の犯行を食い止められるかどうかは、時間との競争だからだ。

チャンが寝室に戻って来て、鑑識キットを床に置いた。そして当然のことのように――まるでパートナー同士のように、私に手袋を差し出した。私は二枚を重ねて着けた。それから両手をポケットに押しこんだ。廊下から、足音が近づいてくる気配がしている。

「電話の子機はベッドの下に落ちてる」私は指さして場所を教えた。ちょうどそこへコリンが入って来た。格子縞のシャツに明るい灰色のスラックスという私服の上に、紺色のジョージア州捜査局のロゴ入りウィンドブレーカーを羽織っている。眼鏡のレンズに雨の斑点が散っていた。

コリンは今日の午後、刑務所に持っていったのと同じハードケースを床に下ろして私に訊いた。「で？」

「目立った外傷はない。ただ、ちゃんと調べたわけじゃないの。その権限はないから。どうやら電話機を取ろうとして、グラスを倒してしまったみたいね」私は答えた。「こぼれてるのはスコッチだと思う。昨日の真夜中過ぎに私が帰ったときは、スコッチを飲んでたから。子機はベッドの下よ」

「スコッチは自分で注いでました？」チャンがしゃがみこみ、手袋を着けた手でベッドカバーを持ち上げた。

「ええ。ほかにワインも」

「このアパートの何に誰の指紋やＤＮＡが付着してる可能性があるかを知っておくための質問ですから」

「きみはもういいよ」コリンがハーリー巡査に声をかけた。「ご協力ありがとう。しかし、現場に入る人数はできるだけ少ないほうがいい。わかるね？　このアパートのものを飲んだり食べたりしないでもらいたいのはもちろん、下手にそこらに触らないように気をつけてくれ。何らかの毒物が原因と思われる被害者がすでに何人か出ている。しかもその毒物の正体はまだ判明していない」

ハーリー巡査が言う。「じゃ、ドラッグじゃないわけですか。錠剤のボトルや何かを見たわけじゃないし、戸棚や抽斗も開けてません。ずっとその人と一緒にいたから、まだどこも見てないんです」私の監視役を務めていたからだと言いたいのだろう。「でも、たとえば、バスルームを調べるとか、そういうことならお手伝いできますけど。薬をしまってある戸棚を確認するとか」

「いや、いま話したとおり、まだ原因がわからないんだ」コリンが答えた。「ドラッグかもしれない。そうではないかもしれない。氷の銃弾が凶器だったりするかもしれない」

「まさか、ほんとに氷の銃弾なんか……？」

「何を探したらいいのか、それさえわからないということだよ」コリンは室内を見回した。「人数が少なければ少ないほどいい」

「氷の銃弾なんて、現実には……」

「そう、この暑さじゃ不可能だろうね」

「あとは任せてもらえないか」チャンが巡査に言った。「ただ、きみたちの片方、いや、二人ともでもいい、表で張り番をしていてもらえると助かる。思いがけず誰か入ってくるといったことがないように。たとえば、ほら、ほかに誰がこの部屋の鍵を持ってるかわからないだろう」

「昨夜、マリーノとジェイミーと三人で食事をしたんだけど、そのとき、寿司の出前が届いたの」私は窓の前から動かないようにしながら、コリンとチャンに言った。写真撮影を始めたチャンや、頑丈なケースを開けて検視に必要なものを取り出し始めたコリンの邪魔をしたくない。「〈サヴァンナ・スシ・フュージョン〉に問い合わせてみたほうがいいと思う。ところで、私はいないほうがよさそうなら……？」私としては立ち会いたいが、二人が反対するなら部屋を出るつもりだった。「あなた方の意向を確認する理由は、いまさら説明する必要もないと思うけど。私は昨日の午後、キャスリーン・ローラーと会った。そしたら今朝、キャスリーンが死んだ。昨日の夜は、午前一時ごろまでジェイミーといた。ジェイミーも死んだ」

「自白することがあるというなら別だが」コリンは手袋を着けながら言った。「きみが何かしたせいで二人が死んだのではないかと疑ったことは一度もないよ。きみが無事でいることに安心している。サミーやマリーノや私も無事でいることにね。きみはこの女性の知人だし、昨夜も一緒にいたそうだから、ふつうならきみはこの場にいないほうがいいだろう。しかし、現にこうしているわけだし、参考になる意見を期待してる。つまり、きみしだいだ。居心地が悪いなら、外で待っていてくれてかまわない」

「いま何より不安なのは、また被害者が出るのではないかということ」私は言った。「原因が毒物だとしたらなおさらよ。私が心配してるのは自分のことよりそれだってことは、あなたもきっとわかってくれてると思う」

「たしかに、私も同じことを心配しているからね」

「昨夜と違っている点があったとき、指摘できるのはあなた一人です」チャンが言った。「一緒に室内を見ていただけると助かるな」チャンはカメラをベッドの下の子機に向けていた。フラッシュが閃き、小気味よいシャッター音が響く。

チャンが私に期待しているのは、口で言っているのとはまったく別のことだ。何を考えているかは察しがつく。そのアプローチのしかたは理解できるし、正しいものでもあった。今日、刑務所で一緒に過ごしたあいだに、サミー・チャンは私の敬意を勝ち取った。この人を――この人の頭のなかで起きていることを、甘く見てはいけない。この件で彼を責める気はない。それどころか、彼ならきっとそう言うだろうと予期していた。チャンは目端のきく捜査官だ。明敏で観察力が鋭く、きちんとした研修を受けている。そして彼の役割は客観的で無情でいることだ。私をどう見ているにしろ、情報の宝庫を簡単に逃がすような愚かな人物ではない。私の態度を注意深く観察しないのは職務怠慢と言えるだろうし、プロフェッショナルとしてのやりとりのなかでほのめかすことはなくても、私に疑いの目を向けないという選択肢は、彼のなかには存在しないはずだ。

「マリーノと私が帰ったあとにジェイミー以外の人物がこの部屋に入った形跡は、これまでのところないと思う」私はそこから話を始めた。

「あの二人はどういった関係なんでしょうね」チャンが訊く。

「仕事以外で？　私が知るかぎりでは、何もないわ。断言してもいい。マリーノはCFCから二週間の休暇を取ってここに来て、ジョーダン一家の件でジェイミーを手伝ってただけ。たぶん、このアパートを作戦本部のように使ってたんだと思う」

「以前はどうでした？　仕事以上のつきあいに発展していた時期はありましたか」

「ないわ。断言してもいい」私はそう繰り返した。

コリンはデジタル式の温度計をベッドサイドテーブルに置いた。次に遺体の硬直した右腕をそろそろと体の脇まで動かし、体温計を腋にはさんだ。

「断言する理由は何でしょう？」チャンが訊く。さあ、尋問の始まりだ。

拒否することはできる。私の弁護士、レナード・ブラーゾが同席していなければ何も話さないと断る法的な権利がある。でも、そうは言わない。

「ジェイミーとマリーノの関係に、仕事以上のものがあると疑わせるような気配を感じたことは一度もないから」私は答えた。「ついでに言えば、マリーノにジェイミーを殺す動機があるとは思えない」

「ええ、でも、あなたと彼とは長いつきあいなんでしょう。そういう相手を客観的に見るのはなかなか難しい。彼を悪いように解釈するのには抵抗を感じますよね」いまこの瞬間のチャンは、私の味方についている。思いやり深い面と冷酷な面の使い分け。刑事の古典的手法。

「あなたは仕事以外の部分で二人がどういう関係だったのか、ご存じない」チャンはベッドの下から回収した子機を観察している。触れる面積ができるだけ小さくなるよう、手袋をはめた指先だけでつまんでいた。「これを調べても時間の無駄かな」ひとりごとのようにつぶやく。「これに触ったのはこの女性だけだろうから。しかし、念のため持っていくか。どう思われます？　あなたなら分析に回しますか」そう言って私を見る。

「私なら指紋とDNAを調べるわ。あとで化学分析が必要になるかもしれないから、表面も綿棒で拭ってサンプルを採取しておく」

「電話に毒を塗ったかもしれないということですか」真顔でそう尋ねる。

「私ならどうするかと訊かれたから答えたまでよ。化学的毒物や生物学的毒物のなかには、経皮吸収されるものもあるから。粘膜や皮膚から吸収されるの。今回は違うだろうとは思うけれど。もしそうなら、もっと被害者が増えるでしょうね。私たちを含めて」

「昨夜、あなたがこの電話を使ったということは?」チャンは手袋をはめた指でメニューボタンを押した。

「昨夜はこの寝室には一度も入ってません」

「午前一時三十二分に市外局番九一七の番号にかけてる」チャンは発信履歴を確かめていた。

「ニューヨークの番号ね」私は言った。スコッチの焦げたフルーツの匂いがまた鼻先をかすめ、心を揺り動かした。

「これが最後にかけた番号らしい。少なくともこの子機からは」電話番号の残りの部分を声に出して読み上げ、メモ帳に書きつけた。

覚えのある番号。一瞬考えて、やっとわかった。

「ルーシー。姪のルーシーの番号です。ニューヨークに住んでいたころの携帯電話の番号」私は内心の動揺を顔に表さないようにしながら説明した。「ボストンに引っ越したのを機に番号を変えたの。今年の初めごろ。一月だったかしら。時期はあやふやだけれど、とにかくいまはその番号は使ってない」

ルーシーが番号を変えたことを、ジェイミーは知らなかったのだろう。もう二度と話もしたくない――ルーシーにそう言い渡したとき、ジェイミーは本気だったのだ。そう、昨日の深夜までは。

「午前一時三十二分なんて時間に、どうして電話をかけたんでしょうね」

「私と話しているとき、ルーシーの話題が出たわ」私は答えた。「二人の関係や、別れた理由。そんな話をちらっとしたの。それでちょっと感傷的になったとか。本当のところはわからないけれど」

「〝関係〟というのは？」

「二年ほど続いてた」

「どういう関係だったんです？」

「パートナー。カップル」

チャンは証拠品袋に子機を入れた。「昨夜、あなたがこのアパートを出たのは何時ごろでした？」

「午前一時ごろです」

「とすると、それから三十分ほどして、ルーシーの古い番号にかけたということか。そして子機を充電器に戻そうとして、取り落とした。子機はベッドの下に転がった」

「私には答えようがない」

「その時点で相当具合が悪かったようですね。または、ひどく酔ってたか」

「私には答えようがない」私は繰り返した。

「昨夜より前は、いつこのアパートにいらしたとおっしゃってましたっけ?」

「このアパートに来たのは昨夜が初めてだと言いました」

「昨夜まではこのアパートに一度も来たことがない。この部屋——この寝室に入ったのは、いまが初めてということですね。昨夜というか、今朝というか、とにかくお帰りになる前に、この部屋のバスルームや電話を借りたりは?」

「してません」

「マリーノはどうです?」チャンはベッドの傍らにしゃがみこんで私を見上げている。この会話の主導権を握っているのは私だという幻想を抱かせている。

「昨夜、マリーノがまたここに戻って来たのかどうかは知らないわ。ずっと一緒にいたわけじゃないから。私が来たときには、もうここにいた」

「鍵を持っていたことが気になります」チャンは立ち上がって証拠品袋にラベルを貼った。

「二人ともこの部屋をオフィス代わりに使ってたからじゃない？　でも、鍵の件はマリーノ本人に訊いて。私は事情を知らないの」いまにもこの部屋から連れ出されて、被疑者の権利を読み聞かせられるのではないかという気がしてならない。

「そうあることではないように思うんですよね。だって、あなたなら、自分のアパートの鍵を渡しますか」

「必要があれば、マリーノになら鍵を預けます。でも、私の意見を言ってもしかたないでしょうから、事実だけを並べるわ」マリーノを客観的には見られないのではというチャンの指摘に応酬するように続けた。「さっき話した寿司以外の料理を買って来たのはジェイミー。彼女がお皿に取り分けて、リビングエリアでお酒を飲みながら、三人で食べた。食事のあと——たぶん十時半か、十時四十五分ごろ、マリーノが一人で出かけた。午前一時ごろ、マリーノが車で迎えに来て、この建物の前で私を拾った。その時点ではジェイミーにおかしなところはとくになかった。酔ってはいたけれど。ワインとスコッチを飲んで、ちょっと呂律が回らなくなってた。でもいま思い返せば、アルコール以外の何かに関係した症状があのときもう出始めてたのかも。瞳孔が広がってた。話しにくそうで、まぶたが重く垂れ下がったように見えた。寿司を食べてから二時間か、もしかしたら三時間くらいたってた」

「瞳孔が拡大してたなら、アヘン様の物質ではないことだけはわかるが、ほかには無数の可能性が考えられるな」コリンは手袋をはめた指でジェイミーの腕や足を押し、青白化の度合いを書き留めた。「アンフェタミン、コカイン、鎮静剤。アルコールもだ。きみが一緒だったあいだに、何か薬を服用しなかったか」

「飲んでるところは見てないし、飲む理由もなさそう。私がいたあいだはずっとお酒を飲んでた。ワイン数杯、スコッチ数杯」

「ここを出たあとは？　何をしましたか。どこに行きましたか」チャンが訊く。

答える必要はない。弁護士の同席など一定の条件が整ったら初めて協力すると突っぱねるべきだ。ただ、私はそういう人間ではない。隠すことは何一つない。マリーノが間違ったことをしていないのも知っている。私たちは全員、境界線の同じ側にいる味方だ。私はチャンの質問に答えて、車でジョーダン一家が住んでいた邸宅を見に行き、その事件について少し話をしたあと、午前二時ごろホテルに帰ったと話した。

「マリーノが自分の部屋に入るところを見ましたか」

「バンに何か忘れ物をしたとかで、取りに戻ったの。私は先に自分の部屋に行った」

「なるほど、それは興味深いですね。彼はあなたをエレベーターの前まで送ったあと、一人で自分のバンに戻った」

「エントランスには駐車係がいた。マリーノが自分で言ったとおり、バンの後部座席に置き忘れた買い物の袋を取っただけなのか、バンに乗ってまたどこかへ出かけたのか、その駐車係に訊けばはっきりするんじゃないかしら」私はいくらか尖った声で答えた。「それに、バンは故障しかけてて、今朝早くマリーノが修理工場に乗っていってる」

「夜は歩いて出かけたのかもしれませんよ。ホテルからこのアパートなら、二十分もあれば来られます」

「本人に訊いて」

「周囲温度は二一・六度。体温は二二・七度」コリンがいい、ジェイミーの遺体をベッドの上に引き上げた。

腕や首は硬直しきっている。コリンは思いきり力を込めて強引に動かした。見ているのはつらい。硬直した遺体をああやって力ずくで動かした経験は、私にもそれこそ何千回とある。そういうとき、頑固に不自然なポーズを取っている死者を力でねじ伏せているのだと考えたことはない。でも、いまは見ているだけでもつらかった。ついでだから持っていくと言って寿司の袋を受け取ったことを思い出す。罪悪感にとらわれた。私の責任なのだと思った。真っ暗な通りの真っ暗な影の奥からふいに現れた人物を、なぜ不審に思わなかったのだろう。ジェイミーが自分は寿司を注文していないとほのめかしたとき、なぜ聞き流したのだろう。

「ほかに調べたほうがよさそうなものがあれば、教えていただけますか」チャンが私に訊いた。だが、本当に知りたいことはそれではないはずだ。

「そこの倒れてるグラス。テーブルにこぼれてるスコッチらしきものも。私ならサンプルを採取するわ。でも、昨夜の食事の残り物とゴミ袋の中身を調べるのが先かもしれない。全部を同じように徹底的に調べるべきよ。ジェイミーが食べたり飲んだりした可能性のあるものはすべて同等に調べないと」

室内を移動するあいだも、両手はポケットに入れたままにした。今日の午後、刑務所でチャンに話したのと同じことをまた繰り返した。チャンの許可がないかぎり、私は何も調べないし、探さないし、手も触れない。私たちはまず主寝室のバスルームに向かった。

27

薬品棚の鏡張りの扉はすべて大きく開かれていた。なかにあったものは棚のなかや御影石のカウンターやシンク、床にまで散らばっている。嵐が駆け抜けたか、侵入者が主寝室を徹底的に荒らしていったかのようだった。

甘皮はさみ、毛抜き、爪やすり、目薬、歯磨き、デンタルフロス、歯のホワイトニングシート、日焼け止め、市販の鎮痛薬、ボディスクラブ、洗顔フォーム。処方薬もあった。入眠剤の酒石酸ゾルピデム——商品名アンビエン。抗不安剤のロラゼパム——商品名アティヴァン。ジェイミーは不眠に悩んでいたようだ。心配事を抱え、虚栄心が強く、年を取っていく自分を受け入れられずにいたのだろう。日常の不安や小さな不具合を癒してくれた薬は、人生の最後の数時間、あるいは最後の数分に戦いを挑んできた敵——サディスティックで、圧倒的な力を誇り、しかも姿の見えない、凶暴な敵を倒す役には立たなかった。

ジェイミーが残した形跡とカオスを手がかりに、彼女の死を頭のなかで再現してみた。今日未明のいつかの時点で何らかの症状が現われて、パニックや激烈な身体的苦痛を和らげてくれそうな何かを——何でもいい、何かを——必死に探し回ったのは間違いないだろう。その結果、まるで侵入者がアパートを荒らしたうえでジェイミーを殺したかのように見えるこの状況が出来上がった。

しかし実際には、侵入者などいなかった。いたのはジェイミー一人だ。苦痛を和らげるものを探してバッグの中身をコーヒーテーブルにぶちまけるジェイミー。主寝室のバスルームに駆けこみ、薬品棚のものを払い落とすようにしながら、効きそうな薬を懸命に探すジェイミー。ふいに襲いかかってきた暴力的な拷問に耐えかねて、狂乱状態になったジェイミー。ただ、襲ったのは人間ではない。間接的にはそうだとしても、直接手を下したものは違う。ジェイミーを襲ったのは毒物だ。ジェイミーの肉体をジェイミー自身の最大の敵に変貌させる力を持った毒物。そして、私はここにいなかった。

私はいなかった。すでに立ち去ったあとだった。彼女から解放されたことに安堵しながら、下の通りの木陰でマリーノの迎えを待っていた。あれほど傷ついていなかったら、憤っていなかったらと考えずにはいられない。ふつうの状態でいたら、兆候に気づけていたかもしれない。何か変だと、ジェイミーはただ酔っているだけではなさそうだと察したかもしれない。しかしあのときの私の頭にあったのは、ルーシーの名誉を守ること、それだけだった。どんなときも、ルーシーの盾になろうとせずにいられない。そしてそれが災いして、ルーシーが愛している相手、もしかしたらルーシーがこの世の誰よりも愛している人物が死んでしまった。

「いいかしら」写真を撮っているチャンに声をかけ、手に取って調べてみたいものを指さした。

ジェイミーが危機に直面していたそのときここにいたら、助けることができたかもしれない。兆候はあった。症状はすでに現われていた。私はそれを目にしていたのに、ちゃんと見ていなかった。ルーシーにどう弁解したらいいのだろう。

「どうぞ」チャンが言った。「このアパートに何かあったということは考えられませんか。盗み出す価値のある何か。リビングエリアにパソコンが何台かと捜査ファイルや何かの機密文書がありました。コンピューターに機密データが保存されてたとか？」

「パソコンに何が保存されてるかはまったく知らない。それ以前に、ジェイミーのパソコンなのかどうかも知らないわ」

ここにいさえすれば、救急車を要請できただろう。CPRを施すことだってできただろう。人工呼吸をしながら救急隊の到着を待っていられたはずだ。救急隊がアンビュ蘇生バッグを持って駆けつけてきて、ジェイミーを緊急救命室に搬送するのを見届けられただろう。そしていまごろジェイミーは、人工呼吸器に頼りながらも病院で生きていたはずだ。命は取り留めたはずだ。冷えきって硬直した体でベッドに横たわってはいなかった。私はルーシーに正直に認めなくてはならない。肝心なときにジェイミーを見捨ててしまったと。ルーシーを裏切る結果になってしまったと。ルーシーは私を許すだろう。たとえ許してもらえないとしても、そのことを責める気はない。ルーシーは何年も言い続けてきた。同じことをずっと言い続けてきた。私は同じ過ちを繰り返してばかりいるからだ。〝あたしの代わりに戦おうとしないで。あたしの感情を自分のものみたいに思わないで。何でもかんでも直そうとしないで。ますます壊れるだけだから〟。

私はまたしても壊してしまった。これ以上は壊しようがないというところまで壊してしまった。私はチャンに言った。「ジェイミーがサヴァンナで何をしてたか、もう知ってるわよね。つまり、リビングにある文書がどんな性質のものか、もう察してる。でも、あなたの質問に答えると、ジェイミーが他人から狙われそうな何かをこのアパートに置いてたかどうか、私は知らない。リビングのパソコンに何が入ってるか、まったく知らないの」

「昨夜、一緒にいらしたとき、誰かに襲われるのではと不安だといった話は出ませんでしたか」

「セキュリティに気を使わざるをえなくなったとは言ってた。でも、何か、あるいは誰かが怖いというような具体的なことは聞いてない」

「ニューヨークからジュエリーなどの貴重品をどのくらい持ってきたかわかりませんが、腕時計はまだちゃんとありますね」チャンはカウンターの上を指さした。水が少しだけ入ったグラスの横に、黒いレザーストラップがついた金無垢のカルティエの腕時計がある。「盗んでいく甲斐のありそうな品物に見える。酔っぱらって、薬か何かを探すつもりであちこちかき回したんでしょうか」

シンクに落ちていた抗ヒスタミン薬ベナドリルの箱を拾い上げた。てっぺんが雑に破られていた。よほど急いで開けようとしたようだ。床に銀色の袋が落ちている。ピンク色の錠剤は二つなくなっていた。

「あれは酔ってただけとは言いきれないような気がしてきたわ。少なくとも、見た目ほど酔ってはいなかったみたい」ベナドリルの箱に貼ってある値札シールを確かめた。「〈モンク薬局〉。同じ名前のドラッグストアが何軒もあるとかじゃなければ、GPFWの近くの商店街にある店よね。銃砲店の隣」

「サヴァンナに来てから買ったということになるな。刑務所で受刑者と面会するようになってから。何かアレルギーがあったとか？」チャンが言う。「サヴァンナに来てこのアパートを借りたのがいつごろか、ご存じですか」

「本人は二ヵ月くらい前みたいなことを言ってた」

「四月か五月。今年は花粉が多かった。街ごと黄緑色のスプレーペイントを吹きつけられたみたいな有様でしたよ。あのころはしばらくジョギングもサイクリングもやめてました。空気を吸うっていうより、花粉を吸いこんでるみたいなものでしたから。目は腫れるし、喉は苦しいし」チャンは世間話を試みている。友好的な態度を示している。私とちょっとしたおしゃべりを楽しむ、愛想のよい刑事。

サミー・チャンは私と対等に接している。そして私はその目的を知っている。警戒を解いて、何でも話してください、私はあなたの友達なんですから。私も彼を友人として扱うつもりでいる。私は彼の敵ではないからだ。隠さなくてはいけない秘密は何もない。嘘発見器にかけてもらってかまわない。真実だけを述べると誓ってもいい。チャンがまだ私に被疑者の権利を読み聞かせていなくたってかまわない。何でも好きなだけ訊いてくれてかまわない。訊かれれば、はい、私は有罪ですと正直に答えるからだ。自分に責任があると感じているからだ。ただし、ジェイミー・バーガーを殺したという意味で有罪なのではない。その死を防ぐことができなかったという意味で有罪だ。

「昨夜、このベナドリルを飲んだんだと思うわ。箱が乱暴に破られてるし、なかの袋が床に落ちてるから」私は言った。「二錠飲んだとすれば、かなり激しい症状が出てたんだと思う。たぶん、呼吸困難に陥ってたんでしょう。薬毒物検査で抗ヒスタミン剤が検出されるまでは、断言はできないけれど」

「食べたものに強いアレルギー反応を示したのかもしれませんよ。たとえば寿司とか。甲殻類のアレルギーはありませんでしたか」

「あるいは、重篤なアレルギー反応が出たと勘違いしたか。息苦しいとか、ものが呑みこみにくいとか、目を開けていられないとか、そういう症状が出て、勘違いした」私はカウンターからさまざまな品物を拾い上げては確かめていった。「さっき刑務所で聞いたと思うけど、キャスリーン・ローラーも運動場から戻ったあと、息苦しいと訴えてたそうよ。声が出しにくい、目を開けていられないとも訴えてた。弛緩性麻痺を疑うべき症状ね」

「弛緩性麻痺？」

「神経からの刺激がなくなって筋肉が動かなくなるってこと。頭部から始まることが多いわ。まぶたが垂れる、ものが二重に見える、しゃべりにくい、飲みこみにくい。麻痺が下に向けて広がっていくにつれて、息がしにくくなる。やがて呼吸不全から死に至る」

「原因は？　何に感染すると、いまおっしゃったみたいなことが起きるんです？」

「ぱっと思いつくのは、何らかの神経毒ね」

そこでドーン・キンケイドのことを話した。キャスリーン・ローラーの実の娘。私を襲った事件を含め、マサチューセッツ州で複数の殺人容疑、殺人未遂容疑で逮捕されている娘。そのドーン・キンケイドが今朝、バトラー州立病院の自分の監房で呼吸困難を訴え、まもなく呼吸が停止した。いまは脳死状態にあるらしく、毒殺が疑われている。

「ジェイミーが甲殻類にアレルギーがあったという話は聞いたことがない。ごく最近になって発症したなら別だけど」私は続けた。「甲殻類によるアナフィラキシー反応が弛緩性麻痺と死につながりかねないことは事実よ。ほかの中毒症状もそう。ジェイミーはどうやらほとんどのものを同じ薬局で買ってたみたいね。モンク薬局。このアパートにあるもののなかでも、その薬局で購入したものをとくによく調べたほうがよさそうだわ。化粧品類、市販薬、処方薬。いまここにはなくても、過去に買ったものがあれば、それも。ジェイミーが自分で何かした可能性、モンク薬局で買った商品に異物が混入されていた可能性を排除するために」

「店の棚に並んでいた商品に何者かが毒物を混入した可能性、ということですか」

「考えうるかぎりの可能性を考慮すべきよ。このアパートにある品物を一つ残らず徹底的に調べたほうがいい」そう繰り返した。「毒物が含まれているものを見逃してしまったせいで、別の誰かが被害に遭うような事態は絶対に避けたいでしょう」

「自殺も視野に入れていらっしゃるんですね」

「それは考えてない」

「うっかり何かに触れてしまった可能性は考えてらっしゃる」

「私が何を考えてるか、あなたはちゃんと知ってるような気がするんだけど。誰かがジェイミーを毒殺した。故意に。計画的に。最大の疑問は、いったいどんな毒物を使ったのか」

「食べ物に混入してたと仮定して」チャンが言った。「あなたがさっきおっしゃったような症状を引き起こす毒物にはどんなものがあります？　あなたならどんな毒物を使いますか。食べた人物を数時間以内に弛緩性麻痺で死なせたいとしたら」

「私は誰かの食べ物に何かを混入したりはしない」

「〝あなた〟というのは、別にあなた個人を指してるわけではありませんよ」チャンはバスルームにあるすべてのものを写真に収めている。洗面用具、バス用品、化粧品類、固形石鹸まで。そして写真撮影の合間にメモも取っている。それでも、私は彼が実際には何をしているか、知っている。

時間を稼いで情報を集めているのだ。系統立てて、几帳面に、根気よく。私といる時間が長くなればなるほど、私はしゃべる。ただ、私は世間知らずではない。チャンもそのことを心得ている。このゲームがまだ続いているのは、私がやめようとしないからだ。

「神経毒というのは？　たとえばどんなものがあるか、教えていただけませんか」チャンが探りを入れる。私がジェイミー・バーガーを始め、複数の人々を毒殺したことをほのめかす情報、あるいは犯人が誰なのか知っていることをほのめかす情報を巧みに引き出そうとしている。

「神経組織を破壊する毒物すべてが該当する」私は答えた。「挙げたらきりがない。ベンゼン、アセトン、エチレングリコール、リン酸コデイン、ヒ素」

とはいえ、そういった物質を本気で心配はしていない。ジェイミーがベンゼンや不凍液に触れたとは思えないし、除光液や殺虫剤といった家庭用品が寿司やスコッチに混入されていたとか、ジェイミーが咳止めシロップの依存症になっていたとも思えない。そういったものは、たしかに中毒を引き起こすことがあるが、だいたいは事故だったり、不合理な行為の結果だったりする。それらは私の悪夢ではない。ずっと恐ろしいものは別にある。テロに使われるような化学剤や生物剤。水や火薬やガスから作られる大量破壊兵器。私たちが飲むもの、触れるもの、呼吸するものを利用して命を奪う。あるいは、食物に毒物を混入して人を殺す。サキシトキシン、リシン、フグ、シガテラ。地球上でもっとも強力な毒物、ボツリヌス毒素も視野に入れたほうがいい

――サミー・チャンにそう言った。

「寿司でボツリヌス中毒になることもある。そうでしたね？」チャンはシャワールームのドアを開けた。

「神経毒を作る嫌気生物、ボツリヌス菌は、至る場所に存在してるのよ。土壌中、湖や池の沈殿物。あらゆる食物や液体に汚染の危険があると言ってもいいくらい。もしジェイミーを死なせたのがボツリヌス菌だとしたら、発症までの時間が短すぎるわ。ふつうは症状が出始めるまでに最短で六時間、たいがいは十二時間から三十六時間かかるから」

「野菜の缶詰がガスでふくらんでたら、決して食べてはいけないと言いますね。ボツ

リヌス中毒の恐れがあるから」

「食品を媒介とするボツリヌス中毒は、一般的に、缶詰の製造過程に問題があったとか、不衛生な環境で製造されたとか、ニンニクやハーブを漬けたオイルを冷蔵保存しなかったとか、そういった原因で起きる。原料の野菜をきちんと洗わなかったり、ジャガイモをアルミホイルでくるんでオーブンで焼いたあと、冷めてしまってから食べたり。感染経路は数えきれないほどあるのよ」

「うわ、そうなんですか。そう聞くと、ものを食べるのが怖くなりますね。で、もしあなたが悪党だとして……」

「私は悪党じゃないわ」

「仮定の話です。何らかの方法でバクテリアを培養して、それを誰かの食べ物に混ぜて中毒死させようなんて考えます?」チャンが訊いた。

「どうやったのかはわからないわ。使われたのがボツリヌス毒素だとして」

「でも、あなたはボツリヌス毒素ではないかと心配してらっしゃるんでしょう」

「ボツリヌス毒素なら、事態は深刻よ。このうえなく深刻」

「毒殺事件では一般的に使われるものですか」

「いいえ、少しも一般的じゃない」私は答えた。「ボツリヌス菌が使われた事件なんて一つも聞いたことがないわ。ただ、ボツリヌス毒素を検出するのはかなり困難なの。扱った経験があって、しかも中毒を疑う理由がないかぎり、まず見つけられない」

「わかりました。被害者は息が苦しくて、しかもあなたがさっきおっしゃったような恐ろしげな症状を端(はな)から呈していたんだとしましょう。どうして救急車を呼ばなかったのか、不思議じゃありませんか」バスソルトや、バスタブの縁に並んだキャンドルの写真を撮っている。ラベンダーとバニラの香りのキャンドル。ユーカリとトルーバルサムの香りのキャンドル。

「人って意外に救急車を呼ばないものなのよ」私は処方薬を調べたいと身振りで伝えながら答えた。チャンもどうぞと身振りで答えた。彼の想定した道筋を歩んでいる限り、ほかに何をしようとかまわないのだろう。「大したことはない、家にある薬で何とかなるだろうと考えてしまう。でも次の瞬間には、もう手遅れになってるの」

入眠剤アンビエンのボトルの蓋を開けた。ラベルを見ると、私が昨日、公衆電話からジェイミーに連絡したあとに立ち寄ったあの薬局で、十日前に調剤されたことになっている。十ミリ錠、三十回分。私は残りの錠剤を数えた。

「二十一錠残ってる」私は錠剤をボトルに戻し、次にアティヴァンを調べた。「同じ日に同じ薬局で調剤されてるわね。このバスルームにあるものは、ほとんどこのドラッグストアで買ったみたい。モンク薬局。薬剤師の氏名はハーブ・モンク」

店の経営者だろう。昨日、鎮痛剤を買ったとき会計してくれた白衣を着た男性を思い出した。宅配もする薬局。〈処方薬は当日中にご自宅の玄関先までお届けします〉。店内にはそんな案内板が掲げられていた。ジェイミーが宅配を頼んでいたのは、食事だけではなかったということか。

「一ミリ錠が十八個残ってる」私はチャンに伝えた。「処方した医師は、どっちもカール・ディエゴ」

「自殺する人は、ボトルに残っていた全部を一気に飲むものですよね」チャンは手袋を外すと、カーゴパンツのポケットからブラックベリーを取り出した。「ドクター・ディエゴというのが何者か、調べてみましょう」

「どの薬も自殺できるほどの量は減ってないわ」私はそう指摘した。

抽斗や戸棚を開ける。香水の瓶、化粧品サンプル。デパートやネットショッピングの際におまけでもらったものだろう。宅配。人生は自宅の玄関先まで配達される。死もテイクアウトの袋に入って届けられる。私の手を経由して届けられる。

「ジェイミーが自分の死の原因を作ったと考えて時間を無駄にするより、別の誰かがまた似たような毒殺事件を起こすかもしれないと心配するべきよ」私は言った。「すでに複数の被害者が出てるわ。これ以上は出したくないでしょう」

私が暗に指摘しているのは、マリーノや私を疑って時間を無駄にするのはまさに無駄だということだ。私たちを見ているあいだは、ほかの可能性に目が向かないだろう。

「カール・ディエゴ、ニューヨークの東八十一丁目の開業医。被害者がニューヨークに住んでたころにかかってた医者でしょうね。こっちの薬局に電話で処方を伝えたとかかな」チャンはインターネットを検索している。しかし本当にしているのは、私が罠にかかる十分な時間を稼ぐことだ。「食事に何かを故意に混入するとしたら、匂いや味があってはだめだ。そう思いませんか。混入する相手が寿司ではなおさらだ」

「そうね」私はうなずいた。「ただ、何なら味がしないか、知りようがない」

「え、どういう意味です？」

「毒の味見をしたら、味がどうだったか報告する前に死んでしまうから」

「強力な毒物のなかで、匂いも味もしなさそうなものの例と言えば？」まるで私が邪悪な真実を隠していて、しつこく訊けばいつか引き出せると考えているかのようだった。「あなたが人を殺すとしたらどんな毒物を使います？」さらにもう一押しした。

「何も使わないわ。人を毒殺しようなんて気はないから。たとえ天才的な手段を知っていたとしてもね」私はチャンの目をまっすぐに見つめて答えた。「他人が誰かを毒殺する手伝いもしない。絶対にばれないって確信があったとしても」

「単なる言葉のあやですよ。今回使われた毒物は何だと思ってらっしゃるか、ご意見をうかがいたいだけです。匂いも味もないもの。それを寿司に混入する。ボツリヌス中毒を引き起こすバクテリア以外には、たとえばどんなものがありそうですか」チャンはブラックベリーをポケットに戻し、新しい手袋をはめた。使用済みのものは、安全に処分できるよう、証拠品袋に入れて封をした。

「たくさんありすぎて、何から話していいのかさえわからない。それに、最近ではどんどん新しい毒物が生み出されてるし」私は答えた。「想像するだけでも背筋が凍りそうな化学剤や生物剤がラボで生まれてる。そして、私たちの国の軍隊はそれで武器を作ってるの」

28

バスルームから寝室に戻った。コリンは携帯電話を耳に当て、室内を行ったり来たりしながら、遺体搬送サービスに指示を出していた。ジェイミーには使い捨てのシーツをかけてくれていた。思いやりと尊重の気持ちから出た行為、本来は必要のない行為。その皮肉が胸を刺した。ジェイミーはコリンに敬意らしい敬意を払わなかったのに、コリンのほうは、その何倍もの思いやりを示した。

「遺体収容袋は最低でも二重にしてくれ」窓の前を歩きながら電話の相手に言っている。カーテンはまだ閉まったままだ。いま何時なのか、さっぱり見当がつかない。それでも、雨足は少しも弱まってはいないらしいことだけはわかる。雨が屋根を太鼓のように鳴らし、窓ガラスをぱたぱたと叩いていた。「そうだ。伝染病の犠牲者と同じ扱いで。伝染病じゃないという確証はないし、どのみちすべての遺体をそういうふうに扱うことになってる。そうだろう？」

「麻薬性鎮痛薬のフェンタニルや、導眠剤のロヒプノール――別名〝レイプ・ドラッグ〟、神経ガスのタブン、サリン、オキシリジン、あとは炭疽菌」私はチャンに向かって候補を挙げていった。「ただし、このなかには即効性がきわめて高いものも含まれてる。例えばロヒプノールやフェンタニルを食事に混入したんだとしたら、ジェイミーは食事が終わるまでもたなかったはず。そう考えると、やはりボツリヌス菌を最優先で検査すべきだと思う」

「ボツリヌス中毒。おっかないな。でも、どうしてほかのものじゃなく、ボツリヌス菌だと思われるんです？」チャンは使用済みの手袋が入った証拠品袋をベッドの足もとに置いた。

「説明された症状から、そう推測されるから」

「バクテリアで毒殺なんて、どうもこう、現実離れしてるというか」

「人を殺すのはバクテリアそのものではなくて、バクテリアが作る毒素」そう説明した。「仕組みとしてはそういうこと。軍が考えてることも同じよ。バクテリアではなくて、毒素のほうを兵器に使うの。いま判明してるかぎりでは、匂いも味もないし、手に入れるのは比較的容易だから、出所を特定するのはかえって難しい」いまの説明を聞いて、チャンのなかで私に対する疑念がまた一回り大きくふくらんだことだろう。「マウスで実験してる時間はない。ところで、マウスにそんなことするのは残酷じゃない？　毒素と血清を同時に注射して、死ぬかどうか、何日もじっと観察するなんて」

コリンが片手で電話を覆って私のほうを向いた。「ボツリヌス中毒だって？　何の話だ？」

検査すべきだと思うと説明した。

「ラボの心当たりは？」

まったくないと答えた。

コリンは一つうなずくと、遺体搬出の打ち合わせに戻った。「ああ、いま言ったとおりだ。通常どおり、搬出用ガーニーと、絶対に水漏れしない収容袋を使ってくれ。もちろん、絶対に漏れない袋などないのはわかってる。しかし、二重、三重にしておいて、搬送作業が完了したらオートクレーブで加熱消毒するか、焼却してしまえばいい。汚染されたおそれのある防護服や手袋や、そのほかいろんなものもまとめて処分しよう。肝炎やＨＩＶ、髄膜炎、敗血症の場合と同じに扱えばいい。収容袋を再利用しようとは考えるな。私が強調したいのはそこだ。ほかのものもすべて洗浄して、念入りに消毒してくれ。漂白剤で……そうだ。頼んだよ」

「で、あなたならどうします？」チャンが私に訊く。

「攻撃的戦略を取るわ。目標をまっすぐ狙う」私は答えた。「少しでも可能性のあるものはすべて検査したほうがいいというのは間違いない。でも、最優先すべきなのはボツリヌス菌よ。あらゆるセロタイプを探す。できるだけ早いほうがいい。いえ、大至急ね。この二十四時間で二人が死んだ。そしてもう一人は、生命維持装置につながれてる。何日もかけて昔ながらの動物実験をしてる時間のゆとりはないし、それに、いまはもっと短時間に検査できる方法があるの。モノクローナル抗体法とか、電気化学ルミネッセンス――ECLを使うとか。フォートデトリックの米国陸軍感染症研究所（USAMRIID）が設備を持ってるはず。必要なら、私から連絡して、優先的に検査してもらうよう働きかけることもできる。ただ、CDCに依頼するほうが、より確実で時間もかからずにすむと思うわ。私ならそうする。お役所的手続きが格段に少なくてすむし、ボツリヌス神経毒やブドウ球菌腸毒素、リシン、炭疽菌といった生物剤の分析機器を備えてるはず」

「USAMRIID？」電話を終えたコリンが言った。「どうしていまここで軍の話題が出る？　ボツリヌス菌がどうのというのは何だ？　それに、たったいま〝炭疽菌〟と聞こえたような気がするが」

「考えつくかぎりの可能性を列挙してるだけ。この件だけでなく、ほかのことも考え合わせてね」私は答えた。「犠牲者は三人。完全に一致してるとは言えないまでも、症状はかなりの部分で共通してる」

「これは国家安全保障問題だとか、テロかもしれないとか、そういうことを考えてるのか？　そのレベルの問題でもなければ、USAMRIIDが協力するはずがない。もちろん、きみの人脈の広さは私も知ってるがね」

「いまの時点でのもっとも正確な答えは、〝敵の正体はまったくわからない〟でしょうね」私はそう答えた。「でも、あなたが話してたほかの事案が頭から離れないの。何かを発症して、まもなく呼吸が停止する。解剖や通常の薬毒物検査では何も見つからない。GPFWで不自然に急死したバリー・ルー・リヴァーズと、ほかの二人の受刑者。これまでの事案では、ボツリヌス毒素の検査まではしてないでしょう？」

「しようと考える理由はどこにもなかったからね」コリンが答えた。

「一つの意見として聞いてもらえる？　これは連続毒殺事件なんじゃないかと心配なの。どうか見当違いの心配であってくれって、私自身が誰より強く願ってるけれど」

昨夜、私がこの建物に着いたとき、寿司の配達が自転車で届いた一件を説明した。ジェイミーは自分では寿司を注文していなかったらしいという印象を受けたことも話した。配達に来た女性によれば、ジェイミーのクレジットカードの番号は店に登録されている。ジェイミーはそこの店に頻繁に出前を頼んでいた。

「いま思えば」私は付け加えた。「配達の女性はやけにたくさんの情報を並べ立てた。いらないことまでまくしたてた。そのときから何となくおかしいという気はしてたの。どこかしっくりこないと思ってた」

「自分は本当に寿司店の配達の人間なんだと納得させようとしたとか。本当は違うから」コリンが考えこむような顔で言った。「自分で注文を入れて持ち帰り、何らかの毒物を混入して、店の配達人を装った」

「本当に寿司店の従業員なら、誰なのか簡単にわかってしまうよ」チャンが言った。

「従業員ではない場合のほうが心配だぞ」コリンが言った。「届けに来た人物を突き止めるのはまず不可能になる。似たようなことをこれまでも繰り返してるとすれば、

「リスクが高すぎる。というより、愚かすぎる」

その人物は愚かとはほど遠いよ」

「被害者の行動パターンを把握しておかなくちゃならないわけだしな」チャンはベッドの上のシートのかけられた遺体に視線をやった。「ふだん、どの店に配達を頼んでるか、どんな料理を好むか、どこに住んでるか。そういったことをすべて知っていなければできない犯行だ。マリーノから何か聞いてませんか。被害者にはこの地域に知人や友人がほかにいたとか、そういった話は聞いていませんか」

マリーノからは何も聞いていないと答えた。さらに、昨夜ジェイミーが予定していたメニューに寿司は含まれていなかったらしいことも伝えた。ジェイミーには寿司を食べるつもりはなかったようだし、私たちに食べさせるつもりもなかったはずだ。マリーノと私はふだんから寿司を食べないことを知っていたからだ。私がこのアパートに着いたとき、先に来ていたマリーノから、ジェイミーは近くのレストランにテイクアウトの食事を買いにいっていると聞いた。そしてジェイミーは、三人がかりでも食べきれないほどの料理を持って帰って来た。ところが、寿司もあると聞いたとたん、病みつきなのと冗談まじりに打ち明け、週に三度は出前を頼んでいると言った。そして寿司をつまんだ。食べたのはジェイミー一人だけだった。

「キャスリーン・ローラーも、本来のメニューにはなかったものを食べてるわ」私はそう指摘した。「胃の内容物からは、チキンとパスタ、それにおそらくチーズを食べたみたいでしょう。でも、ほかの受刑者には、いつもどおりの朝食が出されてる。粉末の卵と挽き割りトウモロコシ」

「チキンとパスタは売店では買えない」チャンが言った。「舎房にあったゴミ袋は行方不明。そのうえ、シンクに奇妙な物質の痕跡が残ってた。ただ、あれが問題の毒物だったなら、色も匂いもありましたよ」

「ほかの場所で一人だけ特別の食事をとったというのでないかぎり、誰かがチキンとパスタ、それにもしかしたらチーズスプレッドを監房に届けたということになりそうね」私は言った。「気づいたと思うけど、ジェイミーはセキュリティシステムをわざわざ導入してるの。カメラはこの部屋の玄関と、建物のエントランスに設置されてる。問題は、録画もされてるのかどうか。マリーノに訊けばわかると思う。設置を手伝ったのは、たぶんマリーノだろうから。そもそもシステムを入れたほうがいいと助言したのもマリーノかもしれない。どこかにデジタルビデオレコーダーがあったら、それも調べたほうがよさそうよ」

「カメラはジェイミーの私物なのか？　エントランスにあるカメラも、この建物のものではなくて、ジェイミーのものだってことか？」コリンが訊く。

「そう、ジェイミーのものよ」

「それは好都合だ」チャンが言った。「寿司を届けた人物の人相特徴は覚えてますか」

「暗かったし、あっというまの出来事だったから」私は答えた。「ヘルメットにライトをつけてた。自転車に乗ってて、鞄かバックパックみたいなものにテイクアウトの袋を入れてた。白人の女性。かなり若いと思う。黒いパンツに明るい色のシャツ。私に袋を差し出して、注文内容を繰り返した。私は十ドルのチップを渡したあと、建物に入って、エレベーターでここに来た」

「袋に何か不審なところはなかったか」コリンが訊いた。

「店の名前が入った白い紙袋だった。口はレシートと一緒にホチキスで留めてあった。マリーノが開けて、寿司を冷蔵庫にしまった。ジェイミーは自分でお皿に移して、ほとんど全部を一人で食べた。巻物、海藻サラダ。サラダはまだ残ってる。昨夜――というよりもう今日ね、十二時半か四十五分ごろだったから――後かたづけを手伝ったとき、残ったサラダは私が冷蔵庫にしまった。ゴミ箱に入ってるテイクアウト容器や食べ残しも回収しなくちゃ」

「紙袋とレシートも」チャンが言った。「分析を依頼したいですからね。指紋やDNAが付着してるかもしれない」

「短く見積もっても、死後十二時間は経過してるな」コリンが使った道具をケースに戻し終えて言った。「亡くなったのは今朝早くといったところだ。ただ、時刻までは特定できない。四時から五時のあいだとしておけば、大きくは外れないだろう。何が起きたのか――彼女が死んだという明らかな事実のほかに、いったい何が起きたのかを知る手がかりは、いまのところ一つも見当たらない。ほかの二人も毒を盛られたんだとしたら――」キャスリーン・ローラーと、ドーン・キンケイド。「いったいどうすればそんな芸当ができる？　千五百キロ以上も離れた別々の刑務所にいる二人と、この人を」――ジェイミー・バーガーだ――「いっぺんに毒殺した？　いったいどうやって？　この悲劇のなかからいいニュースを強引に探すとすれば、ドラッグまたは毒物は経口摂取されたらしいということだろう。接触や空気感染ではないらしい。すなわち、私たちはおそらく大丈夫だということだ」

「そう聞いて大いに安心できたよ」チャンが言った。「最初の被害者の舎房をあちこちつつき回したあとだし、今度は次の被害者のゴミをあさろうとしてるわけだから」

私はリビングエリアに戻った。コーヒーテーブルの上に、バスルームのカオスが再現されていた。さまざまなものが散らばっている。バッグを逆さまにして、なかのものを全部そこに空けたとでもいうみたいに。市販の鎮痛剤のボトル。口紅。ファンデーションのコンパクト。頬紅。香水の小瓶。ブレスミント。ティッシュ。空のブリスターパック二つ――潰瘍薬のラニチジンと鼻炎薬のスーダフェッド。チャンはクロコダイルの財布を検(あらた)めていた。クレジットカードと現金が入っている。何か盗まれた形跡はなさそうだとチャンが言った。私はバッグのどこかに銃が隠してあるかもしれないと伝えた。大きめの茶色の革のサイドポケットに、銃身の短い三八口径のスミス&ウェッソンがあった。チャンは銃口を天井に向けておいてイジェクターロッドを押しこんだ。弾が六発、チャンの掌に落ちた。

「〈スピアプラスPゴールド・ドット〉。威力のある弾ですよ。ただ、被害者を襲った相手は、撃って倒せるものじゃなかったらしい」

「私はゴミを担当するわ」そう言ってキッチンに向かった。「テイクアウト容器を一つずつビニールのゴミ袋に移す。昨夜、かたづけを手伝ったとき、ゴミ袋が箱ごと置いてあるのを見たから。できるだけ分厚いものがいい。一時的な隔離場所としては百リットル入りの袋で十分よね」

シンク下の戸棚を開けて、黒いゴミ袋を一枚取り出して振って広げた。寿司店のテイクアウト容器は完全に別にしておいたほうがいいだろう。私がキッチンのごみを選り分けているあいだに、チャンは冷蔵庫を開けて、何があるか確かめた。なかのものには手を触れないように気をつけているのがわかる。

「防水テープ、持ってる？」私はチャンに尋ねた。金属のゴミ箱から腐りかけのシーフードの強烈な臭いが立ち上った。

「うわ、すごい臭いだ」チャンがつぶやく。

「ジェイミーは昨夜、ゴミを出さなかった。私も帰りがけに出しておくとは言わなかった。こうなってみると、出してしまわなくて幸いだったわ。運がいい。できるだけ厳重に密閉しておかないと。何か漏れたりしたら一大事でしょう――証拠品はあなたの車で運ぶんでしょうから」

「ああ、そうだ、いいものがある」チャンは鑑識キットの所に戻り、証拠品袋を留めるテープをカウンターに置いた。フェースマスクを着け、私にも一つ差し出す。「危険物処理班を呼んで任せたほうがいいかもしれませんね」

「その必要があるような事態なら、私はいまこうしてあなたを手伝ってないと思うわよ」

カウンターにビニール袋を並べた。フェースマスクは着けなかった。鼻は頼れる友人だ。その鼻が嗅ぎ取って伝えてくるものは、かならずしも歓迎できるものばかりとはかぎらないが。

「かたづけをしたとき、ここにあるものにみんな触ったわ。そのときは手袋もしてなかったし、用心すべき理由があることさえ知らなかった」私は続けた。「きっとコリンがCDCの人を誰か知ってるわよね。もし知らないようなら、私の知り合いを紹介できる。あらかじめ連絡しておいたほうが話が早そう。たとえば運搬のしかたとか、向こうから何か指示があるかもしれないから。何か規則があるんじゃないかと思うの。解剖の際に採取する体液や組織のサンプルに病原菌や毒物が含まれている可能性があるわけでしょう。食べ残しや容器も同じ。でも、第一段階としては、ここのものをできるだけ厳重に包むことかしら。ビニール袋を三重にして、何をどの袋に入れたか書き留める。バイオハザード・ラベル、または病原体ラベル、または密閉容器か何かをあなたかコリンが持ってきてるといいんだけれど。ここのものをラボに運んで、すぐに冷蔵したほうがいいわ」

「こんなものを扱うことはめったにありませんからね、ありがたいことに。バイオハザード容器とか、そういう特殊なものは持ってません」

「じゃあ、あるものでなんとかしましょう。こんなふうに」冷蔵庫から食べ残しの海藻サラダの容器を取り出し、蓋がきちんと閉まっていることを確認した。「このまま一枚めの袋に入れて、テープでぐるぐる巻きにする。それを二枚めに入れて、同じようにぐるぐる巻き。最後に三枚めに入れて、またぐるぐる巻きにする。これなら高さ一メートル二十センチからの落下テストにもパスするはず。それでも、気は抜けないわ。全部私がやってもいいし、手伝ってくれてもいいし、そこに立って見てるだけでもかまわない。コリンと交代したければ、どうぞ」

「何だ？　私に何をしろって？」コリンが廊下伝いにやってきた。

「ラボに運ぶいい方法はないかな」チャンが訊く。「急いで冷蔵庫にしまったほうがいいそうでね」

「それはつまり、きみのエアコンのついた軟弱なSUVには、毒物が入ってるかもしれないゴミ袋は積みたくないということか」

「ああ、できれば」

「いいよ、私の車の荷台に積んでいく」コリンが言った。「あとで車を日に当てて、洗車して、徹底的に消毒する。過去にも似たような経験があるんだ。大事な高級シートに漂白剤をぶっかけるわけにいかないのだけが残念だな」

チャンは鑑識キットを持ってデスクの前に移動した。さまざまな色の耳のついたアコーディオンファイルの山のそばに陣取り、二台あるパソコンからサンプルを採取している。キーボードやタッチパッドを綿棒でなぞっていく。あとになってジェイミーのパソコンを何者かがいじった可能性が浮上したとき、きちんとサンプルを採取しておくべきだったと悔やまずにすむように。

「パソコンごとラボに持ちこむ」チャンが作業を進めながら言う。「だが、その前になかをのぞいてみよう。パスワード保護されてないファイルは一とおり目を通しておく」手袋をした指をタッチパッドの上ですべらせる。「やったぞ。寿司の配達の女が幽霊じゃないなら、ご本人と対面できそうだ。このパソコンはDVRカードを搭載してる。エントランスとこの部屋の玄関のカメラの画像はここに録画されてるよ」

私は黒いゴミ袋を次々と振って広げ、コリンと協力しながら、昨夜ゴミ箱に入れた容器を一つずつ梱包した。

「しかも音声つきだ」チャンが言う。「表のカメラはなかなか高性能らしい。エントランスの映像から先に確認しようか。望遠レンズ。上下左右に三百六十度回転する。そのうえ熱赤外線カメラだ。真っ暗闇でも、霧が出てても、煙が充満してても使える。ドクター・スカーペッタ、ここに着いたのは何時ごろだっておっしゃってましたっけ？」

「九時ごろ」ゴミ箱から箸を発掘しながら答えた。

「ウィスキーのグラスも同じように梱包したほうがいいだろう」コリンが言った。

「きみが言ってたとおり、ベッドサイドテーブルの液体のサンプルも採ろう。私が忘れたまま帰りそうになったら、教えてくれよ」

「飲んでたスコッチはそこに」私は戸棚を指さした。「たぶん、スコッチが犯人じゃないと思うけど。一杯めを注いだとき、新しいボトルの封を切ったのを見たから。ワインのボトルはここ」ゴミ箱から拾ってビニール袋の上に置いた。ソファに座り、ピノーワインを飲みながら、ジェイミーと話したことを思い出す。胃がねじれるような感覚が走った。喉が詰まるような感覚も。

「一日たったシーフードほど芳しいものはないね」コリンが顔をしかめた。

「エビのクリームスープ。ホタテ貝のあぶり焼き」

「溺死体の臭いのほうがまだましだ。うわ、こいつはひどいな」コリンは空の容器を袋に入れた。

「ん？　これはどういうことかな」デスクの前からチャンが言った。「この頭、どうしたんだろう？　こんなものは見たことがないぞ。おっと。だめだ、こんなんじゃ役に立たない」

私たちは汚れた手袋を外し、チャンが何をぶつぶつ言っているのか見に行った。

「女が最初に現われるところまで巻き戻すよ」チャンの指がタッチパッドの上を動く。

画像は白黒だが、高解像度で、すばらしく鮮明だった。煉瓦造りの建物のエントランス、エントランスに上がる階段の練鉄の手すり、通路、木立。通り過ぎる車の音、まばゆいヘッドライトの光。まもなく問題の人物が見えた。通りに立っているのが小さく映っている。チャンが再生を一時停止した。

「ここだ。左の隅っこに映ってる。このアパートのすぐ前の通りだね」すぐ下の道路を曖昧に手で指し示す。「自転車と女がかろうじて見分けられる」今度はパソコン画面の左上の隅を指さした。

「これはきみだな、ケイ。インターフォンのボタンを押してる。女はここか。自転車には乗ってない。押して通りを渡ってこようとしてる」コリンが言う。「ちょっと妙じゃないか」

「自転車のライトもつけてない」私は画像に目を凝らした。「自分の姿を見られないようにしてるみたいね」

「そうだな、それが目的のようだ」コリンがうなずく。

「お楽しみはここからだよ」チャンがタッチパッドに指をすべらせた。再生がふたたび始まった。「お楽しみというより、がっかりと言うべきかもしれないが」

真っ暗な通りの上で人影が動きだした。輪郭は曖昧だが、人であることはわかる。ただし、顔は見えない。人の形をした影が自転車を押しながら、さまざまな濃さの灰色を通り抜けるようにしてこちらに近づいてきた。まもなく、右手を持ち上げた。と、真っ白な円が広がった。思わず目を細めたくなるような強烈なまぶしさだ。白い炎の玉のようなものが、頭部を完全に隠している。

「ヘルメット」私は言った。「ヘルメットのライトをつけたのね」

「自転車に乗って走ってるわけじゃないのに、ライトをつけるのはなぜだ？」コリンが言った。「それまではつけてなかったのに、目的地に着いたとたんにつけるのはなぜだ？」

「ふつうはそんなことはしない」チャンが応じた。「つまり、ライトをつけた目的は別にあるということさ」

29

マリーノのバンでホテルに帰ったとき、時刻は午後九時になろうとしていた。バンの荷台には、新しく買いこんだ生活用品がぎっしりと積まれていた——食料品、何ケース分ものミネラルウォーター、鍋やフライパン、調理用具、オーブントースター、カセットコンロ。

現場のかたづけをしているチャンとコリンを残し、ジェイミーのアパートの前でマリーノに拾ってもらって、ショッピングツアーに出かけた。最初にディスカウントチェーンの〈ウォルマート〉に行き、仮住まいに必要な物品を買いそろえた。次はスーパーマーケット〈フレッシュマーケット〉で食品を仕入れ、その次は酒店に行った。最後に、ジェイミーが昨夜ノンアルコールのビールの品揃えが豊富だと話していたドレイトン・ストリートの食料品店に寄ったとき、ある事実に思い当たった。人によっては偶然の一致であると同時に無意味な一致でもあると考えるだろう事実。

不確定性原理という概念、量子物理学者が好んで引き合いに出す概念は、理解している。宇宙が存在するのは、ビッグバンというサイコロがたまたま投げられたからであり、したがって私たちの日常は人の力ではどうにもできない偶然に支配されているとする理論だ。ただ、その概念を理解はできても、受け入れることはできない。そういうものだとは思えないからだ。たとえ人知の及ばない領域にあるものであっても、自然は調和と法則を備えている。偶然に起きることなど一つもないのだ。偶然は、そう考えるしかない出来事、なかでも悲劇的な出来事に何らかのラベルと意味を与えるための方便として、存在するだけのものだ。

〈チペワ・マーケット〉はジェイミーのアパートと旧ジョーダン邸の双方からわずか二ブロックほどのところにある。さらに、ローラ・ダゲットが殺人容疑で逮捕された当時いたリバティ・ストリートの旧社会復帰訓練施設からは、角を一つ曲がるだけの位置関係だった。しかし、サヴァンナ・スシ・フュージョンは、ジェイミーのアパートから北西に二十五キロも離れている。三キロ四方ほどのサヴァンナの歴史的景観保護地区より、ジョージア州女子刑務所に近い。

「位置関係に何か意味があるような気がしてきた。何か理由があるのよ。メッセージが隠されてる」私はホテルの前でバンを降りながらマリーノに言った。外は蒸し暑い。側溝は雨水の奔流と化し、木々の葉の先からは滴がしたたっていた。街の海抜ゼロメートル地域にできた水たまりは、ささやかな池ほどの大きさがある。「ジェイミーは何らかのマトリックスの中心に自分を置いたのよ。悪魔の裏庭の真ん中に。寿司店だけがのけ者ということね。北西に二十キロ以上も離れてるでしょう。空港か刑務所に行くときにしか通らないような場所にある。ジェイミーもそのどちらかに行く途中でたまたま見つけたのかもしれない。でも、週に何度も出前を頼むことになるなら、どうしてもっとアパートに近い店を探し直さなかったのかしら」

「その店はサヴァンナで一番美味いってさかんに宣伝してるからじゃねえか」マリーノが言った。「いつだったか、俺も一緒のとき出前を頼んだことがあった。そのとき本人がそう言ってたよ。よくそんなもの食えるなってちゃかしたら、この街で一番美味いんだ、ただし、ニューヨークの寿司ほどは美味くねえけどって言った。ま、いずれにせよ、食えた代物じゃねえことには変わりねえな。釣り餌は釣り餌だし、サナダムシはサナダムシだ」

「あんな遠くから自転車で配達するなんて妙じゃない？　途中でハイウェイを通るわけだし。距離だって、この暑さだってあるのよ」

「おい、カートを二台貸してくれ」マリーノがベルボーイに怒鳴った。「誰かに運ばせるわけにはいかねえだろう」私に向き直ってそう言った。「あちこち走り回って安全なものをそろえたってのに、ここで目を離してみろ、努力が水の泡だ。俺たちの物資をいじくる隙を作っちゃいけねえよ。あんたの頭はどうかしてるとか、俺は言うつもりはねえ。しかし、はたから見りゃ、どうかしてるだろうな。仲良し一家が夏の休暇に出かけたはいいが、ファストフード店に行く金も、ピザを頼む金もないみたいに見える」

何一つ信用できない。一杯のコーヒーであろうと、ボトル一本の水であろうと、自分が買ったものしか信用できない。事件がある程度解明されるまで、私たちはサヴァンナにとどまる予定でいる。ただし、レストランやルームサービスの食事や飲みものを部屋に届けさせたりはしない。出来合いの料理を買ったり外食したりもしない。部屋の掃除も必要ないと前もってホテルに伝えておいた。身内以外は部屋に入れない。そういう単純な話だ。例外は、信頼できる警察官や捜査官のみ。そして、つねに身内の誰かが部屋に残り、他人が部屋に入ったり、部屋のなかのものに触れたりしないように監視する。いま私たちが相手にしている敵が誰なのか、何なのか、見当さえつかないからだ。ベッドメーキングは自分たちでする。ごみ出しも、掃除も、できるかぎりのことを自分たちでする。そして、私が作った食事以外には手をつけない。まるで自分たちが伝染病に感染して隔離されているかのように生活する。

マリーノがカート二台をバンの荷台側に押してきた。調理用具、電化製品、水、ノンアルコールビール、ワイン、コーヒー、野菜や果物、肉、チーズ、パスタ、スパイス、缶詰、調味料などを、荷台からカートに移していく。大人の力を借りずに自分たちだけで生きていこうと決意した『ボックスカー・チルドレン』の子供たちのようだ。

「偶然とは思えない」地理についての話を再開した。「俯瞰図を見てみたいわ。ルーシーに頼んで、衛星写真をテレビに映してもらおうかしら。何か意味が見つかるかも」満杯のカートを押してロビーを横切り、フロントや込み合ったバーの前を通り過ぎた。大勢の視線が追いかけてくる。家財道具一式を持ってホテルに籠城しに来たかのような、警察の制服らしきものを着た男女の二人組。まあ、そのとおりと言えそうだ。

「しかし、事件が起きたとき、ジェイミーはまだこっちに来てなかったわけだろ」マリーノが言った。私たちはガラスのエレベーターのほうへカートを押していった。

「マトリックスだか悪魔の裏庭だか何だかの真ん中には、まだ住んでなかったんだ。ジョーダン一家の事件が起きた二〇〇二年には、まだサヴァンナに来てなかった」エレベーターのボタンを連打する。「二〇〇二年当時は、位置関係に意味があったのかもしれねえけど、いまも同じ意味があるとは思えねえな。リンゴとオレンジくらい別物だよ。あんた、ちょっと危ない感じだぜ。ただ、寿司の店と自転車の件は、たしかに妙かもな」

「リンゴとオレンジほどは違わないでしょう」

「ジェイミーの食いものに毒を入れたがってるやつから見たら、まあ、たしかに、どっかの店の常連で、年がら年中そこから配達を頼んでるとしたら、好都合だろうな」

マリーノが続ける。「俺の目に見えるつながりはそれだけだ。ジェイミーがしじゅう出前を頼んでた店。その店がどこにあろうと、それは関係ねえ」

「ジェイミーがそのお店の常連で、クレジットカードの情報まで登録してあるなんて、どうしてわかるの？　最初からジェイミーを狙って監視でもしてたなら別だけど、そんなことまでわかるわけないじゃない？　言ってみれば、ずっと射程圏内にとらえてたんじゃなければ無理。何らかの接点がなければ不可能よ」

「なあ、どうしてそんなにあれこれ考えられるんだよ？　俺の頭には思考力なんぞひとかけらも残ってねえぞ。それに、正直に認めるよ、煙草が吸いたくてたまらん。な？　今度はごまかしてねえぞ。さっきのショッピングマラソン中も、煙草は買わなかったな。だが、いまは煙草が吸いたくてたまらねえんだ。バックラーの六本パックを二つくらいがぶ飲みしてみるか。煙草から気をそらせるなら、何だってしてやる」

「何の役にも立てなくて、お詫びの言葉もないわ」私はまたマリーノにそう言った。エレベーターが下りてきて扉が開き、私たちは籠城用の物資を積み上げたカートと一緒に乗りこんだ。カートの縁からはみ出したビニール袋が揺れている。

「それに、腹が減っていまにも倒れそうだ。何をしたって気分が晴れないときってあるだろ。そんな感じだ」マリーノが言う。時間とともに不機嫌になっていくのがわかる。もうじき爆発してしまいそうだ。

「シンプルなスパゲティと、グリーンサラダを作るわ」

「ルームサービスのベーコン入りのチーズバーガーとポテトフライでも頼んじまおうかな」マリーノはそう言って私たちの部屋のある階のボタンを乱暴に押した。すぐにまた押す。次は〈閉〉ボタンを押した。

「そんなに時間はかからないから待ってて。バックラーを好きなだけ飲んで、熱いシャワーでも浴びて。それで気分も晴れるわよ」

「いま欲しいのは煙草だ」マリーノが言い、ガラスのエレベーターは動きの緩慢なヘリコプターのように離陸した。蔓植物の這うバルコニーが一つ、また一つと、ゆっくり足の下に消えていく。「気分がよくなるとか言うの、やめてくれよな。世の中の連中が断酒会の類に行くのは、それだからだと思うぜ。糞みたいな気分だから。そのうち気分がよくなるとか言うやつ全員をぶっ殺してやりたいから」

「断酒会に参加したいなら、この近くのを探してあげる」

「よしてくれって」

「過去にあなたをぼろぼろにしたものにまた頼ってみたところで、何も解決しないのよ」私は言った。

「説教するな。いまは聞きたくねえ」

「お説教のつもりじゃないわ。とにかく煙草は吸わないで」

「酒場にでも行かなくちゃ煙草一本吸えねえってことなら、酒場に行ってやる。こそこそされんのはいやなんだろ？　だからこうして正直に申告してる。俺は煙草が吸いてえんだ」

「だったら私も一緒に行く。それか、ベントンに一緒に行ってもらう」

「勘弁してくれよ。今日はもうこれ以上あいつと顔を突き合わせたくねえよ」

「ショックや落胆を感じてるんだったら、それは当然の反応よ」私は静かに言った。

「落胆とかそんなものとこれは関係ねえ」マリーノが言い返す。

「いいえ、関係があるわ」

「よせよ。何と何が関係あるか、教えてもらわなくてけっこうだよ」

山と積まれたビニール袋や箱が邪魔で、互いの顔さえ見えないまま、私たちはマリーノが何を感じていないか議論している。マリーノが感じている怒りの根っこにあるのは悲しみだ。マリーノは打ちのめされている。私は心のどこか奥のほうで、マリーノがジェイミーに特別の感情を抱いていたことを知っていた。ただ、その感情の深さまで知ることはないだろう。ジェイミーに惹かれていたのか、恋をしていたのか、はっきりと知ることはこの先もない。ただ、マリーノが自分の未来とジェイミーの未来を重ね合わせていたことは事実だろう。マリーノはジェイミーの仕事を手伝うつもりでいた。この南部で。ライフスタイルや気候が気に入っているこの地方で。ところがその未来図は今日、永遠に失われてしまった。

「なあ」マリーノが言った。ちょうど最上階でエレベーターが停まった。「何したって気が晴れないときってのもあるんだよ。俺はな、彼女があんなことになっちまったって現実が受け入れられねえんだ。な？　彼女のアパートのリビングで一緒に飯食ってたのに、俺たちは何にも気づかなかったんだぜ。そう考えると頭がどうかしそうなんだよ。くそ。俺たちの目の前で毒を食ってた。そのあとすぐ死んじまったんだぞ。なのに俺たちは何にも気づかなかった。俺はそのまま帰っちまった。あんたも帰った。くそ。一人で地獄の苦しみを味わったんだ。いったいなんで救急車を呼ばなかったんだよ？」サミー・チャンがしたのと同じ質問。ほとんどの人が抱くであろう疑問。

カートを押して、吹き抜けのロビーを見下ろすバルコニーを歩き、私たちの仮住まいとなる部屋に向かった。ベントンと私が泊まるスイート。その両側に、室内のドアを使って出入りできる部屋が二つ。片方はルーシーの分、もう一方はマリーノの分。

「お酒を飲んでた」私は言った。「酔っていれば当然、判断力も低下する。でも、それ以上に大きな要因は、すべての人に共通する特徴でしょうね。人は誰でも、救急車を呼ぶという思いきった行動を先延ばしにしようとするの。不思議なのは、警察を呼ぶのはためらわないのに、救急車や消防車を要請するのはためらうということね。怪我をしたり、不用心から家が火事になってしまったりしたときは、恥ずかしいとか、気まずいという気持ちが先に立つ。ところが誰かに警察をけしかけることには、そこまでの抵抗を感じないみたい」

「たしかに、煙突が燃えたとき、そんな感じだったな。覚えてるか？　サウスサイドに住んでたころだ。俺は消防車を呼ばなかった。ホースを持って屋根に上った。間抜けにもほどがあるよな」

「人はそうやって先延ばしにするものなのよ」カートを押し続ける。どの階のバルコニーにも蔓植物が威勢よく這っていた。それを見て、タラ・グリムのオフィスを思い出した。受刑者に人生の教訓を示すために、デヴィルズアイビーに占領されるがままになっているオフィス。

〝根を張ろうとしているものに用心しなさい、油断すると、いつかそれに占領されてしまうから〟。タラの心にも何かが根を張った。そしていま、心は悪に占領されている。

「しばらくすればよくなるだろう、自分で解決できるだろうと考えてしまうの。でも、やがて取り返しのつかないことになる」私はマリーノに言った。「バケツの女性と同じ。覚えてる？　自宅が火事になって、〝一人バケツリレー〟をしてるうちに一酸化中毒で亡くなった。消防隊が焼け焦げた遺体を発見したとき、そばにバケツが転がってた。私たちの同業者は、なかでも先延ばしにしがちよ。あなたやジェイミー、ベントン、ルーシー、私。警察や救急隊を呼ぶのをどうしても躊躇する。事情を知りすぎてるから。私たちは患者としては最悪よ。自分が患者に求めるルールを、自分では守らない」

「それはどうかな。息ができなくなったら、俺は迷わず通報するぜ」

「ベナドリルやスーダフェッドを飲んでみるか、吸入器やエピペン注射器を探し回るかするかもしれない。どれも効かないとわかるころには、電話ができる状況じゃなくなってる」

吹き抜けのバルコニーを私たちが近づいてくるのが聞こえたのだろう。部屋に着く前に、ベントンがスイートのドアを開けた。いったん外に出て、ドアを押さえる。髪は湿っている。着替えもすませていた。シャワーを浴びたらしく、さっぱりした顔をしている。ただ、目には暗い色が浮かんでいた。今日起きたこと、これからの不安が影を落としている。何より心配しているのはおそらく、ルーシーのことだろう。ジェイミーのアパートのロビーで別れて以来——いまから変えることができるならどんな犠牲でも払う覚悟のある答えを確かめに行く前に別れて以来、ルーシーとはまだ一度も話をしていなかった。

「どう?」私はルーシーの様子を遠回しに尋ねた。

「心配ない。ずいぶん疲れた顔をしているな」

「ひどい顔、でしょ。そのほうが的確な表現だと思う」私は答えた。ベントンの手も借りて、私たちはカートを部屋の中に入れた。私は戸口で立ち止まってブーツを脱いだ。「すぐシャワーを浴びるわ。でもその前に、食事の下ごしらえをさせて。私なら大丈夫だから。エアコンのない車に朝から晩まで乗って、大雨に降られて、地獄から戻ったみたいな顔をしてて、あまりいい匂いをさせてはいないけど、心配するようなことは何もないから」

とはいえ、私の家族は犯行現場やモルグから帰ったばかりの私をふだんから見慣れている。

「着替えたりシャワーを浴びたりする場所がなくて、アパートからそのまま来たの。ごめんなさい」私は話し続けた。謝り続けた。ルーシーの姿が見えないからだ。それは決していい兆候ではない。

ルーシーは私たちが戻ったことに気づいているはずだ。それでも部屋から出てこない。私の解釈では、それは危険なサインだった。

「だけど、原因はジェイミーが食べたものにありそうだってことはほぼ確実になった」そう話を続けた。「ボツリヌス毒素が混入されてたんじゃないかと私は思ってる。キャスリーン・ローラーの食事にも。マサチューセッツ総合病院に連絡して、ドーン・キンケイドについても検査をしてもらったほうがよさそうよ。でも、きっともうそのくらいは思いついてるわよね。すぐに蛍光検査ができる態勢になってるだろうし。蛍光検査ならすぐに結果がわかる。でも、念のために誰かに連絡しておいてくれない？　ドーンの事件を担当してる捜査官の誰かに」私は帰る前にすでに電話で話したことをまた繰り返した。

「症状が出たのは、どうやら朝食前らしい」ベントンが言う。「毒物を摂取したのは食物からではないだろう。だが、ボツリヌス中毒かもしれないというきみの懸念は伝えておいた」

「飲んだものかもしれない」

「そうだな、その可能性はあるね」

「ドーンの監房にあった品物の一覧を取り寄せてもらうことはできる？　ドーンが手を触れた可能性のあるもののリスト」

「その情報はきみには見せられないのではないかと思う」ベントンが言った。「私も見せてもらえないだろう。理由はわかるね。きみに襲われたとドーンが主張していることを考えれば」

「あんた、しくじったな、先生。懐中電灯でもっと思いきりぶん殴っておかなくちゃいけなかったんだよ」マリーノが言った。

「そうかもしれないけど、今日ドーンの身に起きたことに関しては、さすがに私の責任にはできないでしょう」私は答えた。「寿司店の件は？　あれから何か新しいことはわかった？」

「ケイ、誰かから私に報告があると思うか？」ベントンが忍耐強く言う。

「そうだった。私は新たな被害者を出したくないだけなのに、そういうときにかぎって全員が秘密主義に宗旨替えするんだったわね」

「これ以上の被害者を出したくないのは誰も同じだよ」ベントンが言った。「しかし、情報の共有という話になると、きみとドーン・キンケイドの関係、キャスリーン・ローラーやジェイミーとの関係が、決して小さくはない問題となって行く手に立ちはだかる。今回の一連の事件にきみが関わるわけにはいかないんだ、ケイ。それは無理というものだ」

「たとえばボツリヌス毒素みたいな神経毒がこの服やブーツにくっついてたり、それがまたどこかに移動したりすることはないはずだけど、とりあえず脱ぐことにするわ」私は言った。「あいにく洗濯機や乾燥機のある部屋は取れなかったから、洗濯はできない。ごみ袋を出してもらえる？　買ってきたから」私はベントンに言った。「シャツとパンツは別にして、ホテルの洗濯サービスに出す。ううん、捨ててしまったほうが無難ね。ブーツも捨てたほうがいい。全部捨てたほうがいいかも。わからない。ローブを取ってきて」

「俺はシャワーを浴びてくる」マリーノはノンアルコールビールのボトルを二本取っ

た。冷えていなくてもかまわないらしい。それからリビングルームの奥のドアから自分の部屋に消えた。

ショルダーバッグから消毒用ウェットティッシュを出して、今日、すでに何度もしたように、顔や首筋、両手を拭った。ベントンがローブを取って来て、ごみ袋を広げた。私は夜明けからずっと着たままだったユニフォームを脱いだ。黒いカーゴパンツ、黒いシャツ。いまから何週間も前、計画の卵が温められていたころ、マリーノが集めて旅行鞄に詰めた服。その卵からは、マリーノが考えていたのとはまったく違う雛が孵(かえ)ることになった。ジェイミーは私たち全員をだました。ジェイミーの裏切りの深さはどれほどなのかわからない。動機も、最終的な目的が何だったのかも、わからない。ジェイミーの行為は、正しくもなければ、公平でもなかった。大部分は悪意から成っていた。それでも、殺されるほどのことだったとは思えない。あんなふうに残酷に殺されるほどのことではない。

ミニキッチンの戸棚には食器やカトラリーがそろっていた。冷蔵庫と電子レンジもある。私はカセットコンロとオーブントースターを用意した。それから買ってきた食料品などを片づけた。ルーシーはまだ現れない。ルーシーの部屋はリビングルームの右側、ダイニングエリアの奥だ。ドアは固く閉ざされている。

「ドラッグストアには行かれなかった」鍋やフライパンを袋から出し、調理用具の値札をはがした。「医療品とか、手近にあったほうがいいものを買いそこねたわ。六時にはどこも閉まっちゃうから。私が買いたかったものを置いてるような店はみんな閉まっちゃうのよ。マリーノにリストを渡してある。明日の朝、買ってきてくれると思う」

「必要なものは全部そろっているように見えるが」ベントンが言った。その落ち着き払った口調がかえって私の神経を逆なでした。まるでひどい嵐の予兆のようだ。

「アンビュ蘇生バッグ。少なくともそれはあったほうがいい。他愛もないものだけど、生死を分ける力がある。前はいつも車に積んでたのに。どうしてやめてしまったのかしら。怠惰は罪ね」

「ルーシーはずっと部屋に閉じこもってコンピューターに張りついている」ベントンが言った。私が率直に訊こうとしないからだ。その理由をわかっているからだ。「少し前にジョギングに行った。二人でジムにも行ったよ。いまはシャワーを浴びているのかもしれない。ついさっきは水音が聞こえてた」

私は新品のまな板と鍋二つを洗った。

「ケイ、もう少しうまく対処しなくては乗り切れないぞ」ベントンはミネラルウォーターのボトルを冷蔵庫にしまった。

「ルーシーのこと？　それともジェイミーのこと？　誰も私には何一つ対処させたくないらしいのに、何に対処しろというの？」

「頼むよ、そう突っかからないでくれ」ベントンは抽斗からコルク抜きを取り出した。

「突っかかってなんかいない」甘タマネギの皮をむき、ピーマンを洗った。ベントンはキアンティを開けることにしたらしい。「突っかかる気なんかないわ。責任を果たそうとしてるだけ。正しいこと、安全なことをしようとしてるだけ」野菜を切る。

「私にできることをしようとしてるだけよ。この件にあなたやルーシーを巻きこんだ責任は私にあると思ってる。そのことは正直に認めるわ。どう謝ったらいいかわからずにいるのも確か」

「きみのせいではないよ」

「でも、現にあなたはここにいるでしょう？　ジョージア州サヴァンナのホテルの部屋に鍵をかけて閉じこもってる。着て帰った服を捨てるしかないような女と一緒にね。家から千五百キロも離れた場所で。水を飲むのにさえ怯えて」

ベントンはワインのコルクを抜いた。ベントンの反対を押し切ってサヴァンナに来る前日の夜、ケンブリッジの自宅での光景が再現されようとしていた。キッチンで、野菜を切り、鍋で湯を沸かし、ワインを飲みながら白熱した議論をし、食べることさえ忘れる。

「朝からほとんどルーシーと口をきいてない。ここに来たから。こんなことになったから」私は言った。ベントンは黙って私を見つめている。私がたまった感情をすべて吐き出すのを待っている。「直接話をするのが一番いいと思った」私は次にそう言った。「マリーノのやかましい車であちこち走り回りながら電話するんじゃなくて」

ベントンがワインを注いだグラスを差し出す。少しずつ味わう気分ではない。ごくごくと飲みたい気分だ。一気にグラスを空けたい気分だ。一口飲んだとたん、アルコールが力を発揮した。

「ルーシーとどう向き合ったらいいかわからない」ふいに涙があふれかけた。疲れを感じた。立っているのもつらいくらいの疲れ。「ルーシーにどう思われてるかしら。それが不安なのよ、ベントン。何があったか、ルーシーはどこまで知ってるの？　昨夜、ジェイミーは呂律が回らなくなってたし、まぶたが重たそうに垂れてたのに、それでも私はジェイミーを置いて帰った。ルーシーはそのことを誰かから聞いて知ってるの？　ジェイミーに猛烈に腹が立って、軽蔑さえ感じた。だからジェイミーを一人にして帰った。そのことを知ってるの？」

買ってきたミネラルウォーターを鍋に空けようとした。ベントンがその手を押さえた。ボトルを私の手から取り、カウンターに置くと、鍋をシンクに持っていった。

「そこまでは必要ないだろう。水道水に毒物が入っているとは思えない。もし入っているとしたら、何をしても無駄だよ。私たち自身も、ほかの誰のことも、救えない。わかるね？」鍋に水を入れ、カセットコンロに置いて、火をつけた。「きみは病的に神経を尖らせている。その大部分は必要な用心だが、一部は不要だ。そのことは理解できるだろう？　いま自分がどういう状態にあるかはわかるかい？　私の目には明らかだが」

「何かできたはずなのに。もっと何かできたのに」

「きみの欠点は、あらゆることがらについてそういうふうに感じるところだ。理由は知っているだろう。過去の話はしたくない。子供時代の経験、そのころ起きた出来事がどんな影響を残したか、そういう話はしたくない。いまはそんな単純なことではないとしか思えないだろうし、その話はもう聞き飽きているだろうからね」

鍋の水に塩を加え、プラムトマトの缶を開けた。

「きみは死の床にいたお父さんに付き添った。何年も看病したが、お父さんを救うことはできなかった。子供時代の大部分をそうやって過ごした」ベントンはこれまでに何度も言ったことをまた繰り返した。「大人と違って、子供は一つひとつの出来事から大きな影響を受ける。記憶に深く刻みこむ。何かよくないことが起きて、それを止められなかったとき、きみはかならず自分の責任だと考える」

生のバジルとオレガノをソースに入れてかき回した。手が震えている。悲しみが胸のなかで波立っている。そして何より、自分に失望していた。何かできたはずなのに、しなかった自分に失望を感じていた。ベントンが何と言おうと関係ない。私は不注意だった。子供時代のことなどどうだっていい。自分の不注意をそのせいにすることはできない。弁解の余地はないのだ。

「ルーシーに電話すればよかった。でも、後回しにした。電話しなかった理由はそれだけ。気の進まないことは後回しにしたかった。あなたやルーシーとアパートのロビーで別れたときから、ずっとルーシーと話をするのを避け続けた」

「その気持ちは理解できるよ」

「理解してもらっても、なかったことにできるわけじゃない。いまからルーシーと話をしてくる。向こうが話したくないというなら、しかたがないけど。それを責めることはできない」

「ルーシーもきみを責めてはいないよ」ベントンが言った。「私には言いたいことがあるようだが、きみを責めてはいない。私はさっき少し話をした。今度はきみの番だ」

「私は自分のせいだと思ってるの」

「自分を責めるのはもうやめるんだ」

「昨夜、私は腹が立ったのよ、ベントン。話の途中で部屋を出た」

「そこまでにしなさい、ケイ」

「ルーシーにどんな仕打ちをしたか聞いて、ジェイミーを憎いと思ったわ」

「きみがされたことを考えれば、ジェイミーを憎むのは当然だろう」ベントンが言う。「彼女はルーシーにもひどいことをした。だが、きみはそのほかに何があったかまだ知らない」

「そのほかにあったことなら、今日、ジェイミーのアパートで見つけたわ。ジェイミーが死んだのよ」

「そのほかのことは、チャイナタウンで始まった。それから二ヵ月とたっていない。ジェイミーはきみにそう信じこませたね。マリーノにもだ。ジェイミーに会いに列車でニューヨークに行ったときに。しかし実際には、三月から始まっていたんだよ。言い換えれば、ドーン・キンケイドがきみを殺そうとしたあの事件からまもなくということだ」

「チャイナタウン？」いったい何の話だろう。

「ジェイミーは水面下で工作をして、きみをサヴァンナに来させた。きみの力が必要だったからだ。ＦＢＩも利用した。マリーノも利用したことは間違いない。〈フォーリーニ〉。あの店のことは覚えているだろう。ジェイミーと一緒に何度か行っているはずだよ」

弁護士、判事、ニューヨーク市警の刑事、ＦＢＩの捜査官の社交場になっているイタリア料理店〈フォーリーニ〉。各テーブルには、市警や市消防局の本部長など、市の幹部の名前がついている。自分を検事局から追い出したとジェイミーが主張している市の幹部たちの名前。

「昨夜、ジェイミーがきみに何を話したか、正確には知らない」ベントンが続けた。「しかし、きみから電話であらましを聞いただけで、どうも怪しいと感じた。少し調べてみようと思った。手始めに、ジェイミーのアパートまで訪ねてきて、事情聴取をしたという捜査官二人を調べてみた。二人ともたしかにニューヨーク支局にいるが、ジェイミーのアパートには一度も行っていない。ジェイミーがその二人と話したのは、三月の初旬だ。場所はフォーリーニ。そのときに餌を撒いたわけだよ。ジェイミーの得意分野さ」

「その餌というのは、私に関する情報ってこと？　この話の行き先はそこ？」パスタを選ぶ。「私の立場を弱めて、ジェイミーに助けてもらうしかないと思わせるため？」

「そうだ、それでだいたい当たっている」ベントンの表情は険しい。だが、その顔には悲しみも見え隠れしていた。力なく落ちた肩、顔にできた影。失望を感じているのだとわかった。彼はジェイミーに好感を持っていた。少なくとも以前はそうだった。いまはどう思っているのかわからない。ジェイミーが生きていたとしても。

「どうしようもなく卑劣な行為ね。私は情緒不安定で、頭に血が昇ると何をするかわからない性格をＦＢＩに流すなんて。ドーン・キンケイドの有利に働きそうな噂話をしてるとか、嫉妬してたとか。何を言ったかわかったものじゃない。でも、どうしてそんなことをするの？　どうしてそんなことができたの？」

「追い詰められかけていたから、不幸せだったからだろう。周囲の全員が自分を追い落とそうとしていると思いこんでいた。みなが自分に嫉妬し、競争心を燃やしている、まともに相手をするに値しないと思っていた。実際のところは、まともに相手をするに値しない人間になっていたのは、ジェイミー自身だ。この先一生かけて彼女を分析しようとしたところで、本当のことは永遠にわからないだろう。ただ、彼女がしたことは間違っている。許しがたいことだよ。きみをだまし、きみを危険な立場に追いやることによって、自分の思いどおりに動かそうとした。ジェイミーが悪評を流した相手はきみ一人ではない。彼女と頻繁にやりとりのあった捜査官何人かに尋ねてみた。いろんな話が出たよ」

「今回のことについて何か知ってるの？　誰がジェイミーを殺したか、知ってる？　こんなことをしてるのはいったいどこの誰なの？　ＦＢＩは何かつかんでるの？」

「率直に答えよう、ケイ。私たちも何一つ把握できていない」

ニンニクをつぶし、ソースにオリーブオイルを垂らした。それから粉チーズを探した。冷蔵庫の抽斗に入っていた。マリーノがそこにしまったらしい。必要な材料やスパイスや調味料を探すたび、見当違いの場所で見つかった。堂々巡りをしているような気がした。頭がまともに働かない。

「テーブルのセッティングを手伝ってもらえる？」私はベントンに言った。そのとき、ダイニングエリアの奥のドアが開いて、思わず手を止めた。そしてそのまま凍りついた。

ルーシーの髪は湿っていた。まっすぐ後ろに梳かしつけてある。裸足にパジャマのパンツを穿き、ＦＢＩアカデミーに在籍していたとき以来持っている灰色のＦＢＩのロゴ入りＴシャツを着ていた。

何か言いたい。しかし、言葉は一つも出てこない。

「ちょっと見てもらいたいものがあるんだけど。聴いてもらいたいものも」ルーシーが私を見て言った。まるで何事もなかったかのように。それでも、目の縁がわずかに腫れているのがわかった。唇は硬い線を描いている。

ルーシーが泣いていたときは、一目見ればわかる。

「監視カメラにログインしてみた」ルーシーはそう言った。私はベントンの顔を見た。表情は変わっていないが、ルーシーのしたことをどう思っているかは想像がつく。

関わりたくないと思っている。まもなくこちらに背を向けて、トマトソースをかき混ぜ始めた。「あとは私が引き受けるよ。パスタの茹でかたはまだ忘れていないと思う。仕度ができたら声をかける。二人で話をするといい」

「パスワードはマリーノから聞いたの？」私はルーシーのあとについて奥の部屋に向かいながらそう尋ねた。

「マリーノは知る必要のないことだから」ルーシーはそう答えた。

30

黒いタイヤをバンパーにした赤いタグボートが二隻、貨物船を川沿いに西へと押していた。貨物船には色とりどりのコンテナが煉瓦のように高々と積み上げられている。その光景を見て、私がこれから進まなくてはならない道、背負わなくてはならない重荷を連想した。私には荷が勝ちすぎているように思える。最後まで踏ん張り通せるだろうか。不安になって、どうか力を与えてくださいと祈った。

神様――子供のころ、全能者をそう呼んでいた。しかし、最後にそう呼びかけたのは何年前のことだろう。正直に言って、神とは誰なのか、何なのか、もうわからない。男なのか女なのかさえ不明な神の定義を百人に尋ねれば、百とおりの答えが返ってくる。黄金の玉座に就いた崇高な力。粗末な服をまとい、土埃舞う道を杖にすがって行く男。水の上を歩く男。井戸端の女性に慈愛を示す一方で、罪のない者が石を投げよと周囲を煽る男。大自然を司（つかさど）る女の精霊。全宇宙の集合意識。神とは誰なのか、何なのか、私にはわからない。

自分が何を信じているのか、私は明快な定義を持たない。それでも、何かが確かに存在するということ、それが私の理解を超越した存在であることだけは信じている。自分を頼りないと思った。ここにいる資格はないと感じた。自信が持てない。ルーシーがもし、水晶や宝石をよく観察しようとするように私を光にかざしたら。それまで気づかずにいた傷を、欠点を、そのとき初めて発見してしまったとしたら。それだけで、私はあっけなく砕け散ってしまうかもしれない。ルーシーの目にきっと変化が現れるだろう。たとえば、窓に下ろされる日よけのような。部下に解雇を言い渡そうとする瞬間のためらいのような。そう、それまであった敬意や愛が消える瞬間が見えるだろう。私はジェイミー・バーガーの死と正面から向き合った。それは何を犠牲にしても目をそらしたい鏡だ。私はルーシーが考えているとおりの人間ではない。

川に沿ってライトが瞬いている。星が出ていた。月は明るい。私はルーシーの部屋に一つだけある余分の椅子を動かす。青い布張りの肘掛け椅子。川に面した窓の前にあった椅子を、カーペットの上をなかば引きずるようにして、デスクのそばに運んだ。デスクにはワイヤレスネットワークに接続したワークステーション——私の呼びかたでは〝コックピット〟——が設置されていた。ルーシーはどんなシステムにも侵入することができる。ただし、ルーシーのシステムに侵入することは誰にも許されない。

「怒らないで」私が椅子に腰を下ろすなり、ルーシーが言った。

「それはこっちの台詞よ」私は応じた。「昨夜の話をしなくちゃ。その話をまずしたいの」

「マリーノにパスワードを訊かなかったのは、マリーノをまずい立場に置きたくなかったから。まあ、それ以前に、訊く必要もなかったけどね」ルーシーは、ジェイミーのことをほのめかした私の声が聞こえていないかのようにそう言った。昨夜、怒りを抑えきれなくなってアパートから立ち去ったこと、そのあと彼女が死んだこと。その話に触れようとしたことに、まるで気づいていないかのように。「ベントンは〝見ざる聞かざる〟にならなくちゃいけないし、記憶喪失にもならなくちゃいけない。まあ、本人の問題だね」

「先にすませるべき話を……」そう言いかけた──〝先にすませるべき話をしてしまいましょう〟。しかし、最後まで言えなかった。昨夜、すべきことをしなかった私に、相手がルーシーであろうと、ほかの誰であろうと、そんなことを言う資格はない。「ベントンはあなたがトラブルに巻きこまれないようにって気を使ったのよ」私はそう言い直した。自分にもひどく説得力のない弁解に聞こえた。

「監視カメラの録画を見ないわけにはいかないでしょ。ベントンには、〝清く正しいFBI捜査官〟みたいな意識をいいかげんに捨ててもらいたい」

「じゃ、もう見たってことね」

「いい子にしてルールを守って、ぼんやり座ってろっていうの？　この悪知恵の塊みたいなやつがおばさんを罠にかけようとしてるのを放っておけって？」ルーシーは画面にじっと目を注いだまま言った。「向こうは鳥みたいに自由でいる。こっちはホテルの部屋に引きこもって、ものを食べるのにも水を飲むのにもいちいち怯えなくちゃいけない。それでいいの？　この女はまたやるよ。きっと大勢を殺す。もしかしたら、もう数えきれないほど殺してるのかもね。あたしはプロファイラーじゃないし、犯罪情報アナリストでもない。それでも、そのくらいはわかるよ。ベントンじゃなくたって、それくらいは言える」

ベントンに憤っている。その理由にも見当がつく。「悪知恵の塊って？　誰のこと？」私は尋ねた。

「誰なのかは知らない。でもかならず突き止める」ルーシーはきっぱりと言った。

「ベントンは心当たりがあるのかしら。私にはないって言ってたけど。ＦＢＩは何もつかんでないって」

「あたしが探し出す。絶対に捕まえる」ルーシーはＭａｃＢｏｏｋのトラックパッドをクリックし、目にも留まらぬ速さでパスワードを入力した。

「自分で片をつけようなんて考えちゃだめ」言っても無駄だとわかっている。ルーシーはすでに動き始めてしまっている。そして、私に止める資格はない。サヴァンナに来た時点で、私は自分で自分をこの件に巻きこんだのだから。そして昨夜も、今日も、自分から積極的に関わろうとした。最善と考えたこと、あるいは自分がしたいと思ったとおりのことをした。そしてジェイミーは死んだ。鑑識はもちろん、捜査自体があとで疑問視されるかもしれない。罪悪感や心の傷から逃れたかった。もはや直せないものをどうにかして直そうと考えた。しかし、ジャック・フィールディングは生き返らない。彼がおぞましい行為をしたという事実も変えられない。いま、私は全員に対して罪悪感を覚えている。そして何人かが命を落とした。

「ベントンはあなたのことを一番に考えたのよ」私は言った。「彼があなたをアパートに入らせなかったことを怒ってる。そうでしょう？」

「あの建物におばさんが着いたとき、配達の女が来たのは、偶然じゃないの」ルーシーが言い、プリンターが動き始めた。ジェイミーやベントンについて話し合うつもりはないらしい。

私の怠慢だったと告白させる気はないらしい。医師としての倫理に従わなかったと懺悔(ざんげ)させてはくれないのだ。〝決して害を与えてはならない〟――私は何もしないという形で害を与えた。

「初めからおばさんに渡すつもりでいたんだよ」ルーシーが続けた。「初めから、おばさんに部屋まで運ばせるつもりだった。そうすればおばさんの指紋やＤＮＡが紙袋につくし、監視カメラにばっちり写るから。おばさんが注文した寿司の袋を持って建物に入ってくところが録画されるから」

「私が注文した？」キャスリーン・ローラーに届いた、私を騙る偽の手紙を思い出した。

「サヴァンナ・スシ・フュージョンに電話した。そのときはまだ、ほかの誰も問い合わせてなかったよ」

「自分で問い合わせるなんて、あまりいい思いつきとは思えない」

「寿司のことはマリーノから聞いた。さっそく問い合わせてみた。昨日の午後七時過ぎに、ドクター・スカーペッタが注文を入れてる。会計は六十三ドル四十七セント。おばさんは、あとで取りに行くって言った」

「言ってない」

「七時四十五分ごろ、受け取ってる」

「私じゃない」

「当然でしょ、おばさんじゃないよ。支払いはクレジットカードじゃなく、現金だった。クレジットカードの番号が登録されてるのに、現金で支払った」ジェイミーのカードのことを言っている。

「でも、配達を装った人物は、カード番号が登録されていることを知ってた。自分でそう言ったわ」

「知ってるよ。監視カメラの録画に音声もついてるから。現金なら足がつかない。確認の電話がかかってきたりもしないし、誰も不審に思わない。スカーペッタって客が、別名義のクレジットカードを使って支払いをするのはどうしてかって、ごちゃごちゃ言われる心配もない。家族経営のちっちゃなレストラン。席数も少なくて、デリバリーの収益に頼ってる。あたしが話をした店員は、受け取りに来た人物のことはよく覚えてなかった」

「自転車に乗ってたことは？」

「それも覚えてない。自転車の件はこのあとすぐ説明する。その店員が覚えてたのは、若い女性だったこと、白人で、平均的な体格をしてたってこと。あと、英語を話したこと」

「私がアパートのエントランスで会った女性の特徴と一致する。参考にもならないかもしれないけど」

「全部ドーン・キンケイドがやったことだって考えたくなるよね。だけどあいにく、ボストンで脳死状態になっているっていうささやかな問題がある」

「その人は、私がジェイミーと会うってことをどうして知ってたのかしら。何時にあのアパートに現われるか、どうして知ってたの？　だって、自分がジェイミーに会うことになるなんて、私だって直前まで知らなかったのよ」どう考えても不可能ではないか。

「監視してた。待ってた。通りの向かいの古い屋敷やあの一ブロックを占領してる広場。オーウェンズ・トーマス邸は、いまは博物館になってて、夜は閉まってる。あの界隈には人が集まるような場所もない。大きな木や低木の茂みがたくさんあって、誰かが来るのを待つあいだ、こそこそ隠れる暗がりには事欠かない」ルーシーが言う。

昨夜、ジェイミーのアパート前でマリーノが迎えに来るのを待っていたときのことを思い返す。そういえば、通りの向かいで何かが動いたのを見たような気がした。

ルーシーはプリンターから吐き出された紙を取ってきれいにそろえた。一番上のページには、監視カメラが撮影した静止画が印刷されていた。灰色の影のなか、自転車を押して通りを渡ってくる人物。背景に、夜空にそびえるオーウェンズ・トーマス邸が写っている。

「ホテルから尾行されてたのかも」私は言った。

「それはないと思う。リスクが高すぎる。寿司を受け取ったあと、通りの向かい側でじっと待ってるほうが安全だよ」

「どうして私があのアパートに行くと知ってたの？」

「そこがミッシングリンクだね」ルーシーが言う。「共通項は誰？」

「いまから順を追って説明する。あたしの名声は伊達じゃないところを証明する」

「筋の通る答えを思いつかない」

「私の場合は過大評価だったみたい」私は言った。ルーシーは聞こえていないかのように無視した。

「はみ出し者。ハッカー」ルーシーは、ジェイミーがそう言っていたと私が昨夜伝えたとおりのことを繰り返した。

「あんなことを言われて、腹が立った」私は告白を再開しようとしたが、ルーシーはやはり無視している。「心底腹が立った。でも、怒ってはいけなかった」

ルーシーがＭａｃＢｏｏｋのメニューを次々とクリックする。何かを検索しているらしい。デスクにほかに二台並んだノートパソコンのプログラムが起動した。ただ、ディスプレイに表示されているものは、私にはまったく意味不明だった。ふと見ると、ブラックベリーがあった。充電器に挿してある。どういうことだろう。ルーシーはしばらく前からブラックベリーは使っていないはずだ。

「何を検索してるの？」私は二台のノートパソコンの画面上を猛烈な勢いで流れていくデータを眺めながら訊いた。単語、名前、数字、記号。速すぎて、読み取ろうとしても無理だ。

「いつものデータマイニング」

「何を探してるのか訊いていい？」

「探す手段さえ持ってれば、何だって見つけられる。どんなものでも手に入るんだよ、想像できる？」ルーシーは、コンピューターや監視カメラやデータマイニングの話には喜んで乗ってくる。昨夜のジェイミーと私の話がからまないかぎり。実の娘のように愛している姪の口から赦しの言葉を聞きたいという願望とは無縁の話であるかぎり。ジェイミーが死んだのは私の責任だとは思っていないと言ってもらいたい。

「いいえ、まったく想像できない」私は答えた。「でも、ウィキリークスや何かの話を聞くかぎり、この世には秘密らしい秘密はもうどこにも残されてないみたいだし、安全という概念も絶滅しかけてるようね」

「統計」ルーシーが言った。「収集されたデータ。そこからパターンを読み取って、未来を予測する。たとえば、犯罪の発生パターン。悪党をストリートから回収して刑務所に押しこめておく予算をちゃんと確保しておくのは忘れちゃだめって現実を、政府や自治体に突きつける。あとは、統計データを新製品の販売戦略立案の参考にするとか、セキュリティ会社のサービスの売り込みに利用するとか。一千万件、一億件の顧客データを集めたデータベースからヒストグラムを作成して見せれば、潜在顧客が顧客になるかもしれない。氏名、年齢、年収、資産、住所といった個人情報、そこから導き出される予測データ。窃盗、家宅侵入、破壊行為、ストーカー行為、傷害、殺人の発生分布、ここでもまた予測データ。たとえばおばさんがマリブの高級住宅に引っ越して、自分の映画会社を興そうとしてるとしたら、データを見せて、もし自分の会社と契約して最新のセキュリティシステムを導入したうえに、ちゃんとセットするのさえ忘れなければ、自宅や会社に侵入されたり、従業員が駐車場で強盗に遭ったり、階段室で強姦被害に遭ったりってことは統計的にありえないって説得する」

「ジョーダン一家ね」ルーシーはジョーダン一家が契約していたセキュリティ会社の

データを探しているのだ。

「顧客データは黄金だよ。買い手はいつだっているし、それこそ光の速さで売れていく」ルーシーは続けた。「みんながデータをほしがってる。広告会社、リサーチ会社、国土安全保障省、ビン・ラディンを暗殺した特殊部隊。ネットでどんなサイトを閲覧したか、どこに旅行したか、誰に電話やメールをしたか、どんな処方薬を常用してるか、本人や子供たちがどんな予防接種を受けてるか。クレジットカード番号や社会保障番号。空港のセキュリティチェックや、会費制の優待サービスを請け負ってるような民間会社なら、指紋や虹彩スキャンのデータまで持ってる。経営してた会社を売却するとき、買収する相手は顧客データも込みでほしがるだろうし、ほとんどの買収の目的はそれだったりする。あなたは誰ですか、いつもどこでお金を使ってますか。どうでしょう、今度はうちでお金を使いませんか？　売られた顧客データは、そのあとも何度も何度も売られ続けることになる」

「でも、ファイアウォールで守られてるでしょう」ルーシーがハッキングしているとしたら、そのことは知りたくない。

「保護されてるはずの情報がパブリックドメインに流出しないって保証はない」いましていることが合法なのかどうか、話すつもりはないらしい。「会社が売却されて、データが別の会社や人物の手に渡った場合は、まず間違いなく流出する」

「サザンクロス・セキュリティが売却されたとは聞いてない。それに、倒産したはずよね」私は指摘した。

「それは違うよ。営業を停止しただけ。三年前にね」ルーシーが答えた。「元経営者のダリル・シモンズは破産してない。サザンクロス・セキュリティの顧客データベースを国際企業に売った。個人相手のセキュリティコンサルティング会社に。セキュリティの百貨店みたいな会社だよ。ボディガードの派遣から、セキュリティシステム導入まで、何でも引き受ける。ストーカー被害に悩んでれば、脅威の分析もしてくれる。その国際企業はたぶん、買い取った顧客データベースをまた別の会社に売った。以下、その繰り返し。というわけで、いま、あたしは逆の手順を実行中。手の込んだウェディングケーキを分解すると思ってくれればいい。まずはサイバースペースのケーキ屋で売られてる完成品のウェディングケーキを探し出す。次にデータリポジトリから目的のパターンが抽出されたときのオリジナルのアイテムセット、データセットをみつける」

「そこには請求書の情報も含まれる。誤作動の記録も」

「サザンクロス・セキュリティのサーバーにあったものは全部。誤作動の記録もあるはずだよ。ほかには配線のトラブルとか、警察の出動記録とか、あらゆる履歴が含まれる。そういう情報が統計的分析に使われるから。つまり、ジョーダン家の情報は、ケーキの一部としてどこかに存在してるってこと。そのかけらをティースプーン一杯の小麦粉に戻そうとしてるわけ。あたしが最終的に見つけたいものは、サザンクロス・セキュリティがアーカイブされたファイルにアクセスするのに使ってたイントラネットリンク。簡単に言えば、顧客ごとの請求詳細が載ってる〝死んだ〟サイト。ああ、もう、時間ばっかりかかって頭に来る」

「検索はいつ始めたの？」

「たったいま。プログラムを走らせるには、まずアルゴリズムを書かなくちゃいけないから。いまはオートローリングになってる。その二つのディスプレイに表示されてるのがそう」

「グロリア・ジョーダンという名前もキーワードに加えたほうがいいかもしれない。契約名義がわからないわけじゃない？　それこそ、会社名で契約してた可能性だってあるわ」

「奥さんの名前を指定する必要はない。会社の可能性も気にしなくていいと思うよ。グロリア・ジョーダンのデータは、旦那さんや子供たちのデータ、もしあるなら、会社の納税申告とリンクされてるはずだから。ほかにもマスコミの報道やブログ、犯罪歴、とにかくすべてがリンクされてる。意思決定の樹状図（ディシジョンツリー）みたいなものだと思って。ゆうべ、尾行されてるとか、監視されてるとか、建物まで誰か来たとか、そういう心配がありそうなこと、何か言ってた？」

「ジェイミーの話？」おそらくそうだろう。

「どんなことでもいい。何かいやな感じのする人がいるとか。やけに馴れなれしい人がいるとか」

「訊かなかった」

「おばさんから訊く理由はないよね」ルーシーの目は、猛スピードで流れていくデータをじっと見つめていた。

「セキュリティシステムと監視カメラを設置してあった」私は答えた。「最近は銃を持ち歩いてたみたい。スミス&ウェッソンの三八口径。強力なホローポイント弾がこめてあった」

ルーシーは無言でディスプレイを凝視している。

「あなたの影響かしらね」私は言った。

ルーシーが答えた。「銃の件は知らない。あたしなら、銃を持ち歩けなんて勧めないし。一度も銃の話はしたことがないし、銃を渡したこともない。使いかたも教えてないよ。あの人に持たせたら危ないから」

「慣れない深南部で不安だったからというだけじゃない気がするの。ちゃんと訊いておけばよかった。何かに怯えてたのか。脅迫でも受けてたのか。精神的に不安定だったのか。それともただ惨めな思いをしてるだけだったのか。もしそうなら、どうしてか。でも、訊かなかった」ようやく打ち明けられた。ほっとした。ただ同時に、自分を恥ずかしく思った。ルーシーの矛先が私に向けられるのを、非難の言葉を浴びせられるのを待った。「昨夜、アパートを出る前に、具合が悪いのかって、それさえ訊かなかった。あなたがまだ小さかったころ、私がよく言ってたこと、覚えてる？」

ルーシーは答えない。

「いつも言ってたでしょう？　腹を立てたまま人と別れてはいけない」

やはり返事はない。

「怒りを次の日まで持ち越してはいけない」私は最後まで付け加えた。

「あたしは〝おばさんの死の戒め〟って呼んでた。誰かが死ぬかもしれない、何かが人の死を招くかもしれない、つねにそういう前提で行動すること」ルーシーは私のほうを見ずに答えた。「相手が何歳であろうと、耄碌（もうろく）の度合いがどの程度だろうと、あらゆるものを子供でも安全に使えるように対策を講じておくこと。ブラインドの紐、階段、手すりの低いバルコニー。喉を詰まらせかねない飴玉。はさみや鉛筆みたいな先端の尖ったものを手に持ったまま歩いてはいけない。運転しながら電話をしてはいけない。雨になりそうだったらジョギングには行かない。一方通行の通りでも、渡る前はかならず左右を確かめる」ルーシーは下から上へ流れていくデータを見つめている。あいかわらず私の顔は見ない。「口喧嘩をしたまま別れてはいけない。その相手が自動車事故で死んだら？　雷に打たれたり、動脈瘤が破裂したりして死んだら？」

「我ながら本当に口うるさい人間ね」

「ほかの全員がどう思ってるか、なぜか気にしなくていいと思いこんでるときは、確かにやかましくて口うるさい人になる。そうだね、おばさんはゆうべ、おばさんの口癖をそのまま引用すれば〝腹を立てたまま人と別れ〟た。ものすごく怒ってたんでしょ。それは知ってる。午前三時まで、その話を延々聞かされたんだから。覚えてる？でも、怒って当然だった。怒らないほうが変なくらい。あたしだって怒るよ。立場が逆で、あたしがおばさんのことをあんなふうに聞かされたんだとしたら、やっぱり怒る。おばさんがあんなひどいことをされた場合でも同じ」

「すぐに帰らずに、ちゃんと話をすればよかった」私は答えた。「話し合って冷静になってたら、ジェイミーの異変に気づけたかもしれない。酔ってるのとは関係ない症状を呈してると気づいたかもしれない」

「アルコール依存症者更生会があるなら、ハッキング依存症者更生会もあるのかな」ルーシーがふいにつぶやいた。私が言ったことが聞こえていなかったみたいに。「ハッカーズ・アノニマス。匿名のハッカーたち。あたしみたいな人間でも、入れるのに入らないものがあるっていうジョーク。欠けた皿は元に戻らない。そのまま使うか、捨てるか」

「あなたは欠けたお皿なんかじゃないわ」

「実を言うとね、彼女によく〝ひびの入ったティーカップ〟って呼ばれてた」

「それも違うわ。第一、ずいぶん意地悪じゃない？　そんなこと言うなんてひどすぎる」

「でも、ほんとのことだから。あたしはそのいい見本だよ」ルーシーはデスクに並んだパソコンを指さした。「あの人の監視システムに入るくらい、楽勝だった。だいたい、パスワードの選びかたが適当すぎ。忘れちゃって家に入れなくなったりしないように、何にでも同じパスワードを使ってた。ＩＰアドレスを割り出すのも子供の遊びレベルだったよ。監視カメラのすぐ下に立ってｉＰｈｏｎｅから自分宛にメールを送っただけ。それだけであのシステムの静的ＩＰアドレスがわかった」

「私が上の部屋にいるあいだに、そんなことしてたの？」

「雨のなか、ベントンとエントランスのひさしの下で雨宿りしてたから」

驚嘆すべきなのか、怯えるべきなのか、わからない。

「ベントンはあたしの腕をずっとつかんでた。でも、振り払ったりしなかったよ。そういう大人げないことはしなかった。ベントンはついてた。あたしは我慢の限界まであと一歩ってとこまで行ってたから。ほんと、すごくラッキー」

「彼はあなたのためを――」

「何かして気をまぎらわしたかった」ルーシーがさえぎった。「そのとき、いかにも新品って感じの――言い換えれば、いかにも設置したばかりですって感じの屋外監視カメラを見つけた。バリフォーカルレンズがついた、なかなかよさそうなシステム。マリーノが選びそうなもの。でも、マリーノにそのことを訊くつもりはなかったし、現に訊いてない」その点をまた強調する。「どこかにデジタルレコーダーがあるんだろうと思った。そうなったら、何もしないわけにはいかない。何かするのにいちいち許可を待つなんて、冗談じゃない。悪い人間ほど待たないものなの。トラブルばかり起こす社会のはみ出し者は、いちいち他人の許可なんか待たない。彼女の言ってたとおりだね。あたしは直せない。直りたいとも思ってないのかも。うん、思ってない。全然思ってない」

「あなたはそもそも壊れてないの」怒りがぶり返そうとしていた。「プリマム・ノン・ノケレ。〝何よりもまず、害をなさぬこと〟。医師になるとき、そう誓ったわ。全力を尽くすと誓ったの。あなたの信頼に応えられなくてごめんなさい」自分の耳にも空々しい言葉に聞こえた。

「おばさんが〝害をなした〟わけじゃない。あの人の自業自得だよ」

「それは違う。どこまで聞いてるかわからないけど……」

「ずっと昔に始まってたことの結果にすぎない」ルーシーはトラックパッドをクリックした。目の前のＭａｃＢｏｏｋのディスプレイに、ジェイミーのアパートとその前の通りの画像が表示された。「飛行計画はとうに提出されてたってこと。あの人が嘘をつくって決めたときにね。そして飛行機は墜落した。そのとき操縦してたのは別の誰かなのかもしれないけど。あの人が殺されたんだってことはわかってる。いまこの瞬間は、あたしの哲学的観点は関係ない」

「殺人の疑いはある。でも、まだ証明されたわけじゃない」私はそう指摘した。「Ｃ

ＤＣの分析結果が出るまではわからない。ドーン・キンケイドの結果のほうが先に出るかもしれないわね。同一の神経毒を使った連続毒殺事件なんだとすれば」

「もうわかってるも同然だよ」ルーシーは抑揚のない声で言った。「犯人は、自分は誰より利口だと思ってる。ミッシングリンクは――共通項は、刑務所。それしか考えられない。それが全員に共通してる要素。ドーン・キンケイドもそう。母親が刑務所にいるから。いたから。二人は手紙をやりとりしてたんでしょ。全員がＧＰＦＷを介してつながってるじゃない？」

パーティ仕様の便箋、十五セントの切手。刑務所の外からキャスリーンに宛てて送られてきたもの。もしかしたら、キャスリーンはドーンに何かを送ったのかもしれない。紙に残っていたペンの痕。キャスリーンの特徴的な文字の、亡霊のような断片。ペルソナ・ノン・グラータ。賄賂。

「絶対捕まえてやるから」ルーシーはディスプレイに表示されたジェイミーのアパートに向かってそう言った。「まずい相手を敵に回したって覚悟しておくんだね。でも、おばさんがアパートに残ってたとしても、結果は変わらなかった」途中からふいに私にそう言った。ただ、やはり私のほうを見ようとはしない。

私がここに腰を下ろして以来、一度も私のほうを見ていない。泣いていたことに気づかれたくなくて、誰の目も見ようとしないのだとわかっていても、やはり心が痛んだ。居心地が悪い。

「酔っぱらった声だった」ルーシーはまるで見ていたかのように言った。「ただのうっとうしい酔っぱらい。電話してきたときもそうだった」

「つきあってたころの話？　それとも、別れたあとの話？」私の注意はデスクの上のブラックベリーにふたたび吸い寄せられた。どういうことか、ようやく理解できた気がした。

「おばさんはあの人は酔っぱらってたって言ってたよね。もっと正確に言うと、酔ってるんだと思ったって言った」ルーシーはキーボードを叩きながら言った。「具合が悪そうだったとか、様子が変だったとか、そういうこと、おばさんはひとことも言ってない。だから、おばさんのせいじゃないんだよ。自分でもわかってるでしょ。どうしてあの人の部屋に入れてくれなかったの」

「そんなことはできないってわかるでしょう」

「もう十歳の子供じゃない。かばってくれなくていいよ」

「あなたを守るためじゃなかった」私は言った。正直という名の小さな炎が揺れているのがわかる。善意という甘い風に吹かれて、いまにも消えそうになっている。美しくて優しい何かに変装した嘘。「いえ、それが最大の理由ではあったけど」本当のことを言い直した。「私が見たものをあなたに見せたくなかった。あなたの記憶には――」

「あの人のどんな姿を刻みつけておきたかった？」ルーシーがさえぎった。「二度と連絡してほしくない理由をとうとう述べる検事補の姿？　ただ別れを告げるだけじゃ気が済まなかったんだよ、あの人は。接近禁止命令を読み上げるみたいにしなくちゃいけなかった。あんたは腹黒い。気味が悪くて有害な人間だ。頭がおかしい。二度と近づくな。そう演説しなくちゃ気が済まなかった」

「法律の上でも、あなたをアパートに立ち入らせるわけにはいかなかったのよ、ルーシー」

「それはケイおばさんだって同じことだよね」

「私はもう入ってしまってた。でも、あなたの言うとおりよ。あとで問題になるでしょう。指紋やDNAが現場に残っていたら、警察はあなたに関心を持ったかもしれない」そんなことは言われなくてもルーシーならわかっているはずだ。「あなたにそんなことを言うなんてどうかしてる。自分が行き詰まっただけなのに、あなたを悪者にするなんて、ただの欺瞞(ぎまん)でしょう。でも、帰る前に、具合が悪いのではないことを確かめるべきだったわ。もっと注意して様子を観察するべきだった」

「言っておくけど、それ以上他人を思いやるなんて無理だから」

「ものすごく腹が立ってたの。そのせいで注意散漫になってた。ごめんなさい……」

「ねえ、どうして自分が何かしなくちゃいけなかったと思うの？　なんでおばさんが気にしなくちゃいけないの？」

正直な答えを懸命に探した。正しい答えは、嘘だから。もっと注意すべきだったと思うのは、人はつねに他人を思いやるべきだからだ。それが正しいことだからだ。なのに、私は正しいことをしなかった。あのときの私は、ジェイミーのことなどこれっぽっちも気にかけていなかった。

「皮肉なのはね、どのみちあの人は終わってたってこと」ルーシーが言った。

「相手が誰であろうと、そんなふうに切り捨ててはいけないわ。ジェイミーは立ち直れてたかもしれないでしょう。いつか自分で気づくときが来ただろうって信じたい。人間には変わる力がある。ジェイミーは変わるチャンスを誰かに奪われた。それが許せない」私は慎重に言葉を選んでいた。私をつまずかせようと待ち構えている石ころだらけの道を、爪先だけで探りながら歩こうとするように。「最後の最後に不愉快な気持ちのまま別れることになったのは残念に思ってる。あんなふうじゃなかったときだって、これまで何度もあったのに。ジェイミーがもっと……」

「あたしはあの人を許さない」

「悲しむよりも怒るほうが楽よね」

「許さないし、忘れない。あたしを悪者に仕立て上げて、嘘をついた。おばさんをだまして、嘘をついた。あの人はね、嘘ばかりつくようになって、真実と嘘の境界線さえもうわからなくなってたんだよ。だから、自分の嘘を自分で信じてた」

ルーシーはカーソルを動かして〈再生〉をクリックした。動画の再生が始まった。灰色の影のなかの煉瓦の壁、階段、練鉄の手すり。前の通りを行き交う車の音、閃くヘッドライト。ルーシーは新しいウィンドウを開き、別のファイルをクリックした。暗い通りに人影が現われた。ほっそりとした輪郭。徒歩だ。同じ若い女性のようだが、自転車は押していない。昨夜とは服装も違う。通りを渡り始めた。次の瞬間、目のくらむようなまばゆい白い光が現われた。光を放つ異星人か女神のようだ。そのままアパートのエントランスに近づいてくる。リラックスした様子だ。頭部は光に包まれている。

「服が違ってる」私は言った。

「これは下見のときの映像」ルーシーが説明する。「リハーサル。ここ二週間の録画を確かめて、五回分見つけた」

「昨夜は明るい色のシャツを着てた。いま見た録画はいつの……？」そう尋ねかけたとき、ふいにジェイミー・バーガーの声が聞こえて、私は口をつぐんだ。

「……二度と連絡しないってルールをまた破ってしまったわね。自分で作ったルールなのに」聞き慣れた声がスピーカーから流れている。ルーシーがクリックして音量を上げた。監視カメラの録画のなかの人物は、アパートのすぐ前の暗い通りに戻って消えた。「きっともう知ってると思うけど、ケイがサヴァンナに来てるのよ。ある案件を手伝ってもらえることになった。少し前に一緒に食事をしたんだけど、怒らせちゃったみたい。あなたのこととなると、まるで子供を守る母ライオンね。いつものことだけど。そこから話がこじれた。いつだってそう。できるかぎり穏やかな言いかたをするなら、不幸な三角関係といったところ？　どこにいても、彼女が同じ部屋にいるような気がしてしまう。もしもし、ケイおばさん、いるんでしょ？　そう聞きたくなる。ふう。うんざりするほど同じことを繰り返してきた……」

「止めて」私は言った。ルーシーが動画と音声の両方の再生を止めた。「携帯の新しい番号に電話してきたってこと？　いつ？」そう訊きながら、答えはすでに知っているような気がしていた。

ジェイミーの声はたどたどしく、呂律が回っていない。昨夜私がアパートを出たときの話しかたそのままだった。ただ、悪意が微妙に増しているように聞こえる。デスクの上で充電中のブラックベリーに目をやった。

「古いほうの携帯電話」ルーシーに言った。「番号を変えたわけじゃなかったのね。iPhoneにしたとき、新しい番号で契約しただけのことだった」

「新しい番号は知らせてない。一度も教えてないし、向こうも訊かなかった。でも、古い番号はもう使ってないよ」ブラックベリーを指さす。

「ジェイミーが電話してくるから、解約せずにいるのね」

「それだけじゃないけどね。でも、そう、電話はかかってきてた。ごくたまに。夜中に酔っぱらったとき。留守電に入ったメッセージは全部保存してある。パソコンにダウンロードして、音声ファイルとして保存してあるよ」

「それをパソコンで聴く」

「パソコンじゃなくても聴くだけならできる。目的はそれじゃない。目的は保存。いつまでもとっておきたいから。内容は似たり寄ったり。さっきの録音とそっくりな感じ。何か頼んでくるわけじゃないし、電話してくれとも言わない。二、三分くらいしゃべったあと、〝じゃあね〟のひとこともなく、唐突に切る。別れたときと一緒。言いたいことを一方的に言うだけ。あたしの話は聞かない。そしていきなり切る」

「未練があるのね。だからメッセージを保存する。いまもまだ愛してるから」

「いつまでも未練がましくいちゃいけない理由を思い出すために保存してあるの。いつまでも愛してちゃいけない理由を忘れないために」ルーシーの声は震えている。私はそこに悲しみと絶望と怒りを聞き取った。「何が言いたいかっていうと、ただ酔ってるようにしか聞こえないってことだよ。いま聞かせた電話がかかってきたのは、おばさんがアパートを出た三十分後くらい。つまり、おばさんがまだいたときも、似たような感じだったんだろうってこと」

「気分が悪いとか、何か変だとか、一度も言わなかった。何も言わなかった」

ルーシーは首を振った。「確かめたければ、全部再生してもいいよ。でも、電話のときもそういうことは最後までひとことも言ってない」

栗色のバスローブを羽織ったジェイミーを思い描く。高価なスコッチを注いだグラスを片手に、アパートの部屋から部屋へと移動し、やがて窓の前で立ち止まって、マリーノのバンが走り去るのを見送った。私たちがアパート前から走りだした時刻は正確にはわからないが、ルーシーの古い番号に電話をかけてメッセージを残したのは、どんなに遅くてもそれから三十分後くらいだろう。症状が悪化したのは、もっと時間が経ってからだ。ベッドサイドテーブルにこぼれたスコッチ、充電器、ベッドの下に落ちていた子機。医薬品や化粧品類がめちゃくちゃに散らばったバスルーム。いったんはうとうとしたのかもしれない。そしておそらく午前二時か三時ごろ、息苦しくなって目を覚ました。喉が締めつけられて、つばを呑みこむことも、話すこともできなくなっていた。ただごととは思えない症状を和らげる薬を躍起になって探したのは、その時点でのことだろう。

そう考えてふと思った。その症状は、バリー・ルー・リヴァーズについてジェイミーが説明した症状と気味が悪いほど似ていないだろうか。ハロウィーンに死刑が執行されれば、ローラ・ダゲットも同じ症状に苦しむことになるのかもしれない。残酷で異常な刑罰。あれはジェイミーの作り話だといままでは思っていた。自分の主張を補強するための材料として、ドラマチックな話をでっち上げただけのことだろうと考えていた。しかし、そうではなかったのかもしれない。ジェイミーの話には、本人が思っていたよりもずっと多くの真実が含まれているのかもしれない。死刑囚は死ぬほど怯えるのではなく、死の恐怖そのものを感じるのだ。

「意識はしっかりしてるのに、話すことはできない。体は動かない。ほんの小さな仕草一つできない。目は閉じている。はたからは、意識を失ってるようにしか見えない。でも、横隔膜の筋肉が麻痺して、息ができない苦痛と恐怖がじわじわと広がっていくのを感じる。自分が死んでいくのがわかる。心は過熱状態になって、いまにも焼き切れそうになる。苦痛と恐怖。目的は死だけじゃない。サディスティックな罰でもある」私はあのときジェイミーが話していたことを繰り返した。薬物注射による死刑の途中で麻酔が切れた場合に何が起きるか。

それから考えた。呼吸を停止させるような毒物、話す能力、助けを呼ぶ能力を奪うような毒物を、どうやって被害者に投与するのだろう。狙った相手が刑務所にいる場合、どうすればそんなことができるだろう。

「二十年以上も前に買った切手を受刑者に送るのはなぜ？」私は椅子から立ち上がった。「どうして売らなかったの？　コレクターなら、それなりの金額で買ってくれそうじゃない？　もしかしたら、出所はそこ？　コレクターか古切手を専門に扱う会社から最近になって買ったの？　新品同様。埃や塵もついてない。裏の糊もきれい。皺や汚れもないから、まるで何十年も抽斗の奥にしまいこまれてたみたいに見える。偽造のレターヘッドがついた偽の手紙と一緒に偽造のＣＦＣの封筒に入れて送られてきたとしたら？　ひょっとしてそういうこと？　キャスリーンは、私は何もしてないのに、私が親切なことをしたと思ってるみたいだった。差出人として私の名前が書かれた大型封筒、余分に貼られていた切手。手紙のほかにも何か同封されてた。もしかしたら切手帳」ルーシーが初めてこちらを向いた。その目に浮かんでいるものが見えた。ふだんよりも暗い緑色をした瞳。それが計り知れない悲しみをたたえていた。そしてその奥から怒りが強烈な光を放っていた。

「ごめんなさい」私は言った。ジェイミーがいま私が話したような死を経験したのかもしれないとは想像したくないだろう。

「切手って？」ルーシーが訊く。「どんな図柄だった？」

キャスリーン・ローラーの舎房にあった切手、スチールフレームのベッドの足もとに置かれた小さな物入れにしまいこまれていた品物のことを話した。十枚綴りの十五セントの切手。裏にまだ糊が塗られていた時代のもの。あのころは切手のほかにも印紙や封筒の蓋にも糊がついていて、舐めるか、スポンジで湿らせるかするようになっていた。それから、私が書いたのではない、私からキャスリーンに宛てた手紙や、パーティの招待状にでも使いそうな、刑務所の売店で買ったとは考えにくい便箋のことも話した。何者かが切手と便箋をキャスリーンに送った。その何者かとは、どうやら私らしい。より正確に言うなら、私になりすました別人だ。

次の瞬間、今日の午後見た切手がパソコンのディスプレイに表示されていた。どこまでも続く白いビーチ、ちょっとした草むら、ミニチュアの砂丘に立つ赤と黄色のパラソル。透き通るような快晴の空を、カモメが一羽、飛んでいた。

31

真夜中近くになってから食卓を囲んだ。料理はベントンが火を通しすぎてべちゃべちゃになっていたが、誰も文句一つ言わずに黙々と食べた――といっても、前向きな意味ではなく。いまだけは、このまま永遠に食欲が戻らなくたってかまわないという気がした。食べ物を見るたびに、それを食べたら伝染病にかかるのではないか、死ぬのではないかと怯えてしまうなら、食欲などないほうがいい。

ボロネーゼソース、レタス、サラダドレッシング、それにワインまで。この惑星でみなが平和に健康に共存していけるというのは、はかない幻想にすぎない。ほんのちょっとした何かが大惨事を引き起こす。地殻構造プレートが動けば津波が起き、熱と湿気がぶつかればハリケーンが発生する。だが、何より破壊的なのは、私たち人間がすることだろう。

一時間ほど前にコリン・デンゲートからメールが届いていた。おそらく私に開示してはならないはずの情報が書かれていた。ただ、コリンはそういう人、当人の表現に従うなら〝偏屈な田舎者〟だ。銃を携帯した危険な犯罪者のように――とコリンは言う——時代物のランドローバーを駆り、焼けつくような太陽の下を猛然と動き回る。怖いものは何もない。誰かが正しいことをしようとしていると見るや、規則や政治や病的嫌悪を振りかざして邪魔をしたがる〝権力志向ザウルスども〟だって怖くない。私を捜査から締め出す気はまったくないとコリンは明言していた。私に濡れ衣を着せようという意図がこれだけ見え透いていて、人に毒を盛って回っているのは私ではないかという合理的疑いなど迷わずごみ箱に放りこむしかないような状況なのだから、なおさらだと書いていた。

キャスリーン・ローラーと同じく、ジェイミーには健康上の問題はなかったというのがコリンの所見だった。肉眼的検査では、ジェイミーに死をもたらした犯人は確認できなかった。ただ、胃の内容物は消化されておらず、ピンクや赤や白の錠剤も残っていた。おそらくラニチジン、スーダフェッド、ベナドリルだろう。サミー・チャンからラボの分析結果が送られてきたが、キャスリーンは重金属中毒で死んだ可能性があるという一点を除いて、あまり参考になりそうになかった。ただ、コリンは死因はそれではないだろうと確信している。そのとおりだ。キャスリーンは重金属中毒で死んだのではない。最後にコリンは、マグネシウム、鉄、ナトリウムの三種の微量元素と聞いて、何か思いつくことはあるかと尋ねていた。

「それはわかっている」ベントンはサヴァンナ川に面した窓の前を行ったり来たりしていた。対岸には点々と光が散っている。遠い夜空に造船所のクレーンの影がおぼろに浮かんでいた。「いいか、いまから言うことをまじめに受け止めてもらいたい。致命的な毒物が使われているおそれがある」電話の相手はFBIボストン支局のダグラス・バーク捜査官だ。

やりとりの様子から察するに、メンサ殺人特別捜査班の一員であるダグラス・バークは、ベントンが何を訊いてもひたすらはぐらかしているらしい。ただ、マサチューセッツ総合病院が出した公式声明の内容は事実だと認めた。ドーン・キンケイドはボツリヌス中毒と正式に診断された。いまも生命維持装置につながれているが、すでに脳死状態にある。そして、ベントンは少し前に単刀直入にこう尋ねた。バトラー州立病院のドーンの監房に、ビーチパラソルの図柄の十五セントの切手はなかったか。

「曝露源が何かあるはずだ」ベントンは力説した。「簡単に言えば、何かから毒素を摂取したはずだ。バトラーの食事に混入していたのでないかぎり。だが、それはまず考えられないだろう。バトラーでほかに中毒者は？　……そうだ。切手の糊が曝露源かもしれない」

「なかなか美味かった。ただ、ベントンには悪いが、やつは台所には立たせねえほうがいいな」マリーノはボロネーゼソースのボウルを押しやった。茹ですぎのパスタは入っていない。「ボトックス・ダイエット。ボツリヌス中毒ってキーワードを心のなかでつぶやくだけでいい。それで即座に体重が減る。ドリスは昔、自分で缶詰を作ってた」元妻の話だ。「いま思うと、うう、鳥肌が立つ。ハチミツで中毒になることもあるんだってな」

「気をつけなくちゃいけないのは、主に乳児よ」私は半分上の空で答えた。意識の半分はベントンの会話に向けられていた。「大人と違って、免疫システムが不完全だから。あなたは蜂蜜を食べても平気よ」

「いや、だめだね。砂糖や人工甘味料には近寄りたくねえし、ハチミツや自家製缶詰は見たくもねえ。サラダバーもだ」

「一瓶二十ドルとかで中国から買えるんだね」ルーシーはＭａｃＢｏｏｋをダイニングテーブルで開いていた。片手でキーを叩きながら、もう一方の手でパンを食べている。「偽名、偽のメールアドレス。医者の資格はいらないし、どこかの研究所に所属してる必要もない。自宅からこっそり注文できる。いまこのサイトで注文することだってできる。これじゃ、今回みたいな事件がこれまで起きてないほうが不思議なくらい」

「起きなくてよかったわよ」私はお皿を集め始めた。ブリッグス大将に連絡すべきか、まだ決めかねていた。

「地球上の何より強力な毒物。それがこんなに簡単に買えちゃうなんて、なんか間違ってるよね」ルーシーが言った。

「前はそうじゃなかった」私は答えた。「ボツリヌス毒素タイプAが医療分野で広く使われ始めたのをきっかけに、どこででも買えるようになったのよ。皺取りのボトックス注射だけじゃない。片頭痛、顔面チックを初めとする痙攣性の症状、過流涎（かりゅうぜん）——簡単に言えば、よだれ——内斜視、不随意性筋収縮、手掌多汗症」

「使う量ってのはどのくらいなのかな。インターネットで買えるとして」マリーノが一緒にミニキッチンに来て、リサイクル用の袋に空き瓶を入れた。ガラスがぶつかり合う音がした。

「いろんな形で売ってる。結晶、粉末、真空乾燥。水で溶いて使うの」私はそう答え、シンクの蛇口をひねって、水がお湯になるのを待った。

「その水で溶いたやつを、たとえば注射器で食い物のパッケージとか、テイクアウトの容器に注入するってことか」

「簡単よね。怖いくらい簡単だわ」

「それなりの量があれば、一気に数千人を殺せるわけだ」マリーノはふきんを取り、私が洗った皿を拭いた。

「毒素を破壊できるほどの熱を加えなくても食べられる個装食品や飲料に混入すれば、そうね、数千人を一気に殺害できる」私は答えた。自分の答えに背筋が凍る思いがした。

「ブリッグスに連絡したほうがいいと思うぜ」私から皿を受け取りながら言う。

「あなたがそう思ってることは知ってる。でも、ことはそう単純じゃない」

「いや、単純な話だね。ブリッグスに電話して、注意を喚起する。それだけのことだ」

「知らせれば、ラボの分析結果が出る前にいろんなことが動き出してしまう」私は洗い終えたワイングラスを渡した。

「ドーン・キンケイドはボツリヌス中毒だ。分析結果が一つは出てる」マリーノは戸棚を開けて、皿をしまい始めた。「それで充分だと俺は思うがな。だってそうだろ、ほかに見つかったピースを集めてみろよ。たとえばキャスリーン・ローラーの舎房のシンクにあった痕跡。そのピースと、足の火傷のピースはうまくはまるわけだろ」

「そうね、組み合わさるかもしれない。でもまだ憶測の段階よ」

「どうせ考えるならやっと一緒に考えろよ」

ブリッグス大将のことだ。米軍監察医務局長、私の上官であり、ウォルター・リード陸軍病院で監察医としてのキャリアを歩み始めたころからの旧友でもある人物。マリーノはブリッグスにキャスリーン・ローラーの件を伝えろと言っている。胃に残っていた未消化の食物、チキンとパスタとチーズにボツリヌス毒素が混入されていたと思われること、シンクから採取された、奇妙な匂いのする微量の物質をSEM／EDXで分析した結果、マグネシウム、鉄、ナトリウムが検出されたこと。チョークの粉に似た物質に含まれていたその三つの成分に何か心当たりがあるかというコリン・デンゲートの質問に対する答えは、イエスだった。不幸にも、心当たりがある。

食品等級の鉄、マグネシウム、ナトリウムまたは塩に水を加えると、発熱反応が起き、瞬時に熱を発生する。一気に摂氏百度まで上昇することもある。兵士が戦場で調理したり食品を温めたりするのに利用している無炎式糧食加熱材には、このテクノロジーが使われている。兵士に支給される携帯口糧のメニューは豊富だ。パスタを添えたチキンもある。携帯口糧の薄茶色の厚手のパッケージには、加配――〝おまけ〟――も入っている。たとえば、チーズスプレッド。一食分の携帯口糧には、やはり厚手のポリ袋に入った無炎式糧食加熱材も含まれている。理想的な加熱装置だ。加熱材の袋の封を切って水を加え、その上に携帯口糧を載せて――使用説明書によれば――〝岩か何か〟にもたせかけて待つだけでいい。

キャスリーンの監房のシンクから採取された物質に鉄とマグネシウムとナトリウムが含まれていたのはなぜか、ほかにも説明のしようはいくらでもあるだろう。しかし複数の証拠の組み合わせは、否定しがたい悪夢の解答を暗示していた。故障したヘアドライヤーや過熱した絶縁体を連想させる不快な匂いは、発熱を伴う化学反応と矛盾しないし、刑務所の職員は、ブラヴォー棟内で負ったとは考えられないと主張してはいるものの、キャスリーンの左足には火傷があった。熱湯をうっかり裸足にこぼしてしまったと考えてまず間違いないだろう。そしてその熱湯は、無炎式糧食加熱材のポリ袋のなかで沸騰していたものだ。

あの第一度の火傷は新しかった。キャスリーンが食べ物にこだわっていたことや、面会の際に話していたことを考えに入れないわけにはいかない。一冊なのか、それとも複数なのか、とにかく行方不明になっている日記には、キャスリーンがしたり考えたりしたことのほかに、ブラヴォー棟に移されてから食べたものについて書かれていたのかもしれない。タラ・グリムはキャスリーンを気にかけていた。親切にしていた。タラから〝試食係〟を頼まれたら、キャスリーンは喜んで引き受けただろう。舎房には菓子パンやインスタントラーメンがあった。ポップタルトを使ってストロベリーケーキを作る方法も知っていて、〝ブタ箱のジュリア・チャイルド〟を気取っていた。タラ・グリムは、試食などへの協力と引き換えに、ときおり特別な食事を許していたのだろう。そして今朝の特別食は、毒入りの携帯口糧だった。

「それにだ、カメラの件もあるだろ」マリーノは、私が何をすべきか講釈を続けている。「赤外線には赤外線をってわけだ。自転車用のヘルメットにちっちゃな赤外線LEDをつけてた。ルーシーの読みが合ってるんならな。ともかく、何をくっつけてたにしろ、あの女は赤外線カメラに対抗した。それは動かせねえ事実だ。顔が見分けられそうなくらい近づくときは、頭を真っ白な光に変えたんだ。ルーシーの話じゃ、画像をいじくっても顔は再現できそうにないとさ。中国人がレーザーでスパイ衛星の目をつぶすのと同じだな。ブリッグスに電話しろよ」

「大げさなことになりかねない。大統領執務室にまで聞こえるような非常ベルを鳴らすようなものよ」私はすでに話したことをまた繰り返した。「ブリッグス大将は上に報告しないわけにはいかなくなる。あなたが言ってた数千人規模のターゲットはアメリカ軍かもしれないという可能性が——今回のことは、予行演習とはいかないまでも、テロ計画の準備の一環だという可能性がわずかでもあれば、その情報は国防総省やホワイトハウスにも伝わるのよ」私がそう説明したところで、ベントンがやってきた。

「彼女は意地でもはっきり言おうとしないんだが」ベントンが電話で話していたダグラス・バーク捜査官は女性だ。「行間を読むかぎりでは、答えはイエスだ。同じものと思われる十五セント切手がドーン・キンケイドの監房から見つかっている。十枚綴りのうち三枚が切り取られていて、これから投函しようとしていたらしい封筒に貼ってあった。弁護士の一人に宛てた手紙に」

「問題は、その切手をどこから手に入れたか」私は言った。

「ドーンには、昨日の午後、キャスリーン・ローラーから手紙が届いている」ベントンが言う。「ダグラスは、それに切手が同封されていたとは言わなかったが、手紙が届いたという話をわざわざ向こうから持ち出したのは、そこに同封されていたと遠回しに伝えるためだろう」

「パーティっぽい柄の便箋？」私は訊いた。

「それは言っていなかった」

「ペルソナ・ノン・グラータとか賄賂とか、そういった言葉は書かれてた？　簡単に言えば、私のことを嘲笑してるらしき文言はあった？」

「ダグラスはそこまで詳しいことは話さなかった」

「キャスリーンの舎房にあった紙に筆圧痕を見つけたの。かなり辛辣な言葉が並んでた。いかにも不用品といった切手や便箋、もう捨てたっていいようなものを私が送ったと勘違いしてたなら、しかたがないことだとは思うけど」外の人々はごみばかり送りつけてくると言ったときの、キャスリーンの皮肉っぽい声を思い出す。「安っぽいプレゼントで自分を釣ろうとしてるとか、賄賂を贈った気になってるとか、そう勘違いしたなら、無理もない」私は続けた。「ただ、送ったのは私じゃないわ。切手や便箋が同封されてたらしい偽の手紙は、六月二十六日にサヴァンナ市内で投函されてる。つまり、キャスリーンが切手帳の一ページ分をドーンに送る時間はたっぷりあったということ」

「どうやら送ったのは事実のようだな。しかしダグラスは詳しいことは何も言わないし、きみの話はいっさい出なかった」ベントンが答える。「ただ、手紙は偽造されたものだし、きみを陥れようと画策している人間が一人または複数いるようだが、その計画は説得力をまったく欠いているということははっきり伝えておいた」

「偶然だったのね」私は言った。「刑務所にいる母親が、やはり刑務所にいる娘に切手を送った。文通を続けたかったから。裏の糊に細工がされてるとは夢にも思わなかった。しかもがめついキャスリーンは、いい切手は自分のために取っておいた」

「いい切手って何のことだ?」マリーノが眉をひそめた。

「新しい切手も持ってたのよ。四十四セントの。でも、それは娘に送らなかった。送ったのは、本人の表現を借りれば、いらなくなった〝ごみ〟だけ。ペルソナ・ノン・グラータが、つまり私が送ってきた切手」

「けちくせえことするとしっぺ返しが来るってことだな。生まれた赤ん坊を里子に出すわ、三十二年後には、その娘をボツリヌス中毒にしちまうわ」マリーノが言った。

ベントンは大皿に盛ってあったパスタの残りをごみ袋に空けた。どさりと重たい音がした。

「茹ですぎてしまって申し訳なかった」キッチンでは役立たずに等しい夫は言った。

「レタスを熱湯で洗ったのもまずかったな」

「レタスを十分間は茹でなくちゃ、ボツリヌス菌は死滅しない。熱に強いのよ」私は参考までに教えた。

「つまり、あんたは無意味にサラダをまずくしただけだってことだ」マリーノが楽しげに言う。

「ドーンはたまたま巻きこまれただけだとするなら、その事実は一つの手がかりになる」ベントンが言った。

「キャスリーンが毒を食らったのは切手からじゃねえ。切手を舐めてはいなさそうだからな。そのことも手がかりになる」マリーノが言った。私たちはダイニングルームに戻った。ルーシーはパソコンに向かっていた。見たところ、ルーシーがたった一つ犯罪と見なす行為を終えたばかりらしい。

紙だ。ルーシーは印刷するのを嫌う。しかし今回は、確認しなくてはならない情報、目で確かめながら結びつけていかなくてはならない情報が多すぎる。画像、セキュリティ会社の請求情報やログ、ディシジョンツリー、データセット。検索はまだまだ続いている。私たちのことを考え、情報の整理と理解をできるだけ簡単にしようと、隣の部屋に設置したプリンターにせっせとファイルを送信していた。

「キャスリーンが死んだのは、食べたもんのせいだ。だろ？　きっとチキンとパスタとチーズスプレッドだよ。切手じゃなく」マリーノは椅子を引いて腰を下ろした。

「まあ、本人のためにはよかったんじゃねえか。娘が弁護士に手紙を送るのに、毒のくっついた切手を三枚舐めたってことを知らないまんま逝けたわけだから。切手三枚なら、どのくらいの量のボツリヌス菌になるのかな」

「三百五十グラムのボツリヌス毒素があれば、地球上の全員を殺せる」私は答えた。

「おいおい、たったそれだけで?」

「ごく微量を切手の裏につけておくだけで、急性の中毒を発症させられたはず」私は付け加えた。「ドーン・キンケイドは、二、三時間のうちに激しい症状に襲われたんじゃないかしら。キャスリーンが届いた切手をすぐに使ってたら、私は面会できていなかったでしょうね。その前に死んでいただろうから」

「面会させないようにするのが目的だったのかもしれないな」ベントンが言った。

「断言はできない」私は応じた。「でも、そう疑わざるをえないわ」

「でも、切手じゃないなら、それはそれで妙じゃない?」ルーシーはこれまでに印刷したものを全員に配った。「ボツリヌス毒素を塗りつけた切手を送っておいて、それを使うまで待たずに、ほかの方法で殺した。どうして? キャスリーンはいつかは切手を使っただろうし、使えば確実に死ぬってわかってるのに」

「切手を送った人物は、刑務所で働いてはいないのではないかな」ベントンが言った。「もし職員でなければ、キャスリーン本人や舎房の物品を自分の目では確かめられないし、郵便物を出したかどうかも知りようがないわけだろう。切手をまだ使っていないだけのことだとは思わず、切手では効果がないらしいと判断したのかもしれない。そこで別の手段を試した」

「しかし、切手にはちゃんと効き目があったわけだろ」マリーノが言った。

「何が効き目があるか、確かめる手段があるか？」ベントンが指摘した。「毒物が狙いどおりの効果を発揮するか、いったい誰で試せばいい？　自分を実験台にはできないだろう」

ならば、受刑者を実験台にするかもしれない。今夜、私はずっとそう考えている。刑務所長も、特定のケースに限定して許可を出すかもしれない。他人を支配し、悪を罰したいという強烈な衝動を抱えた刑務所長なら、きっと許すだろう。そしてタラ・グリムは、たしかにそのような刑務所長であるようだ。昨日、オフィスに呼ばれて話をしたときの、厳しい目つきを思い出す。南部の女性らしい愛嬌をもってしても隠しきれなかった厳めしさ。数ヵ月後に死刑執行が予定されている受刑者に冤罪のおそれがあり、もしかしたら釈放されることになるかもしれない、また何らかの取引の結果、キャスリーン・ローラーの刑期が短縮されるかもしれないという話をしたときの、いかにも不愉快そうな態度も思い出した。ジェイミー・バーガーが干渉してきて、人格高潔で世間の評価も高い刑務所長である自分を踏みつけにしようとしていること、輝かしい経歴を持つ刑務所長である父が構想した刑務所、タラが自分の所有物と見なしている刑務所の秩序がよそ者の手で乱されようとしていることを不愉快に思っているのは明らかだった。

そう考えると、やはり、キャスリーンが私に〝カイト〟をこっそり手渡したことをタラ・グリムが知らないわけがないと思えてくる。タラは知っているのだ。しかし、大した意味のないこととして見逃しただけでなく、私がジェイミーと会うとしたら願ってもないことだとも考えた。寿司か海藻サラダに致死量のボツリヌス毒素を混入し、それを私にジェイミーのもとへ届けさせる絶好のチャンスと解釈した。タラは私が自分の刑務所に来ることを二週間前から知っていたし、宅配の配達人を装った女は、私がジェイミーの部屋を訪ねようとしていることを知らされていて、おそらくルーシーが指摘したとおり、近くの物陰で私が来るのを待っていた。袋を渡したあとも、深夜まで、あるいは未明まで、じっと待ち続けた。窓の前を行ったり来たりする犠牲者のシルエットを目で追い、やがていったん明かりが消えたあと、またつくのを待っていた。死の瞬間を待っていた。

他人をストーキングし、尾行し、監視し、操り人形のように操作するのは、狡猾で細心な人物だ。忍耐強く、几帳面で、ドライアイスのように冷たい毒殺犯だ。そして、檻に閉じこめられている人々ほど、狙いやすいターゲットはほかにいないだろう。刑務所で実際に働いている人物と、そのようなまがまがしいリサーチを企図する人物が共謀したら、受刑者はまさに科学研究室のラットになる。その人物は、さまざまな手法を試してもっとも適した手法を探り、何ヵ月も何年もかけて微調整を施しながら、大規模な計画を練り、チャンスを辛抱強く待っている。

バリー・ルー・リヴァーズは、死刑執行を待っているあいだに急死した。レア・アバナシーは自分の独房の便器に顔を突っこんで死んでいるところを発見された。シャナイア・プレームズは舎房着のパンツで自分の首と足を縛って窒息死したとされている。キャスリーン・ローラー、ドーン・キンケイドときて、ジェイミー・バーガーまで死んだ。不気味なほどそっくりな死。解剖では何も見つからず、消去法で残ったものが死因とされた。少なくとも初期の急死事件には、毒物による他殺を疑うべき要因はなく、そのため型どおりの薬毒物検査しか行われていない。

そろそろ午前二時になろうとしていた。こんな夜中にジョン・ブリッグス大将に電話するのはいつ以来だろう。過去に彼を電話で叩き起こしたときは、鉄壁の理由があった。確たる証拠があった。印刷した紙の山に、ルーシーがまた一層重ねた。私はその山を拾い上げて寝室に入り、ドアを閉めた。目を覚まして、あるいは仕事を中断して、携帯電話をひったくるようにして拾い上げるブリッグスの姿を想像する。そこはデラウェア州ドーヴァーの空軍基地かもしれない。基地には、米軍監察医務局（AF

ＭＥ）の本部と、飛行機で帰還する戦死者を迎え、３Ｄ－ＣＴ検査や爆発物スキャンなど最先端の技術を駆使した検死を行うポート・モーチュアリーがある。あるいは、パキスタンやアフガニスタンやアフリカにいるのかもしれない。さすがにミール宇宙ステーションにいることはないとは思うが、冗談ではなく、絶対にないとは言いきれない。連邦政府の管轄内で死者が出た場合、ＡＦＭＥの監察医が現場に呼ばれることもあるからだ。いずれにせよ、ブリッグスに無用の心配をまた一つ押しつけることだけは避けたい。私の直感だけで彼を動かすわけにはいかない。

「ジョン・ブリッグスだ」ワイヤレスのイヤフォンマイクから低く豊かな声が聞こえた。

「ケイよ」私は電話した理由を説明した。

「根拠は？」思ったとおり、ブリッグスはそう訊いた。

「短い答えと、長いけど詳細な答えと、どっちがいい？」私はベッドに枕を積み上げてそこにもたれ、ルーシーが印刷した情報に目を通しながら訊いた。

「カブールでこれから飛行機に乗るところだ。しかしまだ時間はある。飛行機に乗ったあとは、二十五時間、連絡がつかなくなる。短い答えのほうが好みではあるが、とにかく話してくれ」

順を追って話した。コリンから聞いたＧＰＦＷの受刑者の不審死をスタート地点に、この二十四時間に起きた一連の出来事まで。そして、ボツリヌス毒素タイプＡによる中毒死と確認された一件、ドーン・キンケイドの死は、これまでにないほど即効性が高められていることを示唆しているという、指摘するまでもないほど明らかな不安も指摘した。

「理屈の上では、ボツリヌス中毒を原因とする死や重篤な症状は、二時間から六時間程度で発生することもある」私は説明を続けた。「だけど、十二時間から二十四時間かかることがほとんどよ。場合によっては一週間かかることもある」

「これまでの例の大部分は食物媒介だからだな」ブリッグスが言った。私はルーシーが印刷した資料をめくり続けていた。昨夜、寿司の出前を届けた女をとらえた監視カメラの画像を注意深く観察する。

この女はサディストだ。毒で人を殺す。

「純粋な毒素をじかに摂取することはめったにない」ブリッグスが続けた。「私は一例も知らない」

女の首から上は白い光に塗りつぶされている。ただ、ルーシーは首から下の部分を鮮明化し、拡大していた。通りの反対側から押してきて街灯柱にもたせかけた銀色っぽい自転車もだ。女は黒っぽいパンツにランニングシューズとソックスを履いている。ベルトはしていない。明るい色の半袖のシャツの裾をパンツのウェストに入れている。肌が見えているのは肘から先だけだ。左手の薬指のクローズアップを見ると、バゲットカットの指輪をしている。地金の種類は見分けられない。ホワイトゴールドかもしれないし、イエローゴールドかもしれない。プラチナかもしれない。どれも赤外線画像だから、あらゆるものがさまざまな濃さの白と灰色で再現されていた。

「ボツリヌス菌芽胞が混入した食物は」ブリッグスが話を続けている。「消化管を延々と進む。芽胞が産出した毒素は多くの場合、小腸でようやく吸収され、血流に乗って、神経筋蛋白質を攻撃する。基本的には脳を攻撃して、神経伝達物質の放出を阻害する」

監視カメラに写った女は腕時計もしていた。ルーシーはその画像をいくつか印刷していた。黒っぽいフェースの〈マラソン〉の腕時計。耐破損性ファイバーシェルと防水防塵ケース。アメリカとカナダの両政府が軍関係者に支給するためにメーカーに発注して作らせているモデルだ。

「毒性がきわめて強い純粋な毒素が粘膜に触れたら？」私は尋ねた。殺人者は軍に関係のある人物なのだろうかと、いよいよ不安になった。

軍関係者に接近できる人物。もしかしたら、その軍関係者が最終的なターゲットなのかもしれない。

「薬物を口や膣や直腸から摂取する人もいる」私は付け加えた。「たとえばコカイン。それがどんな結果を招くかはわかってる。じゃあ、ボツリヌス毒素のような毒物だったら？」

「想像もしたくないね」ブリッグスが答える。「そんな事例は聞いたこともない。前例がない。比較対象がないということだ。ただ、好ましい結果を招かないだろうことだけは確かだな」

「純粋な毒素を口腔粘膜から摂取したら――」

「ボツリヌス菌芽胞を食物から経口摂取した場合に比べて、吸収までにかかる時間が圧倒的に短くなるだろう。食品に混入しているのは、毒素ではなくてボツリヌス菌芽胞だからだ」ブリッグスは考えを巡らせているような口調で言った。「芽胞が発芽して毒素を作り出すまでには数時間、条件によっては数日かかる。麻痺が顔面から始まり、下に向けて広がっていくのは、それからだ」

「でも、食べたものはほとんど消化されてないのよ、ジョン。被害者は、胃不全麻痺を起こさせるようなものを摂取してる」私は答えた。ルーシーが自転車を拡大して伝えようとしたものが何なのかわかった。

軽そうに見える。タイヤもとても小さい。ルーシーはインターネットのページも印刷していた。折り畳み式の自転車。軍にコネがあって、折り畳み自転車に乗っている人物。

「重度のストレスも引き起こしたはずだ」ブリッグスが言った。「闘争・逃走反応。消化は停止する。しかしそれが起きるのは、急性の中毒を発症した場合だけだろう。繰り返すが、参考にできる前例はない。だからあくまでも私の推測だが、毒素がじかに血流に乗り、生命の維持に必要な器官が次々と機能を停止する。目、口、消化器、肺」

七段変速の自転車。クイックリリースヒンジを備えたアルミフレーム。折り畳んだときのサイズは三〇×六〇×七五センチ。監視カメラの画像を部分的に鮮明化した一連の写真には、女がバックパックを下ろして開き、サヴァンナ・スシ・フュージョンの店名入りの紙袋を取り出す様子が写し取られていた。次のページは、スポーツ・アウトドア用品専門オンラインショップの広告だった。同じバックパックを二十九ドル九十九セントで販売している。食品宅配用のクーラーバッグではなく、自転車に乗らないとき、折り畳んで運ぶための専用バックパックだった。

「しかし現実には、ラボで作られた超強力なボツリヌス毒素がどんな症状を引き起こすか、見当さえつかない」ブリッグスが言った。私は一言も聞き漏らすまいとしながら、ベッドに座って資料をめくっていった。複数の思考がてんでんばらばらな方角に猛烈な勢いで走っていたが、不思議とすべてが同じものを指し示していた。

でも、誰が？　何が？　どうして？

「何度も言うが、そんなもので死んだ事例、殺人事件は一つも知らない」ブリッグスが付け加える。「一つもだ」

折り畳み自転車は計画の一部、小道具の一つにすぎない。監視カメラに顔が写らないようにするためのヘルメットをかぶる言い訳にすぎない。ルーシーがこの資料でほのめかしているのはそれだ。ライトがついた自転車用のヘルメットをかぶっているのに自転車がなければ不自然だし、ライトのついた帽子やヘッドバンドをしていてもやはり同じように不自然だろう。私とほとんど同時にジェイミーのアパートに現れた女が、自転車を押して通りを渡ってきたのは、だからだ。バゲットカットの指輪と軍用腕時計をした女は、自転車に乗ってきたのではない。近くまで車で来ていたのだ。

「問題は量だ」ブリッグスが続けた。「どんなものでも摂取しすぎれば毒になる。水でさえそうだ。ヒ化銅を含んだ壁紙だって毒になるくらいだろう。クレア・ブース・

ルースはそれで死んだ。外交官としてイタリアにいたとき、滞在していた部屋の古い塗料がはがれかけていた。そこに含まれていたヒ化銅が原因とされている」

「ちょっと思ったんだけど、ボツリヌス毒素を使った兵器の開発が進んでるということはない？」私はブリッグスに尋ねた。「暴力的傾向と反社会的行動傾向を持った人物が、そういうテクノロジーを手に入れたのかもしれない。たとえば、解雇された軍関係者。陸軍で改良型炭疽病ワクチンの開発に携わってた研究者が、炭疽菌をあちこちに送りつけて、最低でも五人が死んだ事件があったわよね」

「きみは何かというと陸軍を例に挙げるな」究極の陸軍軍人ブリッグスが混ぜ返す。

「その男は、私たちにとっては幸か不幸か、ＦＢＩが逮捕する前に自殺した」

「そういったリサーチをしてた研究所から出入り禁止を食らった研究者はいない？」私は尋ねた。「とくに、軍と何らかの関係のある研究者」

「そういう人物を探す必要が生じたら、探すことは可能だ」ブリッグスが言った。

「私の意見では、必要はもう生じてる」

「ああ、きみの意見ではそうなんだろうな。でなければ、こんな夜中にまだ起きていて、しかもアフガニスタンまで電話してくるわけがない」

「軍が把握してる新技術はない？」私はもう一度尋ねた。「機密なら、内容までは教えてくれなくてかまわない。その可能性を考慮すべきだと言ってくれるだけでいい」

「幸い、答えはノーだ。私が把握しているかぎりでは、そういった研究は行なわれていない。結晶状の純粋な毒素一グラムで、百万人を殺すことができる——毒素を呼吸を介して摂取させれば。しかし、兵器として使うなら、巨大なスプレー缶の製造法を開発する必要があるね。ありがたいことに、そんなものはいまのところ開発されていない」

「小さなスプレー缶を大勢に配ったら？」私は訊いた。「前例のないやりかたね。手間もかかる。または毒の小さなパッケージを大勢に配布するとか。携帯口糧みたいに大量生産されてるもの」

「携帯口糧をわざわざ名指しするのはなぜだ？」

キャスリーン・ローラーのことを話した。爪先の火傷、シンクの微細証拠。胃の内容物がチキンとパスタとチーズスプレッドという、代表的な携帯口糧のメニューに似ていたこと。

「受刑者がどこから携帯口糧を手に入れた？」

「そこなのよ」私は言った。「どんな食品にでも混入できたはずなのに、どうして携帯口糧なの？　もっと大きなターゲットを念頭において、実験してるとしか考えられない」

「もしそうなら、恐ろしい話だぞ。組織立てて進める必要がある。綿密な準備が必要だろう。携帯口糧を製造して包装している工場で働いている人物を巻きこまないかぎり、大量の毒素と大量の注射器を抱えて、配達のトラックをハイジャックするしかない」

「威嚇が目的なら、組織立ったアプローチは必要ない」

「そうだな、確かにそうだ」ブリッグスは少し考えた。「戦場や基地や作戦地域で、百、三百、あるいは千人の被害者がいちどきに出たら、アメリカ軍全体が弱体化するだろう。士気は下がり、敵を勢いづかせ、アメリカ経済はいま以上の打撃を被ることになる」

「軍とは関係ないのね？　軍が開発してるものとは関係ない」私はそう念を押した。

「政府が関係してる研究ではない。敵軍の士気を低下させたり、経済を破綻させたりするための研究ではないのね？　敵国に恐怖を与えるための新たな作戦ではない」

「それは現実的ではないからな」ブリッグスはそう答えた。「ロシアはボツリヌス毒素を兵器化する計画を放棄した。アメリカもだ。私としてはありがたいことだと思っているよ。恐ろしい計画だ。そんなテクノロジーの開発に成功する日が来ないことを祈っている。個人的にはね。小さなスプレー缶であろうと、そんな毒素を噴射すれば、その地点から最大で五百メートルまで広がって、風下に居合わせた人々の十パーセントが重い障害を抱えるか、死亡するかする。学校やショッピングモールを直撃しようものなら、大惨事だ。一つわからないのは、一部の人間は死んで、ほかの人間は死んでいないのはなぜなのか、本来のターゲットではないからなのかという点だ」

「ドーン・キンケイドはターゲットではなかったと私たちは考えてる」

「しかし、その娘の母親と検事補はターゲットだったと考えているわけだな」

「ええ」

「これまでの話のかぎりでは、犯人が誰であれ、その人物はその検事補を……」

「ジェイミー・バーガー。母親はキャスリーン・ローラー。ええ、犯人はその二人を本当に殺そうとしたんだと思うわ」

「もしそうだとすれば、その二人は〝実験台〟ではなかったのかもしれないぞ。ほかの受刑者はそうだったんだとしても。科学研究プロジェクトだというきみの説が事実だとしてね。ただ、ボツリヌス毒素で殺された被害者の死を軽く見るつもりはないよ。むごすぎる死にかただ」

「何かが途中で変わったんじゃないかって気がするの」私は答えた。「犯人は几帳面な人物で、綿密な計画に従って行動してた。ところが、彼女にとっては予想外のことが起きた。ジェイミーが来たせいかもしれない。ジェイミーがしてたことを快く思わない人物がいたのかもしれない」

「犯人は女だと考えているんだな」

「昨夜、寿司を届けにきたのは女性だったから」

「毒素が混入していたのは寿司だと判明するまでは断定できないだろう」

「そういう分析結果が出ると思う。出たとしたら、どうなる？」

「ボツリヌス毒素を使った連続毒殺事件か。しかも、軍の携帯口糧が悪用された。天地がひっくり返るような騒ぎになるだろうな、ケイ」ブリッグスは言った。「きみは関わらないことだ。百万キロ離れた場所でおとなしくしていろ」

32

嵐が去ったあとの美しい色をした空を太陽が輝かせている。熱波には、ローカントリーを解放する気はまだまだないらしい。そしてコリン・デンゲートの主張は間違っている。エアコンのついていない車で走り回ることにはすぐに慣れると言っていたが、この暑さのなかでは、それは誰にでも当てはまる法則ではなさそうだ。ベントンは気をきかせて、夏用のカーキなど、私の分の着替えを持ってきてくれていて、今日は真っ黒な服に包まれて蒸し焼きにされてはいないが、やはりエアコンなしは体にこたえた。

七月二日土曜日、午前十時少し前。当直の少数を除いて、検屍局のスタッフはほとんどいない。私の希望をかなえるために、何人かの職員と〝厚意のやりとり〟をしなくてはならなかったとコリンは言った。しかもホテルに私を迎えにくるはめにもなった。私には移動手段がないからだ。マリーノは私が作ったリストを片手に、医療用品の買い出しに行っている。その途中でルーシーを近くの〈ハーレーダビッドソン〉販売店で降ろしたはずだ。ルーシーはサヴァンナ滞在中はオートバイを移動の足にするつもりでいるらしい。ベントンはとりあえずホテルにとどまる予定でいるが、さすがにレンタカーもなしで置いていきたくはなかった。私が部屋を出たとき、ベントンは電話中だった。ＦＢＩアトランタ支局の捜査官がこちらに向かっているという。ＣＤＣから運命を決するニュースが届くのを待つあいだ、ベントンがこれまでの経緯を説明することになっている。

キャスリーン・ローラーとジェイミー・バーガーの胃の内容物から、ボツリヌス毒素タイプＡが検出されていた。また、木曜の夜に連続毒殺犯がジェイミーのアパートに届けた食事からも見つかった。海藻サラダの空き容器と、冷蔵庫にしまってあった残りの寿司から。その最新情報はまだブリッグスには伝えていない。いまごろは中東から帰る軍用機に乗っているだろうし、私はいっさい関わるなという指示をまた聞かされるのもごめんだからだ。二度と聞きたくない。聞きたくても聞けない状況にあるのがありがたかった。私には従う気がないからだ。どのみち、いますぐ従うことはできない。

管轄組織が決定されるまでのあいだ、捜査は一時中断していて、関わりたくても関われないからだ。国土安全保障省になるのか、ＦＢＩになるのか、連邦政府はすぐにでも最終決定を出すだろう。それに私は、自分が関わるべきではない場面があることをわきまえている。〝何があろうと近づくな〟のルールを適用すべきときはわかる。私は法的観点からはいっさい関わっていないと答える。九年前にサヴァンナで起きた一家惨殺事件や、その犯人とされる軽い知的障害を持った女性には、誰も関心を向けていない。ＦＢＩも、国防総省も、ホワイトハウスも。いまの時点では誰の眼中にもなかった。

事件はいまも解決済みとされていて、このままいけば、ローラ・ダゲットは予定どおり死刑を執行される。ジェイミーが判決取り消しの申立書をまだ提出していなかったからだ。ＤＮＡ型の再鑑定の結果は、どこかの民間ラボの棚に置かれていて、別の刑事事件弁護士がやってきてジェイミーの仕事を引き継いでくれるのをじっと待っている。それまでのあいだは、ジョーダン一家殺害事件は解決済みで、遠い昔の話で、そしていま起きている事件とは関係がない。捜査機関の関心は連続毒殺事件に集まっている。犯人は大量殺戮を計画しているテロリストかもしれないからだ。これまでの経緯を整理しようとしながら、私はずっとなぜかと自分に問い続けている。しかし、罪のない市民や兵士に障害を負わせ、死なせるテロ計画の〝なぜ〟を考えたところで、答えは出ない。不幸なことに、この世界には、そのような破壊をもたらすチャンスを探している危険な人間がいつの時代も存在する。だから、私が考えている〝なぜ〟はそれではない。

ＧＰＦＷで起きた初期の事件は、一種の報復殺人であると同時に、大規模な毒殺を計画する犯人によるリサーチでもあった。では、キャスリーン・ローラーとジェイミー・バーガーは、犯人の構想や最終目標にどう関係しているのか。ジェイミーはジョーダン一家惨殺事件の再捜査を促そうと奔走していたが、それはテロを計画している毒殺犯には関係のない話だろう――リスクを負ってでも彼女を排除しなくては自分が危ないと思わせるようなことをしたのでないかぎり。ジェイミーとキャスリーンを殺害し、偶然とはいえドーン・キンケイドも巻きこんだことによって、毒殺犯は自分の存在を知られるという結果を招いた。ボツリヌス毒素を使った連続殺人事件。軍の携帯口糧に毒物が混入されるおそれ。いまやアメリカ合衆国政府全体が犯人の頭上に降って来ようとしている。こうなってはもう逃げきれないだろう。何年もかけて、ひそかに、入念に準備を進めてきたような人物だ。自制心を失ったからとか、人を苦しめ、殺したいという欲求が抑えきれなくなったとか、その程度の理由でそんなリスクを冒すとは考えにくい。なにか想定外の事態が発生したのだろう。

病理学者は――当然、私にも当てはまることだが――結果より原因のほうに強い関心を持つものだ。現場にまき散らされた血や軟組織より、引き金を絞ったのは死者本人ではないことを暗示する射入口の角度のほうに関心が向く。症状がどんな苦痛を与えたかには興味を抱いても、症状が演出したドラマには無関心だ。病気の感染経路をたどり、無駄に関心を引こうとするものを無視し、必要であれば徹底的に解剖する。それが私のやりかただ。これまで誰も調べていないかのように写真を眺め、可能な形で犯行現場を再訪する。重大な意味を持つものがまだ残されていそうだと思えば、すべての証拠を点検する。ジョーダン一家惨殺事件に当てはめるなら、旧ジョーダン邸に実際に行ってみたりもするかもしれない。

「昨日と同じ資料だよ」無人の廊下を歩きながら、コリンが言った。閑散とした建物の天井から吊られたコウモリや骨の形のモビールがのんびりと回っている。「キッチンで見つかったナイフ。衣類や、現場で集めて遺体と一緒にここに運ばせた物品。検事が無関係と判断した一部を除いて、すべての品物が証拠として法廷に提出された。技師のマンディが立ち会う。快く休日出勤してくれて助かったよ。残業代を支払う予算はないからね。ともかく、手順は昨日と同じだ。私は自分のオフィスにいる。他人の意見、すなわち私の意見は聞きたくないだろうから。そのほうが、事件発生当時の私と同じように、先入観なく証拠を見ることができる。きみの肩越しに手もとをのぞきこむようなことはしないよ」

術衣(スクラブ)を着て検査用手袋をはめたマンディ・オトゥールが会議室にいて、会議テーブルに敷いた白い幅広の紙の上に子供サイズのパジャマを二組広げていた。私が昨日、途中まで見た捜査資料は椅子の上に積んであった。

「子供の遺品はつらすぎます。泣きたくなる」マンディが言った。テーブルの上の衣類の大部分は、昨日見た写真にあったものだ。

白い紙の上に、子供用のパジャマが二組、きれいに広げられていた。片方はスポンジボブの柄。もう一方は、ジョージア大学のマスコット〈ジョージア・ブルドッグ〉のマークが入ったアメリカンフットボールのヘルメットの柄だった。紳士用ボクサーショーツとTシャツは、事件の夜、クラレンス・ジョーダンがパジャマ代わりに着ていたもの、青い花柄の生地にレースの飾りがついたナイトガウンは妻のグロリアのものだろう。染みた血は乾ききって褐色に変わっている。生地のあちこちに小さな切れ目や穴がある。一種類または複数の鋭利な刃物が突き通った跡。また、DNA分析のサンプルを採取したからか、ところどころに丸く切り取られた跡が残っていた。

テーブルに置かれた箱から手袋を取ってはめ、公判向けのラベルが貼られた証拠の一つを持ち上げた。ナイフ。袋からは出さず、透明なビニール越しに観察した。刃渡りはざっと十五センチ。木製の柄に古い血がこびりついている。無孔性の滑らかな表面によく使われる、熱した接着剤の蒸気を利用した指紋検出法で見つかったものだろう、白っぽい半透明の部分指紋がいくつかと完全指紋が一つ、スチールの刃とラッカー塗りの柄に残されている。犯人はこのナイフを使ってキッチンでサンドイッチを作ったのかもしれない。しかし、これが誰かを殺すために使われたとは思えなかった。

クリップポイントのナイフ——通称〝グラニーナイフ〟だ。ジャガイモの芽をくりぬいたり、野菜や果物の皮を剝いたりするのに使う。刃の真ん中あたりから先端にかけては両刃になっているが、柄に近い半分ほどは片刃で、背の部分に親指を当てて使えるようになっている。刃のついた側が曲線を描いているグラニーナイフは、何かを刺し通すのには向かない。したがって、人を刺し殺す目的にも向かない。さらに、刃のもっとも幅の広い部分は五センチ近くあった。解剖報告書の人体図で示されていた事実と矛盾する。テーブルの反対端に行き、椅子から分厚いファイルを取ると、昨日の朝見た覚えのあるもの——傷の詳細を記した一枚を見つけた。

死因は四人とも複数の鋭器損傷だった。私がいま知りたいのは、胸から首にかけての刺創だ。厚い軟組織と空洞からできている部分の傷は、刃の長さをかなり正確に教えてくれる。クラレンス・ジョーダンの右胸部側面の傷は、幅が約二・五センチ、深さは約七・五センチで、心膜と心臓まで届いていた。右頸部側面の傷の刺創管は前から後ろ、やや下向きに走っている。深さは約七・五センチ。頸動脈が切断されている。

ほかの三人の刺創の計測結果からも、刃の長さは最大で七・五センチ、幅は二・五センチと考えてよさそうだ。柄と刃の境目につばのようなものがついている。三ミリほどの間隔を置いて、擦過傷を伴う打撲傷が、平行ではあるが不規則に四本残っているからだ。グラニーナイフや私が見たことのある調理用のナイフでは、そういった傷は残らない。当時のコリンの結論は、凶器の種類は不明、現場で発見されたなかに一致する刃物はないというものだった。犯人は、そのあまり一般的とは言いがたい刃物を現場に持ちこみ、犯行後に持ち去ったらしい。

クラレンス・ジョーダンの腕や手には切創や防御創は一つもない。その事実は、いっさい抵抗しなかったこと、襲われてもなお目を覚まさなかったことを示している。薬毒物検査の結果を見ると、血中アルコール濃度は〇・〇四パーセント。治療レベルのクロナゼパムも検出されている。就寝前に軽く酒を飲んだあと、適量の抗不安薬を服用したということだろう。おそらくはベンゾジアゼピンを一ミリグラム。不安を和らげ、眠りにつきやすくするためだ。そう考えたとき、また別の考えが浮かんで、私はテーブルの反対側に回った。公判向けのラベルが貼られていない証拠品袋に、処方薬のボトルが六つ入っている。クラレンス・ジョーダンに処方された薬はそのうちの一つだけ——ベータブロッカーのプロプラノロールだ。ほかのボトルはすべて妻のグロリアに処方されたもので、抗生物質、抗鬱薬、クロナゼパムなどがある。他人の薬を飲む人はよくいるが、クラレンス・ジョーダンが妻の薬を飲んだのなら、驚きだ。クラレンスは医師だった。製薬会社が置いていくサンプルなど、どんな薬でも簡単に手に入っただろうし、処方された薬を他人に分けるのは違法だと知っていたはずだ。だからといって、一月五日の夜、地域の男性向けシェルターでボランティア活動をして夕食前に帰宅したあと、妻のクロナゼパムを飲まなかったとは言いきれない。加えて言えば、自分の意思で飲んだのではないという可能性も排除されない。錠剤を砕いて他人の飲み物に混ぜるのは簡単だ。セキュリティシステムのログを頭のなかでもう一度点検した。

セキュリティ会社内のアーカイブに残っていた実データによれば、ジョーダン邸の防犯アラームは、二〇〇一年十一月のあいだはセットされたり解除されたりしていた。ところが十二月に入って変化が現われる。誤作動が急激に増えたのだ。おそらく子供たちがうっかりドアを開けるなどしたのだろう。一家が殺される直前の一月に、防犯アラームが誤って作動した記録は五件残っていた。すべてが同じ場所で起きている。アラームを切らずにキッチンの勝手口を開けたのだ。警察は出動していない。セキュリティ会社が確認の電話をすると、契約者が出て、うっかり作動させたと答えたからだ。ログを見るかぎり、クリスマス休暇のあいだ、防犯アラームは不規則にセットされたり解除されたりしているが、それでも夜間はだいたい設定されていた。一月五日土曜の記録を奇妙だと思ったのは、そのためだ。その日にかぎって、午後八時前まで一度もセットされていないのだ。しかも午後十一時前にまた解除されたきり、セットし直されていない。この事実は、長年、ジャーナリストや警察が推測してきたこととは矛盾しているのではないか。

ログからは、ドクター・クラレンス・ジョーダンはボランティア活動から帰宅した際に防犯アラームをセットしたのに、その三時間後に誰かが解除したように思える。しかも、クラレンスの遺体からは、彼に処方されたのではない抗不安薬が検出されている。ジョーダン邸の血塗られた主寝室の鑑識写真を並べてみた。ベッドに並んだ夫婦の遺体。ベッドカバーを喉もとまでかけてある。その事実にも違和感を覚えた。殺されているさなかの人間はマネキンではない。それに、犯人または第三者が心理的な理由から——秩序を取り戻したつもりになるため、あるいは犯行を隠匿するためにそうしたような場合を除いて、被害者の遺体にベッドカバーを几帳面にかけ直すといったことはふつうしない。コリンがちらりと言っていたことを思い出した。〝犯人は現場に残って遺体をもてあそんだ〟。私は写真をさらに並べていった。ジョーダン夫妻の遺体を調べるためにベッドカバーをはいだあと、撮影された写真。

クラレンス・ジョーダンは仰向けで枕に頭を載せていた。顔は真上を向き、口は開いている。両腕は体のわきにまっすぐ添わせてあった。ボクサーショーツの前開きから性器がはみ出している。この状態で亡くなったとは思えない。死後に誰かが動かしたのだ。写真を見れば見るほど、警察が、検事が、世間が、ローラ・ダゲットを激しく憎悪するわけが理解できた。一家全員を惨殺したあと、わざわざこの寝室に戻り、一人楽しげに被害者の遺体に露骨な侮辱と軽蔑を注いでいるローラ・ダゲット。

ドクター・ジョーダンのTシャツと白いボクサーショーツのウェストバンドは、吸えるだけの血を吸っていた。あふれた血は体の下のシーツに流れ出し、マットレスの縁や妻の遺体の下にまで染みが広がっていた。ボックス型シーツ全体が血の色に染まっている。ドクター・ジョーダンは胸と首を計九ヵ所刺されていた。抵抗はしていない。彼の皮膚に平行な痣を残した珍しいつばのついたナイフの容赦ない攻撃をかわそうとした形跡はまったくなかった。妻のグロリアは右を向いて——夫とは反対側、表通りやその先の墓地のほうを向いて横たわっている。両手は顎の下に押し当てられていた。グロリアも、この状態で亡くなったのではないだろう。遺体は死後に動かされている。祈りを捧げているかのような敬虔なポーズを取らされている。反面、ナイトガウンは腰の上までめくり上げられ、両の乳房も露にされていた。

グロリアのフランネルの長袖のナイトガウンを手に取った。襟もとまで並んだボタン、レースの襟。いかにもグロリアに似合いそうなデザイン。クリスマスに撮影された家族写真で見た、控えめで慎ましやかな女性。あれから一月とたたずに、血の染みたベッドの上で淫らなポーズを取らされている姿を写真に撮られることになった。持ち上げたナイトガウンから古い褐色の血の小さなかけらがはがれ、テーブルを覆った白い紙の上にひらりと落ちた。グロリアは顔や頭、胸、背中、首を計二十七回も刺され、喉をかき切られていた。私は刃物が残した二十七の穴や切れ目を一つずつ確かめた。ガウンは前後とも真っ赤だ。青い花柄の生地らしいとわかるのは、袖と裾に血に染まっていない部分がかろうじてあるからだ。

マンディ・オトゥールは私の邪魔にならないよう、椅子を窓のそばに移してそこに座っていた。私がすることを興味深げにじっと見つめている。私はナイトガウンを紙の上に元どおりに置いた。布地は部分的に乾いた血でごわついていた。ペチコートに使う厚手のチュールに似た手触りだ。マンディは一言も発さずにいる。何か尋ねたりもしなかった。こちらも何を考えているかは話さない。私の考えは、しだいに暗さと醜悪さを増していた。今度はグロリア・ジョーダンの捜査資料を取った。人体図を眺め、ナイトガウンから採取した血液の検査報告書を確かめた。血液からは、当然のことながらグロリアのＤＮＡが検出されていた。ほかに夫のものと、五歳の娘のものも検出されている。どうしてブレンダの血がグロリアのナイトガウンに――？

コリンの計測結果とコメントによれば、グロリアの喉は、左耳の後ろから顎の下を通って右耳の後ろまで、一息に切り裂かれていた。防御創はなかったとコリンは話していたが、不意を襲われて頸動脈を切断されたのだと考えれば、納得はできる。ただし、それで疑問の一つは解決するが、それ以外の疑問がよけいに増えてしまう。私は遺体を撮影した別の写真に目を留めた。足をアップで撮った一枚だ。甲に血の滴が跳ね、足の裏には全面にべったりと血が付いていた。喉を切り裂かれ、全身をめった刺しにされたとき、ベッドに横たわっていたのだとしたら、おかしくはないか。ただ、絶対にありえないとは言いきれない。どこもかしこも血だらけだからだ。クロナゼパムを飲んでベッドで熟睡しているグロリア・ジョーダンの喉を背後からかき切っている犯人の姿を思い描こうとした。

血痕をたどる。筋を引いた血。水たまりのようになった血。踏まれた血。階段に跳ねた血。ナイフで首を斬りつけられて切断された動脈、おそらくは首の、さらに言えばおそらくグロリア・ジョーダンの頸動脈から噴き出した血の痕。心臓の鼓動に合わせて間欠泉のように噴き上がった血。弱まっていく鼓動。しかし、それは誰の心臓だろう？　その持ち主はどちらに向かって移動していた？　階段の上？　それとも下？　サミー・チャンのような優秀な捜査官であっても、すべての血の滴や筋を綿棒でなぞることはできない。すべての血だまりにモップを浸すわけにはいかない。たとえできたとしても、ラボがそのすべてを分析するのは不可能だ。

階段を下りきる。玄関ドアの少し手前、ブレンダが倒れていたところで私はいったん立ち止まり、ブレンダの血がベッドで死んだはずの母親のナイトガウンに付着した理由を説明しようと試みた。玄関ホールや階段、廊下、とにかく家のなかのどこでもいい、血を拭おうとした痕跡がないか目を凝らす。しかし、そのような形跡は見当たらない。これまでに読んだ報告書のなかにも、そういった記述は一つもなかった。玄関ホールに、ブレンダの遺体のそばに戻った。キッチンの勝手口のガラスが割れていることに気づいた隣人からの通報を受けて駆けつけた警察は、玄関を開けるなり、背筋の凍る思いをしたことだろう。

ふつうの神経の持ち主なら、子供の遺体を見たいとは思わない。仔細に観察するのはやめておこうという誘惑に負ける。玄関周辺の床には、凶器から滴ったり跳ね飛んだりした血がめちゃくちゃな模様を作っていた。染みや血だまりもある。血を踏んだ靴の跡のほかに、裸足の跡らしきものも見えた。指や踵の大きさから言って、子供の足跡ではない。私はスポンジボブのパジャマをまた持ち上げた。爪先まで覆うデザインになっていた。裸足の跡は、階段を駆け下りて玄関へ、家の外へ逃げようとしたブレンダが残したものではない。そのとき、私の思考はまた同じ謎について考え始めていた。切り傷。重大な意味を持つ傷。グロリアの左手の親指の切り傷。

コリンは、グロリア・ジョーダンは庭木を剪定していて手を切ったのだろうと推測している。私はその仮説に従って写真を見ていった。ガラス張りのベランダに戻り、裏庭に出る。きれいな円形をした血の滴をふたたび見下ろす。五十センチほどの間隔をあけて、テラコッタタイルの床や敷石や木の葉に落ちていたグロリア・ジョーダンの血。一家惨殺事件とは無関係と判断され、公判には証拠として提出されなかった血痕。コリンの仮説が当たっているなら——私は当たっているとは思わない——グロリアは剪定を始めた直後に誤って手を切ったのだろう。ところが、写真には剪定ばさみが写っていない。切られた枝や徒長枝や腋芽は一つも写っていない。庭は荒涼としている。春に備えた手入れが必要だが、その年はされないまま終わった。

マリーノが当時の隣人、一月五日土曜日の午後にグロリア・ジョーダンが庭にいるのを見かけたというレニー・キャスパーから話を聴いているが、キャスパーは、グロリアは怪我をしたようだとはひとことも言っていない。気づかなかっただけのことかもしれないが、飼い犬をしじゅう庭に連れ出したり、窓から隣家の様子を眺めたりしている人物は、誰かが血を滴らせながら急ぎ足で家のなかに戻って行ったら、おそらく気づくだろう。とくに何を意識して見ていたわけでもない隣人の証言やグロリア・ジョーダンの血痕は、その夜に起きた猟奇的殺人事件という文脈にうまく当てはまらなかったため、グロリアが親指を切ったのは前日の午後だったのだろうという結論に落ち着いた。怪我をしたグロリアは家に戻り、ベランダや客用バスルーム前の廊下に落ちた血を拭き取るのを忘れ、傷に絆創膏を貼らず、ボランティア活動から帰宅した医師の夫に診せることもしなかった。おかしい。私には手を切ったのは事件前日の午後だったとは思えない。

薬毒物検査の結果を見ると、グロリア・ジョーダンの遺体からは、夫より高い濃度のアルコールとクロナゼパムが検出されている。さらに、グロリアには抗鬱薬セルトラリンも処方されていた。事件後、それらの医薬品は主寝室のバスルームで見つかった。シンクの、主にグロリアが物を置いていたと思われる側で。証拠品袋のなかのボトルをもう一度見た。そして、さっきは気づかなかったあるディテールに目を留めた。

「一つお願いしてもいい？」私はコバルトブルーの瞳で私の一挙一動をじっと追っていたマンディに尋ねた。

「はい」マンディはそう答えると同時にもう、椅子から立ち上がっていた。

「バリー・ルー・リヴァーズの資料。たしか電子化されてるって話だったわね。検屍局がペーパーレス化したあとの事案だから」

「印刷しましょうか」

「いえ、いいの。でも、確かめたい文書がある。探してもらえるかしら」

「ちょっとだけ待ってもらえます？　ノートパソコンを取ってきます」

「じゃあ、私は念のために廊下で待ってるわ」私はいったん会議室から外へ出た。

33

マンディ・オトゥールは組織学ラボからノートパソコンを抱えて戻ってくると、バリー・ルー・リヴァーズの記録を探し始めた。そのあいだに私は、ローラ・ダゲットの衣類をあらため、見逃されたままになっていることがないか、確かめることにした。

ウィンドブレーカー、青いタートルネック、薄茶色のコーデュロイパンツ。ローラはその三着をバスルームで洗っていた。有罪をほのめかす行為、複数の第一級謀殺の罪で死刑を宣告された唯一の根拠。染みていた血液はほとんど落ちていた。痕跡がぼんやりと残っているだけだ。パンツの両もも部分の黒っぽい染み。パンツの裾やウィンドブレーカーの身ごろと袖に残った滴やこすれ痕。ローラの靴にも血がついていたはずだ。私の思考は何度でもそこに戻ってしまう。

「ありました。薬毒物検査やそのほかの分析結果の報告書、解剖記録」窓のそばの椅子からマンディが言った。膝にパソコンを置いている。「具体的には何をお探しですか」

「ふつうなら探さないのに、ジェイミー・バーガーは探したもの。解剖記録と薬毒物検査結果と一緒にあるはずの文書」私は答えた。「ＧＰＦＷが作成した、死刑執行のために用意されていた薬物の証拠物件保管継続証よ。薬物は、調合はされたけど、実際には使われなかった。バリー・ルー・リヴァーズは死刑執行前に急死したから。解剖記録にくっついてるのは妙だけど、なぜか一緒にされていた書類」

「そういうものを探すのって大好き」マンディが言った。「本当はそこにないはずのディテール。でも、探すとやっぱりある」

ローラ・ダゲットの衣類の観察に戻った。そして、殺されたとき被害者が着ていたものを思い浮かべ、どれだけ大量の血が染みていたかを考えた。市松模様のキッチンの床のタイルやモミ材の床板に残っていた、入り乱れた足跡。犯人が家じゅうの血痕を踏んで歩いていたことをほのめかす証拠。靴底の模様はすべて同一のものではなさそうだ。警察の到着後に大勢が犯行現場に入ったからか。それとも、ドーン・キンケイドの悪魔の犯行には、共犯者がいたのか。

その共犯者はローラではない。一月六日の未明にジョーダン家のなかを歩き回っていたのなら、靴にも血がついていたはずだ。ところが施設のボランティア職員がバスルームのドアを開けたとき、ローラが洗っていたもののなかに靴はなかった。下着やソックスもなかった。ローラの体に傷——たとえば引っ掻き傷——は確認されていないし、被害者の遺体や犯行現場からはローラのＤＮＡや指紋は見つかっていない。誰一人としてそういった事実に注意を払わなかったのは悲劇だ。ＤＮＡはドーン・キンケイドの型と一致したが、指紋は一致しなかった。そして——キャスリーン・ローラは〝あの子たち〟を養子に出したと言った。自分が産んだ子供は一人だけではなかったかのように。

「あった（ペイダート）」マンディが宣言した。私はとっさに〝ペイバック〟という言葉を連想した。

ローラがでっち上げた、架空のモンスター。多くの人はそう信じている。

「そう、これ。探してたのはこれよ」私はディスプレイに表示された文書に目を通した。死刑執行用の薬物を調合した薬剤師の名はロバータ・プライス。薬物はＧＰＦＷに届けられ、バリー・ルー・リヴァーズの死刑執行予定当日、二年前の三月一日正午に、タラ・グリムが受領のサインをしている。

チェックボックスに書き入れられた印とその横に記された氏名を見るかぎり、チオペンタールナトリウムと臭化パンクロニウムは、正午から刑務所長のオフィスに保管されたあと、午後五時に執行室に運ばれたが、結局使われずに終わった。

「これにどんな意味が？　何か考えがあるみたいな顔されてますけど」ついに好奇心に負けたか、私がノートパソコンを返そうとしたとき、マンディがそう訊いた。

「ローラ・ダゲットの衣類はここにあるだけで全部？」私はマンディの質問に質問で答え、処方薬のボトルが入った証拠品袋を持ち上げ、オレンジ色のプラスチックボトルに貼られたラベルを確かめた。「言い換えれば、靴はないのかって質問だけど」

「コリンが持ってるのがこれだけなら——ジョージア州捜査局がいまも保管してるのがこれだけなら、ほかには何もないと考えて間違いないと思います」

「犯人は相当な返り血を浴びたはず。靴に血がついてなかったなんて、まず考えられない」私は言った。「衣類は洗ったのに、血だらけの靴は洗わなかったのはどうして？」

「いつだったか、コリンが遺体と一緒に運ばれてきたハイヒールの底にくっついてたガムをこそげ落としたことがありました。そのガムから毛髪が見つかった。さらにその毛髪から犯人のDNAが見つかった。そのとき、みんなでTシャツを作りました。〈コリン・デンゲートは名探偵（ガムシュー）〉」

「コリンを呼んでもらえる？　駐車場で待ってるって伝えて。もし可能なら、ちょっと過去にタイムトラベルしてみたいの」

ローラ・ダゲットはバスルームで靴を洗わなかった。部屋に置かれていた血まみれの衣類のなかに、靴はなかったからだ。ローラは人を殺していない。ジョーダン一家が暮らしていた歴史的建造物に指定された邸宅には入っていない。一家惨殺事件が起きた一月六日未明にも、それ以外の日にも。精神的な問題を抱えたティーンエイジャーに、社会的地位と富に恵まれたジョーダン夫妻やブロンドのかわいらしい双子の子供たちと知り合う機会があったとは思えない。取調室で事件について訊かれ、殺人犯として逮捕されるまで、彼らがどこの誰なのか、まるで知らなかったに違いない。

またローラは真犯人がどこの誰なのかもまるで知らないのではないか。ドラッグや小銭や人殺しのスリル以上の動機を持っていた一人または複数の人物。社会復帰訓練施設に収容されていた軽い知的障害を持つ十代の少女には知る由もなかった大がかりな計画を温めていた、一人または複数のモンスター。もし知っていたら、ローラも殺されたはずだ。キャスリーン・ローラーやジェイミーが殺されたように。何らかの陰謀があった。そしておそらく、それにはローラに濡れ衣を着せることも初めから含まれていた。いま、何者かが私に罪を押しつけようとしているように。これはドーン・キンケイド一人が仕組んだことではないだろう。

ショルダーバッグからｉＰｈｏｎｅを取り出し、ベントンの番号を入力しながら建物を出て、鮮やかな赤い花をつけたブラシノキのそばに立った。ちょうど目の高さにハミングバードがいる。照りつけてくる陽射しをありがたく感じた。体が冷えきっている。エアコンのきいた会議室で、グロテスクな秘密をわめき立てている証拠品に囲まれているうちに、骨まで冷えきっていた。ただ、証拠があげているその声に、誰が応えようとするだろう。

もちろんコリンは応えるだろう。マリーノとルーシーも耳を傾けるはずだ。その二人の携帯電話にはもうメッセージを送ってある。ロバータ・プライスという名前に聞き覚えがあるか、グロリア・ジョーダンについて現時点で判明している以上の情報はないか。私が読んだ新聞記事はどれも、グロリア・ジョーダンにはほとんど触れていなかった。経歴などを簡単に紹介しているだけで、何らかのトラブルがあったことを匂わせる記述はいっさいない。それでも、私は確信していた。何かトラブルに巻きこまれたのだ。それも最悪のタイミングで。

ベントンが私の夫でなかったら、私がいまからしようとしている怪談じみた話、大げさなだけのほら話かでっち上げとしか思えない話に、まともに取り合おうとしないだろう。私は九年前の事件の真相らしきものを突き止めたつもりでいる。しかしその真相に、ＦＢＩや国土安全保障省はいますぐ関心を払おうとはしないだろう。その事情は理解できる。それでも、誰かが私の話を聞いて、ただちに行動を起こす必要があった。

「アトランタの友人ご一行が到着したようね」私はベントンが電話に出るなり言った。背景で大勢の話し声がしていた。

私の話はベントンをいらだたせるだろう。いまからわかりきっている。

「いまちょうど始めたところだ。どうした？」心ここにあらずといったもどかしげな声。騒がしい部屋を歩き回っているのがわかる。

「あなたやそこに集まってる人たちに、ちょっと調べてもらえたらと思って」

「どんなことだ？」

「養子縁組の記録。お願いだから、そんなことかって言わずにきちんと聞いて。ジョーダン一家惨殺事件が目下の最優先事項じゃないのはわかってる。でも、最優先にすべきだと思う」

「きみの話はいつだってきちんと聞いているよ、ケイ」声は穏やかだ。でも、内心はいらだっているとわかる。

「キャスリーン・ローラーやドーン・キンケイドに関するあらゆる情報。生まれたときの名前はドーン・キンケイドじゃなかっただろうし、最初に養子に迎えた家族の姓もわからない。数えきれないほどの里親家庭をたらい回しにされたあと、カリフォルニアの夫婦に引き取られた。その夫婦はもう死んだことになってる。ＦＢＩがまだ突き止めてないこと、とくにドーンが接触した相手について、調べてもらえるとありがたいわ。誰かに接触したはずなの。たぶん、ジョージア周辺の機関。二〇〇一年か二〇〇二年。実の両親を探そうと考えたとき。実の親を探す誰もが通るのと同じ道筋をたどったはず」

「キャスリーン・ローラーがきみに話したことが事実かどうかわからないし、この件を話し合うのはまたあとにしたほうがいいだろう」

「ドーンが二〇〇二年の初めにサヴァンナに来たことはわかってる。それに、この件はいますぐ話し合わなくちゃならないの」私はそう切り返した。面会室で会ったキャスリーン・ローラーの顔を思い浮かべる。刑務所にいたとき産気づいたと話していた。キャスリーンの言っていたことが頭を離れない。

動物みたいに檻に閉じこめられていたから、〝あの子たち〟を手放さなければいけなかった、ほかにどうすればよかったの、〝あの子たち〟を十二歳の少年、ジャック・フィールディングに託せばよかったとでも？　そんなことを言っていた。

「それも証明されてはいない」ベントンはほかのことで急いでいて議論をしたくないときにかぎって、私の言うことに異を唱え、議論を始めようとする。

「DNAの再鑑定の結果、二〇〇二年にジョーダン邸にいたことが判明してる。でも、もう一つ別の検査も依頼しなくちゃならない。その件はこのあとすぐ説明するわ。ドーンは実の母親に会うためにカリフォルニアからはるばる来たの？　それとも別の目的のため？」

「きみにとっては重要なことだというのはわかっている」ベントンは言った。「ドーン・キンケイドが二〇〇二年にサヴァンナに来たらしいという事実はベントンにとっては重要ではないと言っているも同然だ。FBIとアメリカ政府は、おそらく大統領までもが、このあと起きるかもしれないテロ計画に完全に気を取られている。

「実の母親以外にも会いたい人物がいた可能性があるんじゃないかと言ってるの」私はかまわず続けた。「これまで誰も確認しようと思わなかった記録があるかもしれない。重要なことなの。本当よ」

ベントンは部屋のなかを歩き回っている。背景で、コーヒーがどうとかという声が聞こえた。ベントンはその声の主にありがとうと言ったあと、私に訊いた。「いったいどういうことだ？」

「犯行には関わっていないのに、犯行現場にあったナイフの柄やラベンダーの香りつきのハンドソープのボトルに血のついた指紋が残るなんてことはありえる？」

「その指紋の血から検出されたDNAは？」

「被害者のDNAと、未知の人物のDNA。いまはその未知の人物がドーン・キンケイドだったことがわかってる。でもね、指紋はドーンのものじゃないのよ」私は言った。「検出されたDNAは、ジョーダン一家のものと、おそらくドーンのもの。だけど指紋は別人のものなの」

「〝おそらく〟？」

「その人物は血の付いた手でキッチンナイフやハンドソープのボトルに触って指紋を残した。ただし、指紋はドーン・キンケイドのものじゃない。最後まで身元は判明しなかった。現場の汚染の結果だろうということにされた。大勢が現場に立ち入ったから。ジャーナリストもいて、血だらけの現場を歩き回って証拠に手を触れた。警察官や鑑識の捜査員も手を触れたかもしれない。どうやら現場は適切に保存されなかった。私はそう説明された」

「不自然な話ではない。除外の目的で指紋をあらかじめ登録していない人物が証拠物件を触ったら、照合しても一致するデータは出てこない。もう切るよ、ケイ」

「そうね、不自然ではないわ。ローラ・ダゲットをすでに逮捕してて、ほかに真犯人がいるとは思っていなかったわけだから、捜査に関わった全員がその説明に飛びつくでしょう。この事件のすべてにおいて、それが問題なの。いろんな事実を見過ごし、疑問に思わず、浅く掘っただけで満足した。事件は解決したから。犯人は、血の染みた衣類を洗っているところを見つかって、馬鹿げた嘘を次から次へと並べ立てる人物だと決まったから」

「すぐにこっちからかけ直すと伝えてくれ」ベントンがほかの誰かに言った。

コリンが建物から出てきた。私が電話中と気づいて、ランドローバーで待っていると身振りで伝えてきた。

「そこのFBIの人たちを総動員して、ロバータ・プライスという人物について調べて」私はベントンに言った。ベントンは黙っている。「九年前、グロリア・ジョーダンの処方薬を調合した薬剤師。誰なのか。ドーン・キンケイドと何かつながりがあるのか」

「きみは当然知っていると思うが、主任薬剤師なら、自分で調剤していなくても、処方薬のラベルにはその人物の名前が書きこまれる」

「刑務所付きの医師や、死刑執行を担当する医師が出した処方箋なら、そうはならないかもしれない」私は言った。「主任薬剤師だとしても、チオペンタールナトリウムと臭化パンクロニウムを調剤したのが自分じゃなければ、名前は出さないんじゃないかしら。間接的にでも死刑執行に関わった人物として名を連ねるのには抵抗を感じるんじゃない？」

「この話はいったいどこに向かおうとしている？」

「ロバータ・プライスという薬剤師、グロリア・ジョーダンの処方薬を調合していたのと同じ薬剤師が、二年前、バリー・ルー・リヴァーズの死刑執行に使われるはずだったチオペンタールナトリウムと臭化パンクロニウムを調剤してる。結果的には、バリー・ルーが執行前に急死したせいで使われなかったけどね。薬物がGPFWに届いたとき、タラ・グリムが受け取りのサインをしてる。タラとロバータ・プライスに面識がないとは考えにくい」

「モンク薬局の薬剤師だな。ハーブ・モンクという人物が経営している小さなドラッグストアだ」ベントンは私の話を聞きながら検索をかけていたのだろう。

「ジェイミーがよく買い物をしてたドラッグストアだわ。でも、ロバータ・プライスの名前はジェイミーの薬のボトルにはなかった。どうして？」私は応じた。

「どうしてかって？　悪いが、話についていけない」ベントンは完全に上の空といった調子で答えた。

「なんとなくだけど、ジェイミーがモンク薬局に来ても、ロバータ・プライスは接点を持たないようにしてたんじゃないかって思う」私が鎮痛剤を買ったとき、会計をしてくれた白衣の男性は、ロビーという名前を口にしていた。直前まで店にいたはずなのに、突然姿を消したらしい人物。ロビー。「ロバータ・プライスがどんな車に乗ってるかも、きっともう知ってるんでしょうね。黒いメルセデスのワゴンかどうかとか」

長い間があった。「ロバータ・プライス名義で登録されている車はない。少なくとも、その名前ではね。別の名義になっているのかもしれない。グロリア・ジョーダンもやはりその薬局で処方薬を受け取っていたのか」

「いいえ、自宅の近くの薬局。当時は〈レクソール〉だったけど、いまは〈CVS〉に変わってる」

「とすると、一家殺害事件後のどこかの時点で、ロバータ・プライスは転職したということかもしれないな。その転職先が、GPFWに近い、個人経営の小さな薬局だった」ベントンは私にそう言ったあと、別の誰かに、すぐに行くからと言った。「グロリア・ジョーダンとGPFWの処方薬を調合していたというだけでは、逮捕する合理的な理由にはならない。考えてみろ、この地域の何万人分かの調剤も担当したかもしれないんだぞ、ケイ。といっても、調べないと言いたいわけじゃない。この件は調べる」

「GPFWの死刑執行に協力するのに抵抗を感じない薬局。男性の刑務所の調剤も引き受けてたかも。そうあることじゃない」私はそう指摘した。「薬剤師の大部分は、自分は薬物療法の管理者で、患者のために最善を尽くすことを職務と考えてるものよ。患者を殺すことは、職務に含まれてない」

「ロバータ・プライスは、死刑に加担することに倫理的な抵抗を感じない。または、ただ与えられた仕事をこなしているだけだと考えている」

「あるいは、それに快感を覚える。麻酔薬の効果が途中で切れてしまうとか、何か問題が起きるのを楽しみにしてる。少し前にジョージア州でそういった事例が実際にあったのよ。死刑囚が息絶えるまでに、通常の少なくとも倍の時間がかかって、死刑囚は無用の苦しみを味わった。そのとき使った薬物を調合したのは誰なのかしら」

「調べよう」ベントンは約束した。ただし、いますぐ調べることはないだろう。

「あともう一つ、ジェイミーがDNAの再鑑定を依頼したラボに問い合わせる必要がある」ベントンがそれを最優先事項と見なすかどうかにかかわらず。私は低くうなっているコリンのランドローバーのほうに歩きだした。「軍が使ってるような最新技術を導入してるとは思えないけど」

ドーヴァー空軍基地内の米軍ＤＮＡ鑑定研究所（ＡＦＤＩＬ）のＤＮＡ型分析技術は、精度と検出感度において前人未到のレベルに到達している。戦死者の身元確認という難題につねに挑み続けているからだ。一卵性双生児が前線に派遣され、片方が、あるいは、悲しいことに、二人とも戦死したら？　ＤＮＡ型分析では、二人を区別することはできない。一卵性双生児であっても指紋までは同一ではないだろうが、比較するための指が残っているとはかぎらない。

「即席爆弾、破壊的な負傷。完全に消えてしまうことだってある」私は付け加えた。「身元確認で何より最悪なのは、服の切れ端や焼けこげた骨のかけらについた鮮度の落ちた血の霧だけというような場合。ＡＦＤＩＬは、メチル化やヒストンアセチル化といった反応を使ってエピジェネティック現象を分析する技術を持ってるわ。その技術を利用すれば、ほかの分析方法では不可能なＤＮＡ型比較が可能になる」

「その事件に関して、どうしてそんな技術が必要なんだ？」

「一卵性双生児のＤＮＡ型は、出生時は完全に同一よ。ただ、年齢を重ねるごとに、遺伝子発現に有意な相違が見られるようになる。その相違を探す技術があれば二人を区別できるし、双子が別々の環境で暮らしている時間が長ければ長いほど、その相違は大きくなるの。ＤＮＡはその人物を定義するものではあるけれど、成長するにつれて、どんな人物であるかが逆にＤＮＡを定義するようになる」私はそう説明しながら助手席側のドアを開けた。送風口は熱気を勢いよく噴き出していた。

34

チャイムに応えて玄関を開けた男性は、汗をかいていた。よく日に焼けた二頭筋には、ロープのようにしっかりと太い静脈が浮いている。私たちが連絡なしに訪れてチャイムを鳴らしたとき、ちょうど筋力トレーニングの真っ最中だったのかもしれない。

見知らぬ二人組がポーチに立っているのを見て、男性は露骨に不愉快そうな顔をした。二人組のうち一人はレンジパンツを穿き、ジョージア州捜査局のロゴ入りポロシャツを着ている。もう一人はカーキのユニフォーム姿だ。そして隣地との境界線に沿って立てられた、ジャスミンの蔓がからむ格子のそばのヴァージニアカシの木陰には、古ぼけたランドローバーが停まっている。

「突然お邪魔して申し訳ない」コリンは札入れを開いて監察医の身分証明書を見せた。「ほんの少しお時間をいただけないでしょうか」

「ご用件は？」

「ゲイブ・ムレリーさんですね？」

「何かあったんですか」

「公務で来たわけではありません。何かあったわけではないので、その点はご心配なく。ちょっとお訪ねしただけです。ご都合が悪いようでしたら、すぐに帰ります。ただ、その前に話だけでも聞いていただければ」コリンが言った。「ゲイブ・ムレリーさんですね？　この家の所有者の」

「そうですが」握手のために手を差し出そうとはしない。「ここは僕の家です。妻に何かあったんじゃないですよね？　そういうことじゃありませんよね？」

「ええ、私の知るかぎり奥さんは無事です。不安にさせてしまったなら申し訳ありません」

「いまさら怖いものなどありませんよ。で、ご用件は？」

なかなかの美男だった。黒っぽい髪、灰色の目、がっしりと力強い顎。短く切ったスウェットパンツを穿き、〈アメリカ海軍原子力潜水艦：いったん稼働したら、もう止められない〉と書いた白いTシャツを着ていた。たくましい体で戸口をふさぐようにしている。理由を問わず、あらかじめ電話一本よこさずに訪問する見知らぬ他人を歓迎するタイプではないことは明らかだった。とはいえ、ジョーダン一家の住まいだったこの家の現在の持ち主に、断る隙を与えるわけにはいかない。ぜひとも裏庭を見たかった。一月五日の午後、グロリア・ジョーダンが庭で何をしていたのか、どうしても確かめなくてはならない。

剪定をしていたのではないだろう。翌日の未明にふたたび庭に出た理由、おそらくは古い根菜類貯蔵室に行った理由を知りたかった。グロリアと家族が襲われたときに、真っ暗闇のなか、庭に出るよう誰かに脅されたからかもしれない。証拠の分析に基づいた仮のシナリオは、すでに頭のなかに出来上がっていた。ここに来る車中でルーシーから届いたメールの情報は、グロリア・ジョーダンは罪のない被害者ではない――という表現は優しすぎるくらいだろう――という私の結論を裏づけていた。

私の考えはこうだ。一月五日の夜、グロリアは夫がそう簡単には目を覚まさないよう、酒のグラスにクロナゼパムを混入した。午後十一時ごろ、一階に下りて防犯アラームを解除し、侵入者があってもアラームが鳴らないようにした。ただし、あのような結末を迎えることになるとは、その時点では想像さえしていなかったはずだ。だが、グロリアの考えは甘かった。何より、愚かだった。結婚という監獄からの脱出口を探していて、しかも欲しいものを手に入れる資格が自分にはあると思いこんだ不幸な人々が考えることは、たいがい愚かだ。

グロリア・ジョーダンは、子供たちに危害が及ぶとは思っていなかった。ましてや自分が殺されるとは予想していなかった。おそらく夫についても同じだったろう。グロリアは、憎むまではいかなくても、夫に嫌気がさしていた。夫から自由になりたいと考えていた。だが、グロリアが手に入れたかったのはたぶん、秘密の資金源だ。自由に使えるお金だ。夫の死までは望んでいなかっただろう。計画は単純だった。一月のある日の夜、何もややこしいことのない強盗事件が起きるだけだ。ルーシーのメールによれば、その日は朝からときおり雷を伴う激しい雨が降ったり、冷たく強い風が吹きつけたりしていたらしい。そんな荒れ模様の日に、誰が庭の手入れをしようと考えるだろう。とはいえ、その日の午後、グロリア・ジョーダンが邪魔な枝を一本も剪定しなかったことを示す証拠はない。

では、百年以上前に作られた根菜類貯蔵室の残骸と思しき崩れた壁とくぼんだ地面のそばで、グロリアはいったい何をしていたのか。共犯者または共犯者たちを出し抜いてやろうと画策していたのではないか。皮肉なのは、共犯者との約束を守ったとしても、グロリア・ジョーダンはどのみち殺されていただろうということだ。その少し前から親しくなり、ほどなく信頼するようになった相手が悪魔であることに、グロリアは気づいていなかった。山分けを約束していた金貨をやはり独り占めすることにして隠し、共犯者には、家のどこを探しても見つからないのだと弁解すれば、すべてはなかったことになると楽観していたに違いない。

「この件でわずらわされたくないというお気持ちは理解できます」暑いポーチに立ったまま、コリンが言う。アメリカ独立戦争時代に造られたポーチ。堂々たる白い柱が屋根を支えるそのポーチからは、向かいの墓地が一望できる。熱を帯びた風が吹きつけて、刈ったばかりの芝の香りを運んできた。

「まさか、あの事件ですか」ゲイブ・ムレリーが訊き返す。「警察にマスコミ。でも、最悪なのは観光客だ。現場を見たいといって、人の迷惑も考えずにチャイムを鳴らしまくる」

「私たちは観光客ではありませんし、そういった見学ツアーをお願いしたいわけでもありません」コリンは私を紹介し、私は明日か明後日にはボストンに帰ることになっていて、その前に裏庭を見たいのだと説明した。

「あの、こんな言いかたは失礼かもしれませんけど、いまさらいったい何のために?」ゲイブが言った。開いた戸口の向こう、ゲイブの背後に、モミ材の階段や、ブレンダ・ジョーダンの遺体が発見された玄関ホールのすぐ奥の床が見えていた。

「いまさらと思うお気持ちはわかります」私は答えた。「それに、あなたには私に庭を見せる義務はありません」

「庭は妻の領分みたいなもので。完全に作り替えてしまいました。ちょっとしたオフィスも建ってます。何をごらんになりたいのか知りませんが、何にせよ、もうなくなってるんじゃないかと思いますよ。時間の無駄じゃないかな」

「本当に、ちらりとでも見せていただければそれで。情報を見直していて……」

「ほら、やっぱりあの事件のことだ」ゲイブはうんざりしたように大きなため息をついた。「こんな家、買ったのが間違いだった。しかもよりによってハロウィーンに刑の執行が予定されてる。今年のハロウィーンは家では過ごせそうにない。徹底的に戸締まりをして、州兵でも呼んで警備を頼んで、自分たちはハワイにでも行って騒ぎが収まるのを待ちますよ。ええ、冗談じゃなく。やれやれ、しかたないな」

ゲイブは脇によけて私たちを通した。

「こんな会話をしてること自体が馬鹿らしい」いらいらとそう続けた。「とはいえ、近所から丸見えの場所でいつまでも話してるのも何だし、この暑さですからね。まったく、こんな家を買ったのが間違いだった。妻の意見なんか却下すればよかった。僕は言ったんですよ。この家はツアーのルート上にある、あまりいい物件とは思えないってね。しかし、主に家にいるのは妻ですから。僕は留守にしてるほうが多い。だったら妻の暮らしたい場所に住むのがいいと考えてしまった。殺された人たちのことは気の毒だと思いますよ。でも、死んでしまったものはしかたがないし、無関係の僕らのプライバシーを踏みにじられるのが不愉快でたまらない」

「ええ、お気持ちはわかります」コリンが相づちを打つ。

玄関ホールに入った。写真で何度も見ていたせいだろう、前にも来たことがあるような錯覚を覚えた。裸足で階段を下りてくるグロリア・ジョーダンの姿を想像した。青い花柄のフランネルのナイトガウンを着て、足音を忍ばせてキッチンに向かうグロリア。そこで客の訪問と秘密の計画の開始を待つ。もしかしたら、ガラス戸が割れ、そこから伸びた手が、デッドボルトに差しっぱなしにされていた鍵を回したときは、家の別の場所にいたのかもしれない。夫が殺害されたとき、どこにいたのかはわからないが、ベッドの上でなかったことは確かだ。二十七回刺され、喉をかき切られたときにいた場所も、ベッドではないだろう。二十七回刺した上に喉をかき切った。過剰殺傷。そういった行為は、たいてい欲望や怒りの結果だ。おそらく玄関ホールで殺されたのだろう。そこで素足で自分の血を踏み、惨殺された娘の血を踏んだ。

「僕がこの地方の出身じゃないことはもうおわかりでしょう」ゲイブが話し続けている。たしかに、初めはイギリス人かと思ったが、それよりもオーストラリア風の発音かもしれないと思い直したところだった。「シドニー、ロンドン、次にノースカロライナに来て、デューク大で高圧医学を専攻した。サヴァンナに住むようになったのは、事件からずいぶんたってからです。この家の来歴はとくに気にならなかった。気になるようなら、二年くらい前に売りに出たとき、そもそも見に来たりしてなかったでしょう。で、いざ見に来たら、ロビーがこの家に一目惚れしてしまって」

〝理想的な結婚に見えるけど、そう見えるだけ〟――ルーシーはメールにそう書いていた。検索して集めた記録の情報が添付されていた。その情報は、自己破壊的な過去を持つみじめな女の姿を描き出していた。一九九七年にクラレンス・ジョーダンと結婚してすぐに双子を出産した。ジョシュとブレンダと名づけられた男と女の双子。シンデレラ物語――二十歳でドクター・ジョーダンの医院の受付係に採用されたとき、周囲の目にはそう映ったことだろう。ふたりのなれそめはどうやらそれらしい。ひょっとしたらクラレンスは、自分なら彼女を救えると考えたのだろうか。結婚後しばらくは落ち着いていたに違いない。しかしそれ以前のグロリアは、カオスとトラブルに満ちた人生を送っていた。取り立て代行会社に迫られて不渡り小切手を現金化したり、公共の場で泥酔したり。そして半年から一年ごとに安アパートから次の安アパートへと引っ越しを繰り返していた。

「キングスベイですか」コリンがゲイブ・ムレリーに訊いた。ここから百五十キロほど先の、核兵器を積んだ大西洋艦隊のトライデントII搭載艦の母港に勤務しているのかということだ。

「予備役の潜水医官です」ゲイブが答えた。「ふだんはジョージア地域病院に勤務してます。緊急救命室に」

この家にまた医師が住んでいるということだ。クラレンス・ジョーダンよりも幸せな人生であることを祈った。おそらくは、当時懇意にしていた、同じ慈善団体の友人、複数の新聞社とテレビ局とラジオ局を所有していて、どんな情報を公にするかを決める権限を握っていた通信社の社長を頼みにして。

それが功を奏し、グロリア・ジョーダンが再開した非行が表沙汰になることは一度もなかった。悲しく、しかも世間体がいいとは言いがたい一連の事件は、二〇〇一年の一月に始まった。このときは万引きで捕まっている。高価なワンピースを服の下に隠したものの、万引き防止のタグを外さなかった。それはきっと、助けを求めるグロリアの叫びだったのだろう。だが、ルーシーのメールを読みながら、もしかしたらそれよりもずっと危ういものだったのかもしれないと私は感じた。

グロリア・ジョーダンは、自分を顧みない夫、理想の妻像を強引に押しつける夫を罰しようとして、そういった行為を始めた。夫のプライドや体面、夫の極端に高すぎる理想を報復のターゲットに定めた。〈オグルソープ・モール〉での万引き事件から二ヵ月とたたず、グロリアは車で並木に突っこみ、飲酒運転で逮捕されている。その四ヵ月後の七月には、酒に酔って興奮した声で、自宅に泥棒が入ったと警察に通報した。駆けつけた刑事に対し、屋根裏の断熱材の下に隠してあった二十万ドル相当の金貨を家政婦が盗んだと訴えた。しかし、家政婦は起訴されなかった。夫のクラレンス・ジョーダンが、少し前に金貨の保管場所を変えただけだと警察に話したからだ。金貨は何年も前に投資のつもりで購入したもので、屋敷内の安全な場所にあることが確認できた、盗まれたものは何もない。

では、七月から翌年の一月六日のあいだ、金貨はどこにあったのか。クラレンス・ジョーダンが売却したのかもしれない。ただ、二〇〇一年は、一オンス三百ドルを切るような史上最低価格を記録した年だとルーシーは指摘している。なぜ値が戻るのを待って売却しなかったのか。すでに何年も持ち続けていたのだとすれば、なおさらだ。それに、金に困っていたとは考えにくい。二〇〇一年の納税申告によれば、株の売買収益と配当利益は合計で百万ドルを超えていた。しかし、金貨がどうなったにしろ、一家が殺害されたあとに行方不明になったままなのは事実のようだ。事件の際に盗まれた物品のリストはどこにもない。捜査報告書には、宝石類や家宝級の銀器はすべて無事だったと記録されている。

結局、グロリア・ジョーダンが黄金の財宝を手に入れることはなかった。最後に――殺される直前の午後に金貨を別の場所に移したのは、おそらくグロリアだからだ。その日、何があったのかは、このまま永遠にわからずじまいになるのだろうが、いま判明している事実をもとに仮説を組み立てることは可能だ。グロリアは泥棒に盗まれたことにして金貨を自分のものにしようと考えた。しかし直前になって、戦利品を約束どおり共犯者または共犯者たちに分ける必要はないと思い直し、金貨を探し出せなかったと嘘をつくことにした。夫がまた隠し場所を移してしまったらしい、申し訳ないとは思うが、自分のせいではないから許してほしいと言えばいい。

共犯者が――十中八九、二人組の共犯者が現われたとき、何と弁解したかは想像するしかない。しかし、グロリア・ジョーダンが出し抜こうとした相手が、どれほど恐ろしい悪夢のなかでも遭遇できないような、利口で冷酷な魔物だったことは間違いないだろう。一月六日の未明、グロリアは金貨の隠し場所を教えるしかなくなった。最初に斬りつけられたのは、裏庭の崩壊しかけた根菜類貯蔵室の近くだった。おそらくは警告として。あるいは、それがグロリアに対する攻撃の始まりだったのかもしれない。グロリアは家のなかに逃げ戻り、そこで殺された。死体は二階に運ばれ、殺された夫の隣に淫らな姿で横たえられた。

「見せてもらったら、すばらしい家だった。正直言って、僕もすっかりやられちゃいましてね」ゲイブ・ムレリーが話を続けていた。「しかも驚くような安値で売りに出てた。そのときになって初めて、不動産屋が二〇〇二年の事件を詳しく話したんです。それを聞いて、安いのは当然だと思いました。この家が発してる独特の雰囲気とか、気みたいなものが気に入ったというわけじゃありませんが、迷信深いたちでもない。幽霊の存在なんて信じてません。ここに住むようになって信じるようになったのは、ハトほどの常識とマナーしかない観光客という存在ですね。死刑執行の予定日が確定したでしょう。お祭り騒ぎになるんじゃないかと思うと、いまから憂鬱ですよ」

死刑は執行されない。私がかならず止めてみせる。

「予定どおりにいかなかったときはがっかりしました。判事がいったん延期したでしょう。さっさと終わらせてもらいたいですよ。そうしたらようやく落ち着くでしょうから。静かに暮らせる。世間に忘れてもらえる。観光客にいきなりチャイムを鳴らされて、家のなかを見せてもらえませんかって言われなくなる日がいつか来るといいんですがね」

どんなことをしてでも、ローラ・ダゲットを死刑執行室には送らせない。もしかしたら、ローラもいつか何にも怯えることなく穏やかに暮らせるようになるかもしれない。タラ・グリムやＧＰＦＷの刑務官。〝ペイバック〟――究極の代償を取り立てに来る〝ペイバック〟。その取り立て屋のファーストネームは、ロバータかもしれない。過剰に摂取すれば、あらゆるものが毒になる。ブリッグス大将はそう言った。薬物や細菌やそれらにひそむ危険を誰より知り抜いているのは、薬剤師だ。病を癒す薬物を苦痛と死の秘薬に変える、悪魔の錬金術師。

「で、何をごらんになりたいんですか」ゲイブ・ムレリーが私に尋ねた。「果たしてお役に立てるかどうか。僕らの前にもいろんな人が住んでましたからね、その一家が殺された当時、この家のどこがどんなだったか、僕もよく知りません」

キッチンはまるで別物に変わっていた。全面的に改装されている。新しいキャビネットに、ステンレスのモダンな設備。床は黒い御影石に張り替えられていた。庭に出る勝手口は、ジェイミーから聞いていたとおり、ガラス戸ではなくなっている。ジェイミーはどうしてドアが交換されたことを知っていたのだろう。一つ可能性がある。ジェイミーなら、ためらうことなくこの家の敷地に入りこんだだろうということだ。たとえば、街歩きをしている観光客を装って。あるいは、身分を明かし、なぜこの家に関心を持っているのか、堂々と話して真正面から入ったのかもしれない。キッチンのカウンターの、腰を下ろす場所もない位置にノートパソコンが置いてあった。テーブルにはワイヤレスのキーパッド。どの窓にもセンサーがついている。セキュリティシステムを入れ替えたようだ。今度のものにはきっと監視カメラもついているのだろう。

「高性能なセキュリティシステムを導入したんですね。賢明な判断だわ」私はゲイブ・ムレリーに言った。「この家は人の目を引きやすいでしょうから」

「ブローニングの九ミリ。僕のセキュリティシステムはそれですよ」ゲイブはにやりとした。「そういう最新式のセキュリティシステムにこだわるのは、妻のほうなんです。窓の開閉センサーにモーションセンサー、監視カメラ。うちには薬物がたくさんあるって勘違いされてるんじゃないかって、いつも心配してて」

「医者にまつわる都市伝説が二つある」コリンが言った。「一つ、医者は自宅にしこたま薬をためこんでる。二つ、医者は金持ちだ」

「僕は留守にしてることが多いですし、妻の勤務先は薬局ですからね」そう言ってキッチンの勝手口を開けた。「三つめの都市伝説は、薬剤師も自宅に薬をためこんでる、だな」私たちは石の階段伝いに、敷石の小道がある芝生に下りた。ベランダから音楽が聞こえている。いまはトレーニングルームに使っているらしい。私たちが来たとき、ゲイブはベランダにいたのだろう。そしてその前はおそらく芝を刈っていた。

ガラス越しに、写真にあったとおりの赤いテラコッタタイルが見えた。筋トレ用のベンチやウェイトのラックが並んでいる。家の裏に自転車が二台、立てかけてあった。タイヤは小さく、アルミのフレームにはヒンジがついていた。赤いほうはサドルとハンドルが高めになっている。もう一台――銀色のほうは、もっと小柄な人物のものらしい。その隣に芝刈り機とレーキと、刈った芝を詰めたゴミ袋が並んでいた。

「自由に見て回ってください。それが一番簡単でしょう」ゲイブが提案した。その物腰から、ゲイブ・ムレリーは私たちをまったく警戒していないし、警戒すべき理由があることさえ知らないのだとわかった。「僕はガーデニングには興味がない。庭はロビーの領分です」妻の領分にはまったく興味がないというように。事件当時あったものはどうせ一つも残っていないというように。

モクセイ、生け垣、彫像、ロックガーデン、崩れかけた壁はなくなっていた。代わって、根菜類貯蔵室があったと思われる場所に、芝生から一段高くなったライムストーン敷きのテラスが造られていた。そのテラスの奥に、小さな離れが見えた。黄色いペンキ塗りの外壁、こけら葺きのマンサード屋根。屋根から突き出している換気パイプは業務用らしい。軒下に小型の監視カメラが並んでいる。いまいる位置からは三台確認できた。ツゲの木の陰に、冷暖房空調設備と小型の補助発電機。すべての窓にシャッターがついている。ゲイブ・ムレリーの妻は、ハリケーンや停電を予期して万全の備えをし、不法侵入やスパイを本気で心配しているといったふうだった。目隠しのためだろうか、離れの三方が白塗りのラティスで囲まれている。ヤマブドウの蔓やピラカンサがそのラティスを這い上っていた。

「ロビーはあのオフィスでどんな仕事をしてるのかしら」私はゲイブに尋ねた。ふつうの状況なら、ふつうに訊かれる質問だろう。

「薬化学の博士号を取るための研究。オンライン大学院の学生なんですよ。いま、博士論文を書いてるとかで」やましいことがあるなら、そこまで話さないだろう。鍛え抜かれた体をした戦士。ただし、自分が敵と同居しているとは夢にも思っていない。

「ハニー？　お客さんが来てるの？」女性の声がした。ちょうど家の角を回って裏庭に来たところだった。落ち着いた、けれども目的ありげな歩きかた。夫に向かってではなく、私にまっすぐ近づいてくる。

骨のように真っ白なスラックスを穿き、フューシャピンクのブラウスを着て、髪を後ろで一つにまとめたこの女は、ドーン・キンケイドではない。とはいえ、ドーンはボストンで脳死状態でいると知らなければ、勘違いしただろう。ドーンより肉づきがよく、バランスのいい体格をしている。左手にバゲットリング、手首に大きな黒い腕時計。しかし何よりも私の目を奪ったのは、顔だった。目もとや鼻、唇の形がジャック・フィールディングに生き写しだった。

「どういうこと？」女は私を見つめたまま、夫に言った。「お客さんが来るなんて、聞いてない」

「検屍局の人たちだ。例の事件のからみで、ちょっと庭を見せてもらえないかって」整った顔をした夫が答えた。予備役兵士として海軍に所属し、家を留守にしていることが多い医師。妻のすることに口出ししない夫。

「柄の悪い刑事が店に来た」話している相手は夫だが、目はあいかわらず私を見つめている。「おかしな質問をしていった」

「きみに？」

「あたしのことを訊いていった。店の奥にいたから、全部聞こえたの。すごく嫌な感じ」ジャック・フィールディングの目が私を凝視している。「アンビュ蘇生バッグを買って、ＡＥＤはないかって訊いて、そのままハーブとおしゃべりを始めて。見たら、二人で外に出て煙草を吸ってた。だから放って帰ってきちゃった」

「ハーブか。どうしようもないやつだな」

「刈った草がいっぱい残ってる」女はそう不満げに言ったが、庭を見回してはいない。やはり私を見ている。「散らかってるといやだってこと、知ってるわよね。レーキで全部ちゃんと集めておいて。いい肥料になろうが何だろうが、嫌いなものは嫌いなの」

「まだ途中だったんだよ。まさかこんな早く帰ってくると思わなかったから。あきらめて庭師かなにか雇ったほうがいいかもしれない」

「水と、あたしが焼いたクッキーを持ってきてくれない？　せっかくのお客さんだもの、あちこち案内してあげなくちゃ」

「コリン。私は庭を見て回ってるから、そのあいだにベントンに電話してもらえる？」私は女から目を離さずに言った。コリンが不穏な空気を察したことが伝わってきた。

私はベントンの携帯電話の番号を教えた。

「ぜひ友人ご一行と一緒にここに来てって伝えて。ロビーが作った庭を見てもらいたいの。根菜類貯蔵室がオフィスに改装されてる。こんな機能的なオフィス、見たことがない。ロビーはロバータの愛称ね」私はロビーを見つめたままコリンに言った。コリンが少し離れた場所で電話をかけ始めた。

「そうだ、裏庭だ」コリンの静かな声。ここの番地は言わない。私たちがいまどこにいるかも言わない。それでもベントンは早くもここに向かっているのではないかという気がした。

「私が夢見てるとおりのもの。自宅の裏に、フォートノックスの金塊貯蔵庫みたいに安全なオフィスを造る。盗まれる前に金塊が隠されてたちょうどその場所に」私はロバータ・プライスに言った。「補助発電機と特殊換気装置をつけて、目隠しで囲んで、デスクからモニターできる監視カメラも設置するの。ああ、そうね、外出先でもモニターできるとなお便利。誰か来たらすぐわかるように。夫と同僚がちょっと寄らせてもらうくらい、かまわないわよね」キッチンの勝手口が閉まる音が聞こえた。コリンは銃を携帯しているだろうか。

「プライス？　ムレリー？　どっちなの？」私は訊いた。「きっとご主人の姓に変えたのよね。ムレリー。ドクター・ムレリーとミセス・ムレリーは、あなたにとっては特別の思い出がある美しい邸宅で暮らしてる」私は石のように冷たい声で言った。遠くから騒々しいエンジンの音が聞こえた。

ロバータは私に何歩か近づいた。身の破滅を悟って怒りをたぎらせているのがわかる。それを見て、私はまた思った。コリンは銃を持っているだろうか。ロビーは？　そう考える一方で、何より心配なのは、ロビーの夫が九ミリの拳銃を手に家から飛び出してくることだった。ロバータに銃を突きつけたり、地面に押し倒したりしたら、コリンにはたくましい夫に殴り殺されるか、撃ち殺されるか、どちらかの運命が待っている。コリンがゲイブ・ムレリーを射殺するという事態も避けたかった。

「ご主人が庭に出てきたら」私は言った。コリンがこちらに戻ってくる。「警察がまもなく到着すると伝えたほうがいいわ。FBIも向かってる。ご主人に万が一のことがあったらいやでしょう？　でも、あなたが軽率なことをすると、その万が一が起きかねないの。逃げようとしないで。ただじっとしてて。何かしようとしたら、ご主人を巻きこむことになる。ご主人には理解できないわ」

「勝ったと思わないでよね」ロバータはショルダーバッグに手を入れた。目はうつろだ。息遣いが荒い。ひどく興奮しているか、いまにも襲いかかってこようとしているかのようだった。やかましいエンジンの音が近づいている。オートバイのエンジンのようだ。そのとき、家の横手からゲイブが現われた。水のボトルと皿を持っている。

「バッグから手を出して。ゆっくり」私は言った。エンジンのうなりがすぐそこで聞こえたかと思うと、唐突に途切れた。「私たちが何かせざるをえなくなるようなことをしないで」

「またお客さんが増えたらしいな」ゲイブは刈ったばかりの芝を踏んで近づいてくる。ロバータ・プライスがバッグから手を出した瞬間、持っていたボトルと皿を取り落とした。ロバータの手には、ブーツのような形をした白いスプレー缶があった。同時に、家のすぐ近くで銃声が轟いた。

ロバータは一歩よろめいたあと地面に倒れた。頭から血がどくどくと流れ出していた。そのすぐそばの芝生の上に、喘息用の吸入器が転がった。ルーシーが庭を走ってくる。両手で拳銃を構え、ゲイブ・ムレリーに動かないでと叫んでいる。

「ゆっくり地面に座って。ゆっくり」ルーシーは、衝撃からただ立ち尽くしているゲイブに銃の狙いを定めたまま言った。

「助けなきゃ」ふいにそう叫んだ。「頼む。救命処置をさせてくれ!」

「地面に座って!」ルーシーが叫び返す。表の通りから、何台もの車のドアが閉まる音が聞こえた。「両手を見えるところに出しておいて!」

二日後

黄金色のドームを頂く市庁舎の塔の鐘がゆっくりと鳴り、もやでかすんだ空に低く豊かな音を響かせた。独立記念日だが、アメリカ市民のごく一部には花火でお祭りするゆとりはなさそうだ。長い帰途に備え、今日、月曜の早朝のうちに出発する予定でいたのに、時刻はそろそろ正午になろうとしていた。

この分では、ボストンの西に位置するハンスコム空軍基地に到着するのは午後八時か九時になるだろう。予定が遅れている原因は天候ではなく、マリーノの気分の風だった。その風は、ときおり思い出したように激しく吹き荒れ、しかも向きはくるくると変わり続けている。マリーノはまず、カーゴバンをチャールストンに戻しに行くと言いだした。ただし、私たちと一緒にマサチューセッツに帰る気になるかもしれないから、途中でチャールストンに寄ってくれという。ただ、もしかしたら、このましばらくローカントリーに残って、釣りをしたり、いろいろじっくり考えてみたりすることになるかもしれない。釣り用に中古の手漕ぎボートを探すかもしれないし、〝慰労休暇〟を取ることにするかもしれない。迷ったあげくにマサチューセッツに帰ることになるかもしれない。とにかくいまは決められない。これからどうするか、そうやって候補を挙げ連ねて時間を稼いでいると、時間稼ぎのために挙げる候補が次々と頭に浮かんでくるとでもいったふうだった。

コーヒーが飲みたい。北部に帰ったらもう食べられないから、最後にもう一度だけステーキと卵のビスケットを食べておきたい。ジムに行ってちょっと汗を流したほうがよさそうだ。ルーシーの手間を省くために、レンタルしたオートバイを販売店に返しにいく。ルーシーは警察とFBIからしつこいくらいの事情聴取を受けた。マリーノの言いかたを借りるなら、人を射殺した場合につきもののお役所仕事にいやというほどつきあわされた。誰かを死なせてしまったというだけでも、罪悪感は相当のものだ。しかもその誰かは、銃を抜こうとしていたのではなく、財布や運転免許証や喘息の吸入薬を取り出そうとしていたのだとしたら、なおさらだ。射殺されて当然のくずだったとしても、撃ち殺すのは、やはりあまり賢明なことではない。その判断は果たして正しかったのかと疑念を表明する輩がかならず一人や二人は出てくるからだ。マリーノはまだまだ話し続けた。正気を押しつぶすのは、はっきり言って、誰かを殺したという罪悪感の重さより、そういった疑いの視線の重さだ。いまのルーシーにはオートバイなど運転させたくない。ルーシーの精神状態を考えたら、ヘリを操縦させるのはもっと危ないかもしれない。

ルーシーの精神状態に問題はなかった。問題があるのは、マリーノの精神状態のほうだ。細々した用事をあれこれ思い出し続けたあと、ついにチャールストンまでの二時間のドライブに出発するしかなくなると、今度は私が買い集めた物資を持って帰ると言い出した。そして、どのみちヘリに全部は積めないだろうと指摘した。もちろん、使い道に困りそうな鍋やフライパンや缶詰や二口のカセットコンロをニューイングランドまで持って帰るつもりはなかったが、マリーノはその全部をほしいと言った。チャールストンの新しい住まいに必要なものを買いそろえる暇がなかったからと言い訳した。そして、酒店からもらってきた段ボール箱に、手当りしだいに物を詰めた。食べかけのポテトチップスや栄養補助食品、使用済みの容器やボトル入りの洗剤、手指消毒剤、それに、髪のないマリーノには必要がないはずのヘアドライヤーや、混紡の服には使えないアイロンとアイロン台まで。

スパイス類、ほとんど空になったオリーブやピクルスや薬味やフルーツジャムの瓶、バナナ一本、調味料、クラッカー、紙ナプキン、プラスチックのフォークやナイフやスプーンや皿、アルミホイル、折り畳んだ紙袋の束。最後に、部屋から部屋へと移動しながらホテルの石鹸やシャンプーなどを集めて回った。まるでにわかに〝溜め込み屋〟に変身したかのようだった。

「〝ピッカー〟だか何だか、最近テレビでよく取り上げてる人たちみたいじゃない？」私は言った。「他人が捨てたものを漁るの。そうやって集めたものは絶対に捨てない。新しい強迫行為」

「不安だろう」ベントンはノートパソコンを膝に、椅子の隣のテーブルに携帯電話を置いていた。「捨てたり、どこへしまったかわからなくなった瞬間、それが必要になるかもしれないという不安」

「もう一度、携帯にメッセージを送ってみる。言い訳には耳を貸さない。とにかく一緒にマサチューセッツに帰る。あんなふうに混乱した状態で、しかもわけのわからない衝動強迫に取り憑かれかけたみたいな状態で、一人きりで置いていくなんてできない。チャールストンに寄りましょう。マリーノが何て言おうと、一緒に帰るのよ。必要なら、私がコンドミニアムまで行って引きずり出す」

「まあ、マリーノには衝動強迫の対象の選択肢があまり多くは残されていない」ベントンは電子メールに目を通しながら言った。「酒はだめ、煙草もだめ。太りたくないから、食べ物もだめだ。そこで、溜め込みに走った。セックスのほうがまだましだったかもしれないね。金はほとんどかからないし、収納スペースも必要ない」新たなメールを開く。少し離れて座っている私にも、ＦＢＩの誰かからのメールだとわかった。少し前にベントンが電話で話していたフィルという捜査官からだろう。

私たちのスイートのリビングルーム――川と港のすばらしい眺望つきの仮住まい――は、朝から大騒ぎだった。太陽が昇るや、ベントンと私は、北部へ帰るための荷造りをしながら、光の速度で集まってくる情報をさばき続けた。私は戦争のような捜査手法に慣れていない。複数の前線で複数の作戦が、複数の軍組織や警察組織が投入した大量の人員によって、目もくらむようなペースで展開されていく。私がふだん扱う事案は国土の安全を脅かすようなものではないし、大統領が関心を示すような種類のものでもない。ラボや捜査チームは――ルーシーの表現を引用するなら――そのまま離陸しそうな勢いで回転していた。

これまでのところ、情報はほぼ完全に封じこめられており、事件に関する報道はいっさいされていなかった。そしてＦＢＩと国土安全保障省は、ロバータ・プライスが毒物を混入した物資が軍基地の売店に出回ったり、駆逐艦や兵士を満載した大型輸送機、核兵器を搭載した潜水艦、戦場の兵士の手などに届いたりすることがないよう、徹底した調査を続けている。DNAと指紋の分析比較の結果、ロバータ・プライスとドーン・キンケイドは一つの悪の二つの顔だったことが確認された。一卵性双生児。一部の捜査官は〝クローンたち〟と呼んでいる。離ればなれに成長したあと、再会した瞬間、無数の命を奪う恐ろしいテクノロジーを生み出す触媒となった姉妹。

「死に対する恐怖よ」私は言った。「マリーノが右往左往している理由はそれ。ふだんから毎日のように人の死に接してはいる。ただ、事件を捜査してるときは、自分なら死に対抗できるとか、仕組みをきちんと理解すれば自分には死は襲いかかってこないとか、そんなふうに自分をだますものでしょう」

「ところが、モンク薬局で単なる息抜きのつもりで煙草を吸ったとき、マリーノは死に近づきすぎたというわけだ」ベントンがそう言ったとき、携帯電話が鳴り出した。

「根菜類貯蔵室の地下をのぞいたあとじゃ、無理もないわ。あの煙草のせいで自分は死んでたかもしれないって、初めて痛烈に意識したのよ」

「交渉を進める上でのポイントを教えるよ」ベントンが電話の相手に言った。「彼女は自分の行為は正当なものだと信じている。悪党を始末して、社会に貢献したつもりでいる」

タラ・グリムのことだろう。逮捕はされているが、まだ起訴はされていない。ＦＢ

ＩＩが取引を持ちかけているからだ。ＧＰＦＷのほかの職員に関する情報と引き換えに、処分を軽くしようという交渉。たとえばメーコン刑務官。タラ・グリムが特定の受刑者に与えるべきと判断した処罰の実行を幇助(ほうじょ)した疑いが持たれている。彼らは実験台を探していた悪魔のように利口な毒殺犯を利用して、自分たちの手は汚さずに目的を果たした。

「彼女の目から見た真実に同調することだ」ベントンが続けた。「そして、彼女にとっての真実とは、彼女は間違ったことをしていないということだよ。バリー・ルー・リヴァーズに最後の一服、毒入りフィルターのついた煙草を与えたのは……そうだ、私ならはっきりそう言うが、彼女が自分は間違っていないと考える理由をきみがどう解釈しているかをさりげなく……そうだ、そんな感じでいいんじゃないかな。死刑執行が迫っていて、どのみち死ぬことは決まっていた、ヒ素で大勢をじわじわ殺したのに比べれば、慈悲深い死なせかただったとか、そんなふうに。まあ、たしかに、慈悲深いとは言いがたい。ボツリヌス毒素が仕込まれた煙草を吸わされた受刑者は、地獄の苦しみを味わっただろうからね。だが、その部分には触れなければすむ」

ベントンはコーヒーを飲み終え、川を見つめてしばらく相手の声に聴き入っていたが、やがて言った。「彼女が自分をどう考えているか、それに調子を合わせる。そうだ。自分も悪人を憎んでいる、いっそ自分の手で正義を行なえたらという衝動はよく理解できると……そう、おそらくそうだと思う。タラ・グリムは——ああ、ちなみに、〝グリム所長〟と呼び続けるのがいいだろう。そうやって彼女の力を認めていることを示す……そのとおり、結局のところは権力なんだ。もしかしたらタラ・グリムは本人に選ばせたのかもしれない。煙草がいいか、最後の食事がいいか。彼女はバリー・ルー・リヴァーズやほかの死刑囚に当然の報いを与えただけだ。彼女たちが被害者に与えた苦しみを、彼女たちに与えただけだ。目には目を。ただし、ちょっとしたおまけをつけて。ナイフを突き刺して、ついでにちょいとひねるような」

「どうやったら本人に理解させられるかしら」ベントンが電話を終えるのを待って、私は言った。マリーノがジェイミーの死に衝撃を受けているのは確かだ。しかし、自分が死にかけたことに、もっと大きな衝撃を受けている。

「あいつは理解力や洞察力に恵まれているほうではない」ベントンが応える。「マリーノは愚かな運試しをした。酒を飲んで車に乗り、事故発生率の高いハイウェイを走るようなものだよ。フィルが私の指示どおりに進めてくれるといいが」ベントンはそう付け加えた。フィルはこの二日のあいだに紹介された大勢のＦＢＩ捜査官のなかの一人だ。「ああいう人物の場合、自分の行為を本人がどう見ているか、それに同調してやることが肝心だ。自己陶酔の炎に油を注いでやるわけだな。彼らは社会のために尽くしたつもりでいるんだから」

「そうね、本人はそのつもりでいる悪人は大勢いる。たとえばヒトラー」

「ただ、タラ・グリムは、表向きはそう見えない。ほかの手本となるような刑務所を運営している、懐の深い博愛主義者といった印象だ。引き抜きの声がしじゅうかかり、役人が頻繁に視察に来ていたらしいね」

「たしかに、オフィスの壁は表彰状だらけだった」

「きみが最初に行った日、カリフォルニアの男性刑務所から視察団が来て、恐れ多くもグリム所長が所内ツアーのガイド役を務めたそうだよ。カリフォルニア側は、彼女を初の女性所長として招くことを検討していたらしい」

「彼女がブラヴォー棟に収容されることになったりしたら、皮肉な巡り合わせじゃない？　ローラ・ダゲットがいた舎房に入れるとか」私は言った。

「捜査陣に伝えておこう」ベントンはこともなげに言った。「その件と、ルーシーがちらっと言っていたことも。ドーン・キンケイドの生命維持装置のプラグを抜くかどうかの判断は、最近親者のゲイブ・ムレリーが下すことになる」

「それについてはどうかしら」ゲイブ・ムレリーがその決断を迫られることはおそら

くないだろう。

ゲイブはドーン・キンケイドについてほとんど何も知らなかった。マサチューセッツの連続殺人事件の報道で、名前だけは耳にしたことがあるような気がするといった程度だった。妻のロバータ・プライスがアトランタの家庭で養女として育てられたこと、クリスマスなどに帰省することがあるのは知っていたが、双子の姉または妹がいたことはまったく知らなかった。

「ドーンは別の医療施設に移されるんじゃないかしら。州刑務所の監房とか。臨床的死を迎える日まで、そこで生命維持装置につながれて過ごす」

「彼女の被害者に比べたら、はるかに尊厳ある死にかただね」ベントンが言った。

「世の中ってそういうものじゃない？　ところでマリーノがアドレナリンや一酸化炭素レベルの上昇を指摘して、刑務所はどこももう完全に禁煙になってるのに、バリー・ルー・リヴァーズはどうしてそんなことになったんだろうって言ったとき、私はただ聞き流した。そのときは関心がなかったから。別のことに気を取られてたのよ。そのことを正直に話したら、自分をあれほど責めるのをやめてくれるかもしれない。モンク薬局に行ったとき、ほかのことに気を取られてたせいで、うっかりもらい煙草をしたことをくよくよ考えるのをやめてくれるかも」

「その理屈でいけば、きみもほかのことに気を取られていた私をあまり責めないでくれるはずだな」ベントンが顔を上げて私の目を見つめた。その件について、何度か軽い口喧嘩をしていたからだ。「きみは重大な話をした。私はそのとき別のことに気を取られていた。無理からぬことだ」

「コーヒーのお代わりを淹れるわ」

「ああ、頼むよ。どうせ飲んでも飲んでも飲みきれないほど買いだめしてあるんだ。失礼なことをしてしまって申し訳ない」

「そう何度も謝ってくれなくていいわ」椅子から立ち上がった。コンテナを高々と積み上げた貨物船が、タグボートに押されて窓の向こうを滑るように横切っていく。「仕事のときは礼儀なんて気にしていられないでしょう。ただ、私の話を真剣に聞いてほしい。それだけよ」

「きみの話はいつだって真剣に聞いているよ。あのときはほかのことをもっと真剣に考えていたというだけのことだ」

「ジェイミーが死んだ。自分ももらい煙草で死んでたかもしれない。そうね、トラウマにもなるわよ」私は話題を戻した。ベントンの謝罪はもう聞きたくないし、その話もしたくない。ふいにミニキッチンが殺風景で侘びしい場所に思えた。私たちはすでにこの部屋から引き上げてしまったかのように。「いまは次にすること、あまり賢明とは言えない何かを探さなくちゃならない。またお酒を飲むとか。仕事を辞めて、残りの人生をそのチャーター船の船長と一緒に釣りをして過ごすとか」

コーヒーポッドを部屋の備え付けのメーカーにセットした。私が買った〈キューリグ〉のコーヒー・ティーサーバーは、マリーノに持って行かれてしまっていた。

「連続毒殺犯が働いていたドラッグストアの前で煙草を吸った」私は続けた。「確たる証拠はまだ誰も見つけてなかったけど、マリーノは彼女のことを店主に訊いてた。そのことに気を取られてた」

「きみはあいつに何と言った？　安全だと確実にわかっているもの以外は食べてはいけないし、飲んでもいけない。そう念を押したね」ベントンが言う。私は彼の分のコーヒーを渡した。

「〈タイレノール〉毒物混入事件が起きたときの恐怖に似てるわね。そんなことが起きる可能性があるんだとわかったとたん、何も信用できなくなる。何でもかんでも疑うか、否認に逃避する。今回の経験から言えば、私はたぶん、否認に走るタイプね」

私はミニキッチンに戻った。私の思考は、元は根菜類貯蔵室だった場所に戻っていた。まだ二十二歳だったロバータ・プライスが一家全員を惨殺する幇助をした、美しい邸宅の裏庭。「それか、お店で売ってるものは二度と買わないし、食べない、飲まないことにするかも」

発見された凶器を、ロバータがあの事件以来、一度でも使ったことがあるのかどうかはわからない。ステンレス製の折り畳みナイフには、長さ七・五センチの刃と、翼を広げたワシの形をしたナックルガードがついていた。ジョーダン一家の遺体に残っていた傷の大きさとも、線状の奇妙な打撲傷ともぴたりと一致した。ただ、人を刺し殺すのは双子の片割れのドーンの十八番で、ロバータは遠距離から、言わば自分の手を汚すことなく殺すのを好んだのではないだろうか。あのナイフは、きっと記念品として大事に保管されていたのだという気がする。紫檀の箱に収められて。温度と湿度を一定に保つ空調システムと特殊な換気装置を備えた、念入りに設計された地下室に隠されて。

根菜類貯蔵室を改装した地下室には、オフィスの床にもうけられた、ふだんはラグで隠されていた扉から出入りできるようになっていた。そこには市販の煙草やインスタント食品、自己皮下注射器など、ロバータ・プライスが毒素を混入させるものとして選んだ品物が大量に詰めこまれていた。ボツリヌス毒素タイプAは、購入者の身元をとくに念入りに確認することなく販売する中国の複数の会社から、定期的に購入していた。危険物処理班がそこで発見した恐ろしい物品のなかには、裏の糊を湿らせる必要がある古い封筒や切手もあった。パーティ柄の便箋やパラソル柄の切手だけでなく、ロバータがインターネットを使って購入した多種多様な便箋や古切手がそろっていた。

ほとんどは受刑者に送られる運命にあったのだろう。塀のなかに閉じこめられ、外部とのコミュニケーションに飢えている受刑者は、便箋や切手ならどんなものでもほしがるからだ。ロバータが果たして何人殺したのかは、このまま永遠にわからずに終わるに違いない。彼女が殺人の手段として選んだのは、喘息の激しい発作に似た症状を引き起こす毒物だった。ロバータ自身だけでなく、大人になるまで存在さえ知らなかった双子の片割れも、喘息患者だった。双子は一九七九年四月十八日に、GPFWからほんの数キロしか離れていないサヴァンナ市民病院で生まれた。直後に引き離された二人は、9・11のテロの直後、ドーンが実の父母を探し始めるまで、互いの存在を知らずにいた。

二〇〇一年十二月、二人はサヴァンナで初めて会った。二人とも、ベントンが重度のパーソナリティ障害と呼ぶ問題を抱えていた。反社会的で、サディスティックで、暴力的だが、ずば抜けて優秀な頭脳を持った二人は、気味が悪いほどそっくりな人生を歩んでいた。ドーン・キンケイドは、大学卒業後は空軍でサイバーセキュリティや医療工学を研究したいと考えて、空軍のリクルーターに相談していた。同じころ、数千キロ東では、双子のもう一人が海軍の科学研修プログラムの情報を集めていた。

大陸の東の端と西の端で、ロバータとドーンは不合格通知を受け取った。理由はいずれも喘息だった。そして二人とも大学院に進んだ。ドーンはカリフォルニア大学バークリー校で材料科学を研究し、ロバータはジョージア州アセンズの薬科大学で学んだあと、二〇〇一年に旧ジョーダン邸近くの〈レクソール〉ドラッグストアに就職した。週末や休日には、リバティ社会復帰訓練施設で、ヘロイン中毒の治療に使われるメタドンを処方するボランティアをしていた。ローラ・ダゲットとはそこで顔見知りになった。

この二日間でローラが刑事の事情聴取に応じて供述した内容は、ジェイミーに話したことと一致している。ローラは一月六日日曜の早朝に発生した事件はまったく知らない。その日、ロバータは医務室でメタドンの処方箋を発行するボランティアをする予定だった。偶然にも、ローラの部屋と医務室は同じ階にあった。そして収容者の個室には鍵はついていなかった。

知的障害があるうえに怒りのコントロールに問題を抱えたヘロイン依存症患者は、

身代わりに仕立て上げるにはうってつけの人物だ。実際に何があったのか正確に再現するのはいまとなっては不可能ではあるものの、どうやらロバータはどこかの時点でローラの部屋に忍びこみ、クローゼットからコーデュロイパンツとタートルネックセーター、ウィンドブレーカーを盗み出していたらしい。ジョーダン一家を殺害したとき、ロバータかドーンがその三点セットを着用した。事件後、ロバータはローラが眠っているあいだにふたたび部屋に侵入し、血まみれの衣類をバスルームの床に置いた。そして午前八時には医務室にいて、メタドンの処方箋を書いていた。

「死はきわめて個人的で孤独な大事業だわ。それに臨む準備が本当にできてる人なんてどこにもいない。自分ではできてるつもりでいるとしてもね」私はベントンに言い、コーヒーカップを持ってまた椅子に腰を下ろした。「マリーノにしてみれば、いまはルーシーの心配で頭をいっぱいにしておくほうが楽なのかもしれない。それか、食料庫をあふれさせることに集中してるほうが、きっと楽なのよ」

「いまは取引の段階にあるんだろう」

「そうね。キッチンを食品や何かでいっぱいにしておけば、死ぬことはない。AとBをしておけば、Cという現象は起こらないって論理。皮膚癌と診断されたあと、突然、フリーランスになるって決めて、事実上CFCを辞職した。それも心理的な取引のうちなのかも。人生を大きく変えれば、自分にはまだ未来があると思えるから」

「大きな要因はジェイミーだったんだと思うよ」ベントンはメールをチェックしながら言った。「皮膚癌ではなく。ジェイミーは昔からマリーノに絵に描いた餅を見せるのがうまかった。これから人生最大のチャンスが訪れようとしている、奇跡みたいなことはまだこれから起きるんだとね。ジェイミーといると、自分にきみは必要ないという自己欺瞞はかならずしも欺瞞ではないと思えたんだろう。きみを追いかけ回すことに人生の半分を費やしたわけではないと思えた」

「私には絵に描いた餅さえ見せてあげることができなかったんだとしたら、残念だわ」そう言ったとき、部屋のチャイムが鳴った。「それに、私のせいで人生の半分を無駄にしたんだとしたら、なおさら悲しい」

「マリーノが人生を無駄にしたとは言っていないよ。少なくとも私は自分の人生を無駄にはしていない」ベントンはそう言ってキスをした。

もう一度キスをして抱擁を交わした。それからドアを開けに行った。コリンだった。荷物用のカートを持ってきていた。ただ、それは必要ない。荷物はもう、ルーシーが運び出してヘリコプターに積みこんでいる。

「自分でもよく理解できないんだがね」コリンは空っぽのカートをエレベーターホー

ルに向けて押しながら言った。「きみたちがいるのが当然になってしまって、いなくなることが信じられないらしいよ、私は」

「次はもっといいお土産を持って来られるといいんだけれど」私は言った。

「きみたち北部人がいい土産を持ってきたことなど一度でもあったか。教会の鐘を大砲の弾に変え、農場を焼き払い、列車を爆破する。ああ、ちょっと遠回りをすることになったよ。空港じゃなくて、市民病院に行く。病院のほうがだいぶボストンに近いということはないが、ルーシーが言うには、管制塔やピクルススーツを着て走り回ってる人たちの相手をしたくないそうでね。ちなみに、本当にピクルスを着てると言いたいわけじゃないと思う」

「軍服だ」ベントンが言った。

「そう、それだな。飛行服。緑色の。ルーシーが分速二キロでしゃべりまくるものだから、ついていけなくて、ピクルスそっくりの服を着た集団を想像してたよ」冗談のつもりなのかどうか、よくわからない。「ともかく、融通がきかないらしいな。空港も、ハンター陸軍飛行場も。いまはどうやらランプチェック中だ。ルーシーはすでに一度ランプチェックを終えて、すぐにでもお堅い飛行場から離れたいみたいだが、私たちが病院の近くまで来るのを待ってるから、連絡してくれと言われてる。病院のへリパッドを占領したくないそうだ。万が一、救急ヘリが来たらどかなくてはいけないだろう？　まあ、市民病院にヘリが来るようなことはまずないが、用心に越したことはない」

エレベーターに乗りこんだ。ガラスの箱が音もなく動き始めた。植物の蔓をカーテンのように垂らしたバルコニーが一つ、また一つと上に飛んでいく。蔓を見て、刑務所の庭の手入れをしたり、グレイハウンド犬に運動をさせたりしている女性受刑者たちを思い出した。過去の自分自身の亡霊になってしまった女性たち。虐待者に被虐待者。最後に行き着いた先は、死をもたらす計画をひそかに進めていた施設だった。私は少年向けの更生施設でキャスリーン・ローラーとジャック・フィールディングが初めて出会った瞬間を思い描いた。その瞬間、何かのスイッチが入った。そしてキャスリーンとジャックを含め、多くの人々の人生が永遠に変わり、多くの命が奪われた。

「アイスホッケーの〈ブルーインズ〉の試合のチケットか、大リーグの〈レッドソックス〉の試合のチケットを手に入れてくれたら、北部に行ってみるのもいいな」コリンが言った。

「あなたがジョージア州捜査局を辞めてもいいと思うことがあったらね」私たちはロビーを通り抜け、のしかかるような熱気のなかに出た。このあとさらに、暑いうえに風がやかましいドライブが待っている。

「仕事の話なんかしたつもりはないんだが」コリンが言い、私たちはランドローバーに乗りこんだ。

「CFCはいつでもあなたを歓迎するわ」私は答えた。「北部にもいい合唱団はあるし、この車には優秀すぎる暖房機がついて車体ごと熱いから」コリンが送風機のスイッチを入れるのを見て、私はそう付け加えた。「雪が降ろうと、吹雪になろうと、雹が降ろうと、立ち往生する心配もない」

マリーノに電話をかけた。背景の音から、まだバンに乗っているとわかった。チャールストンに向かっているのか、チャールストンを離れようとしているのか。マリーノがいま何を考えているか、私には見当もつかない。

「いまどこ？」私は訊いた。

「チャールストンから三十分くらい南」マリーノの声は沈んでいた。悲しみに暮れているのかもしれない。

「二時にはチャールストンに着く。ちゃんと待っててちょうだい」

「どうしようかな……」

「迷ってるなら私が決めてあげるわ、マリーノ。いいこと、あなたはケンブリッジに帰って遅めのディナーで独立記念日を私たちと一緒に祝うの。ペットシッターに預けた犬たちも迎えにいって、全員そろってお祝いをするのよ」古びた病院が見えてきた。

南北戦争後まもなく設立されたサヴァンナ市民病院、三十二年前キャスリーン・ローラーが双子を出産した病院。赤煉瓦の壁に白い縁取りがされた建物。総合病院だが、緊急救命室はない。救急ヘリが着陸することはいまではほとんどないとコリンが説明した。ヘリパッドは、小さな芝生の空き地の隅に、風向きを知るためのオレンジ色のくたびれた吹き流しがあるだけのものだった。黒いベル407が轟音とともに降下してきて、周囲の木々が豪快に揺れた。ヘリはまもなくそっと静かに着陸した。ブレードが空気を切り裂く大きな音に負けない声でコリンに別れを告げ、私は前の左側のシートに、ベントンは後ろのシートに乗りこんだ。シートベルトを締め、ヘッドセットを着ける。

「ここのヘリパッド、ずいぶんせまいわね」私はルーシーに言った。黒ずくめの服を着たルーシーは、計器にせわしなく目を走らせている。この世の何よりも好きなことをしているルーシー。重力を拒み、障害物を軽々と飛び越える。

「古い施設だし、周りの木の枝を刈り込もうなんて誰も考えないし」ヘッドセットからルーシーの返事が聞こえた次の瞬間、体重が軽くなったように感じた。ヘリが地面を離れ、病院が足の下に見えた。

懸命に手を振るコリンがどんどん小さくなっていく。私たちは垂直に上昇した。まっすぐ、空に向けて。木々のてっぺんをはるか下に見ながら。やがて水平に飛び始めた。歴史ある街の建物や屋上が近づいてくる。その向こうには川が横たわっていた。私たちはその川をたどって海へ、北東のチャールストンへと向かう。そしてその次に向かうのは——我が家だ。

|著者| パトリシア・コーンウェル　マイアミ生まれ。警察記者、検屍局のコンピューター・アナリストを経て、1990年『検屍官』で小説デビュー。MWA・CWA最優秀処女長編賞を受賞して、一躍人気作家に。ケイ・スカーペッタが主人公の検屍官シリーズは、1990年代ミステリー界最大のベストセラー作品となった。その他の作品に、女性警察署長たちの活躍を描いた『スズメバチの巣』『サザンクロス』『女性署長ハマー』、未解決事件に科学捜査で挑む『捜査官ガラーノ』シリーズ、〝切り裂きジャック〟の正体に迫ったノンフィクション『真相』など。

|訳者| 池田真紀子　1966年東京生まれ。上智大学法学部卒業。コーンウェル『スカーペッタ』『スカーペッタ 核心』『変死体』、ディーヴァー『ボーン・コレクター』『スリーピング・ドール』『ソウル・コレクター』『007 白紙委任状』『バーニング・ワイヤー』、クレイグ・マクドナルド『パンチョ・ビリャの罠』、ダニエル・トラッソーニ『天使の檻』、E.L.ジェイムズ『フィフティ・シェイズ・オブ・グレイ』など、翻訳書多数。

血霧(けつむ)(下)

パトリシア・コーンウェル | 池田真紀子(いけだまきこ) 訳

講談社文庫
定価はカバーに
表示してあります

2012年12月14日第1刷発行

発行者──鈴木　哲
発行所──株式会社　講談社
東京都文京区音羽2-12-21　〒112-8001
電話　出版部（03）5395-3510
　　　販売部（03）5395-5817
　　　業務部（03）5395-3615

デザイン─菊地信義
本文データ制作─講談社デジタル製作部
印刷───凸版印刷株式会社
製本───株式会社国宝社

Printed in Japan

ISBN978-4-06-277436-9

講談社文庫刊行の辞

二十一世紀の到来を目睫に望みながら、われわれはいま、人類史上かつて例を見ない巨大な転換期をむかえようとしている。

世界も、日本も、激動の予兆に対する期待とおののきを内に蔵して、未知の時代に歩み入ろうとしている。このときにあたり、創業の人野間清治の「ナショナル・エデュケイター」への志を現代に甦らせようと意図して、われわれはここに古今の文芸作品はいうまでもなく、ひろく人文・社会・自然の諸科学から東西の名著を網羅する、新しい綜合文庫の発刊を決意した。

激動の転換期はまた断絶の時代である。われわれは戦後二十五年間の出版文化のありかたへの深い反省をこめて、この断絶の時代にあえて人間的な持続を求めようとする。いたずらに浮薄な商業主義のあだ花を追い求めることなく、長期にわたって良書に生命をあたえようとつとめるところにしか、今後の出版文化の真の繁栄はあり得ないと信じるからである。

同時にわれわれはこの綜合文庫の刊行を通じて、人文・社会・自然の諸科学が、結局人間の学にほかならないことを立証しようと願っている。かつて知識とは、「汝自身を知る」ことにつきていた。現代社会の瑣末な情報の氾濫のなかから、力強い知識の源泉を掘り起し、技術文明のただなかに、生きた人間の姿を復活させること。それこそわれわれの切なる希求である。

われわれは権威に盲従せず、俗流に媚びることなく、渾然一体となって日本の「草の根」をかたちづくる若く新しい世代の人々に、心をこめてこの新しい綜合文庫をおくり届けたい。それは知識の泉であるとともに感受性のふるさとであり、もっとも有機的に組織され、社会に開かれた万人のための大学をめざしている。大方の支援と協力を衷心より切望してやまない。

一九七一年七月

野間省一

講談社文庫 最新刊

重松 清　十字架
いじめで自ら命を絶った少年。のこされた人人の魂の彷徨を描く吉川英治文学賞受賞作。

はやみねかおる　都会のトム&ソーヤ(3)〈いつになったら作戦終了？〉
頭脳明晰な創也、自称普通の中学生の内人の冒険とコメディ満載学園ストーリー第3弾！

田牧大和　翔ぶ梅〈濱次お役者双六 三ます目〉
濱次にまさかの引き抜き話が。「縁」など全3編の濱次シリーズ第三弾。〈文庫オリジナル〉

朝井まかて　ちゃんちゃら
江戸の庭師一家「植辰」で修業中の元浮浪児「ちゃら」。その成長を描く、爽快時代小説。

石井睦美　キャベツ
中二で一家の主婦がわりとなったぼく。いびつだけれど愛すべき、家族の日常と恋を描く。

平谷美樹　藪の奥〈眠る義経秘宝〉
探検家シュリーマンが「黄金郷平泉」の地図を手に抱く一攫千金の夢。〈文庫書下ろし〉

大江健三郎　水死
終生の主題に挑む老作家と女優の協同作業の行方。「森」の神話と現代史を結ぶ長編小説。

酒井順子　こんなの、はじめて？
年若い人を仕切る、叱る、奢る。大人の初体験のあれこれを綴る週刊現代人気連載第5弾。

森 博嗣　目薬αで殺菌します〈DISINFECTANT α FOR THE EYES〉
真っ暗闇に倒れていた変死体が握り締めていたのは目薬「α」。純化し続けるGシリーズ。

リー・チャイルド　小林宏明 訳　新装版 キリング・フロアー(上)(下)
全米マスコミの絶賛を浴びたジャック・リーチャー・シリーズ第一作。アンソニー賞受賞作。

パトリシア・コーンウェル　池田真紀子 訳　血霧(上)(下)
9年前に起きた一家惨殺事件の証拠からドーンのDNAが！「検屍官」シリーズ最新作。

講談社文芸文庫

遠藤周作

遠藤周作短篇名作選

解説=加藤宗哉

えA8

遠藤周作の純文学長篇小説の源泉となる短篇十二篇と、単行本未収録作品を新編集。遠藤の文学・人生・宗教観をこの一冊でわかるように凝縮させた珠玉の作品集。

978-4-06-290179-6

岩阪恵子

木山さん、捷平さん

解説=蜂飼耳

いF3

長い不遇の時を過ごしながらも、飄逸としたユーモアを湛えた反俗の私小説作家。いまなお読者を魅了してやまない木山捷平への敬愛を込めて綴る、傑作長篇評伝。

978-4-06-290181-9

木山捷平

落葉・回転窓

木山捷平純情小説選

解説=岩阪恵子

きC12

市井の人として日常に慈しみを含む視線を向けていた木山捷平。短篇の名手であった彼の真骨頂ともいえる、さりげない男女の出会いと別れの数々を編纂した作品集。

978-4-06-290182-6

海外作品

小説

講談社文庫　海外作品

P・コーンウェル　相原真理子 訳　証拠死体
P・コーンウェル　相原真理子 訳　遺留品
P・コーンウェル　相原真理子 訳　真犯人
P・コーンウェル　相原真理子 訳　死体農場
P・コーンウェル　相原真理子 訳　私刑
P・コーンウェル　相原真理子 訳　死因
P・コーンウェル　相原真理子 訳　接触
P・コーンウェル　相原真理子 訳　業火
P・コーンウェル　相原真理子 訳　警告
P・コーンウェル　相原真理子 訳　審問 (上)(下)
P・コーンウェル　相原真理子 訳　黒蠅(くろばえ) (上)(下)
P・コーンウェル　相原真理子 訳　痕跡 (上)(下)
P・コーンウェル　相原真理子 訳　神の手 (上)(下)
P・コーンウェル　相原真理子 訳　スズメバチの巣
P・コーンウェル　相原真理子 訳　サザンクロス
P・コーンウェル　矢沢聖子 訳　女性署長ハマー (上)(下)

P・コーンウェル　相原真理子 訳　捜査官ガラーノ
P・コーンウェル　相原真理子 訳　前線〈捜査官ガラーノ〉
P・コーンウェル　相原真理子 訳　異邦人 (上)(下)
P・コーンウェル　池田真紀子 訳　スカーペッタ (上)(下)
P・コーンウェル　池田真紀子 訳　核心〈スカーペッタ〉 (上)(下)
P・コーンウェル　池田真紀子 訳　変死体 (上)(下)
P・コーンウェル　池田真紀子 訳　血霧 (上)(下)
R・ゴダード　加地美知子 訳　秘められた伝言 (上)(下)
R・ゴダード　加地美知子 訳　悠久の窓 (上)(下)
R・ゴダード　加地美知子 訳　最期の喝采
R・ゴダード　加地美知子 訳　眩惑されて (上)(下)
R・ゴダード　越前敏弥 訳　還らざる日々 (上)(下)
R・ゴダード　北田絵里子 訳　遠き面影 (上)(下)
R・ゴダード　北田絵里子 訳　封印された系譜 (上)(下)
マイクル・コナリー　古沢嘉通 訳　夜より暗き闇 (上)(下)
マイクル・コナリー　古沢嘉通 訳　暗く聖なる夜 (上)(下)

マイクル・コナリー　古沢嘉通 訳　天使と罪の街 (上)(下)
マイクル・コナリー　古沢嘉通 訳　終決者たち (上)(下)
マイクル・コナリー　古沢嘉通 訳　リンカーン弁護士 (上)(下)
マイクル・コナリー　古沢嘉通 訳　エコー・パーク (上)(下)
マイクル・コナリー　古沢嘉通 訳　死角〈オーバールック〉
マイクル・コナリー　古沢嘉通 訳　真鍮(しんちゅう)の評決〈リンカーン弁護士〉 (上)(下)
ハーラン・コーベン　佐藤耕士 訳　唇を閉ざせ (上)(下)
ジョン・コナリー　北澤和彦 訳　死せるものすべてに (上)(下)
ジョン・コナリー　北澤和彦 訳　奇怪な果実 (上)(下)
マーティナ・コール　小津薫 訳　顔のない女 (上)(下)
ルイス・サッカー　幸田敦子 訳　穴〈HOLES〉
アイリス・ジョハンセン　北沢あかね 訳　見えない絆
ゲイリー・シュミット　上野元美 訳　最高の子〈牛小屋と僕と大統領〉
エリック・ジャコメッティ　ジャック・ラヴェンヌ　吉田花子 訳　ヒラムの儀式 (上)(下)
サラ・ストロマイヤー　細美遙子 訳　バブルズはご機嫌ななめ
ダニエル・スアレース　上野元美 訳　デーモン (上)(下)

講談社文庫　海外作品

講談社文庫　海外作品

クリス・ムーニー　高橋佳奈子訳　贖罪の日
ボブ・モリス　高山祥子訳　震える熱帯
ボブ・モリス　高山祥子訳　ジャマイカの迷宮
クリストファー・ライク　北澤和彦訳　欺瞞の法則(上)(下)
ウィリアム・ラシュナー　北澤和彦訳　独善(上)(下)
P・リンゼイ　笹野洋子訳　目撃
P・リンゼイ　笹野洋子訳　宿敵
P・リンゼイ　笹野洋子訳　殺戮
P・リンゼイ　笹野洋子訳　覇者(上)(下)
P・リンゼイ　笹野洋子訳　鉄槌
P・リンゼイ　笹野洋子訳　応酬
ギリアン・リンスコット　加地美知子訳　姿なき殺人
スー・リム　野間けい子訳　オトメノナヤミ
G・ルッカ　古沢嘉通訳　守護者
G・ルッカ　古沢嘉通訳　奪回者
G・ルッカ　古沢嘉通訳　暗殺者

G・ルッカ　古沢嘉通訳　耽溺者
G・ルッカ　飯干京子訳　逸脱者(上)(下)
G・ルッカ　飯干京子訳　哀国者
G・ルッカ　飯干京子訳　回帰者
ポール・ルバイン　細美遙子訳　マイアミ弁護士(上)(下)〈ソロモン&ロード〉
ポール・ルバイン　細美遙子訳　深海のアリバイ(上)(下)〈マイアミ弁護士 ソロモン&ロード〉
ジェド・ルーベンフェルド　鈴木恵訳　殺人者は夢を見るか(上)(下)
D・レオン　北條元子訳　ヴェネツィア殺人事件
D・レオン　北條元子訳　ヴェネツィア刑事はランチに帰宅する
N・ロバーツ　加藤しをり訳　スキャンダル(上)(下)
N・ロバーツ　加藤しをり訳　イリュージョン(上)(下)
ピーター・ロビンスン　幸田敦子訳　誰もが戻れない
ピーター・ロビンスン　野の水生訳　渇いた季節
ピーター・ロビンスン　野の水生訳　エミリーの不在(上)(下)
ピーター・ロビンスン　野の水生訳　余波(上)(下)

ノンフィクション

W・アービング　江間章子訳　アルハンブラ物語
L・アームストロング　安次嶺佳子訳　ただマイヨ・ジョーヌのためでなく
P・コーンウェル　相原真理子訳　真相(上)(下)〈切り裂きジャック"は誰なのか?〉
ピーター・スターク　徳川家広訳　ラスト・ブレス〈死ぬための技術〉
M・セリグマン　山村宜子訳　オプティミストはなぜ成功するか
ユン・チアン　土屋京子訳　ワイルド・スワン全三冊
J・マイヨール　関邦博編訳　イルカと、海へ還る日
エイドリアン・メイヤー　竹内さなみ訳　驚異の戦争〈古代の生物化学兵器〉
J・ラーベ　E・ヴィッケルト編　南京の真実
マイケル・J・ロオジエ　引き寄せの法則
J・D・ワトソン　江上・中村訳　二重らせん